ヘミングウェイの遺作

自伝への希求と〈編纂された〉テクスト

Hemingway and What Remains

...through his posthumous works

フェアバンクス香織【著】

Kaori Fairbanks

勉誠出版

目次

ヘミングウェイの遺作——自伝への希求と〈編纂された〉テクスト

略　記

ARIT	*Across the River and into the Trees*. 1950. New York: Scriber's, 1998.
CSS	*The Complete Short Stories of Ernest Hemingway: The Finca Vigía Edition*. New York: Scribner's, 1987.
DA	*Death in the Afternoon*. 1932. New York: Touchstone, 1996.
DS	*The Dangerous Summer*. New York: Charles Scribner's Sons, 1985.
FWBT	*For Whom the Bell Tolls*. 1940. New York: Scribner's, 1995.
GE	*The Garden of Eden*. New York: Scribner's, 1986.
GHA	*Green Hills of Africa*. 1935. New York: Charles Scribner, 1998.
IS	*Islands in the Stream*. New York: Scribner's, 1970.
MF	*A Moveable Feast*. New York: Scribner's, 1964.
MFRE	*A Moveable Feast: The Restored Edition*. New York: Scribner's, 2009.
NAS	*The Nick Adams Stories*. New York: Scribner Paperback Fiction, 1972.
SL	*Selected Letters: 1917-1961*. Ed. Carlos Baker. New York: Scribner's, 1981.
TAFL	*True at First Light*. New York: Scribner's, 1999.
UK	*Under Kilimanjaro*. Ohio: The Kent State UP, 2005.

序章

はじめに――本研究の背景と目的

「アーネスト・ヘミングウェイ」（一八九九―一九六一）という名前が今日、マッチョで、酒・釣り・狩りをこよなく愛するアメリカのハードボイルド作家のイメージを喚起させるとしたら、そのイメージは誰によって、いかにして作られたのであろうか。またそれは、ヘミングウェイの実像とどこまで重なり合い、どこから懸け離れはじめるのだろうか。

ヘミングウェイは生涯、自身の姿を作品に塗り込めた作家であった。幼少期から青年期を扱った短編小説ではニック・アダムズ、また戦争を舞台にした『武器よさらば』（一九二九）や『誰がために鐘は鳴る』（一九四〇）では、主人公の名前をそれぞれフレデリック・ヘンリーとロバート・ジョーダンと名付けながらも、ヘミングウェイは行動・思想の両面において、部分的だが積極的に自身を投影させていった。一方、スペイン闘牛のルポとして知られる『午後の死』（一九三二）や人生初のサファリ体験を綴った『アフリカの緑の丘』（一九三五）などノンフィクションに分類される作品では、彼は堂々と「ヘミングウェイ」を名乗り、独自の闘牛論や狩りの腕前を惜しげもなく披露した。いずれの場合も、若い頃のヘミングウェイは自身を投影・発信することに躊躇する理由はなかったし、たとえ何らかのイメージ操作をしていたとしても、批評家らが伝記的事実や関係者の証言との照合を通じて作中に潜む「ヘミングウェイ的なもの」とそうでないものとを区別することはさほど困難なことではなかった。

ところが第二次世界大戦後、ヘミングウェイの自身を投影させる手法に変化が見られるようになった。作中における事実と虚構、フィクションとノンフィクションの境界が融解し、「自伝的小説」や「虚構的回想録」と呼ばれる作品が主流を占めるようになったのである。たとえば小説『海流の中の島々』（一九七〇）には主人公トマス・ハドソンの息子たちが事故死・戦死するという場面があるが、それはもちろんヘミングウェイの伝記的事実と異なる。しかし画家のトマス・ハドソンとその友人で作家のロジャー・デイヴィスには、それぞれ異なる時期の「ヘミングウェイ」が色濃く映し出されており、それがゆえに「自伝的」と称される。逆に、一九五三年にケニアで敢行したサファリ体験をしたためた回想録『夜明けの真実』（一九九九年、『キリマンジャロの麓で』のタイトルで二〇〇五年に再編纂され出版）にはいずれの人物も実名で登場するが、そこで卓越した狩りの腕前を見せる作中の「ヘミングウェイ」は明らかに虚構である。当時の彼は視力の衰えが著しく、獲物を仕留める能力が低下していたからである。こうした「ヘミングウェイ」をめぐる事実と虚構の融合は、フィクション色が極めて強い『エデンの園』（一九八六）や、すでにノンフィクション作品として定着した感の強い『移動祝祭日』（一九六四）や『危険な夏』（一九八五）にも同じように見受けられる。もはや三〇年代までの作品に見られるように自身の姿をそのまま投影・発信する訳にはいかなくなった、後年・晩年のヘミングウェイの焦燥感や苦悩が見え隠れする。

そのような事情も影響しているのだろうか、いったん筆を執ったものの、途中で執筆を断念する作品が増えてきたのも同じく第二次大戦以降である。結果的に未完のまま遺されたこれらの原稿は、ヘミングウェイの死後、遺族や出版社による編纂を経て断続的に世に送り出された。この死後出版作品群が、従来のヘミングウェイ文学研究に新たな一石を投じたことは言うまでもないだろう。男女の性役割の交換や同性愛を描いた『エデンの園』が、ヘミングウェイ（作品）におけるセクシュアリティ研究の必要性を促す大きな契機となったことはよく知られている。また二十代を過ごしたパリ時代を回想した『移動祝祭日』も、当時のヘミングウェイの交友関係や男女問題にまつわる伝記的事実に新たな情報を提供する役目を果たした。しかし、後年のヘミングウェイがいかに自身を作品に塗り込んでいったかに関していえば、遺族や出版社の編纂を経て出版された死後出版作品群はその苦悩と挫折の軌跡をたどる機会を提供してはくれない。それどころか、その軌跡の追跡を拒むかのように、さらなる隠蔽に加担している。ヘミングウェイが実像と異なる「ヘミングウェイ」像を構築しようと行った操作に、編纂者が「編纂」という名の操作の上塗りをしているからである。つまり死後出版作品群における作家ヘミングウェイと、作中の「ヘミングウェイ」あるいはヘミングウェイを喚起させる主要登場人物との関係性を明らかにするには、まず編纂者による操作の上塗りを剥がし、ヘミングウェイが生前中断した時点の草稿（オリジナル原稿）を復元した上で、彼自身が行った操作を検証していく必要がある。

本書ではこうした経緯から、ヘミングウェイの死後出版作品群を主に二つの側面から考察する。

一つ目は、第三者による編纂の方法とその問題点を指摘し、彼らが編纂を通じて作り上げようとした「ヘミングウェイ」像を明らかにした上で、それとヘミングウェイ自身がオリジナル原稿で構築・投影・発信しようとしていた自己像とがいかに乖離しているかを検証することである。そして二つ目は、事実と虚構、フィクションとノンフィクションの境界を融解しようとした後年のヘミングウェイが、死後出版作品群の執筆を通じてどのような自伝スタイルを構築しようとしたか、そのメタフィクション的特徴に迫ることである。

マニュスクリプト研究／生成批評論的アプローチ

ヘミングウェイが遺した膨大な数の原稿は、現在、書簡や写真などとともに、アメリカ合衆国マサチューセッツ州にあるジョン・F・ケネディ・ライブラリー内「ヘミングウェイ・コレクション」に収められている。キーウエストの書斎を再現したという室内には、手書き原稿、タイプ原稿、カーボン・コピーを含め、書き損じの原稿やメモまでもが作品ごとにファイリングされ、所定の手続きを経れば閲覧できるようになっている。

ヘミングウェイ・コレクションの開設は、一九六四年にヘミングウェイの最後の妻メアリーとジョン・F・ケネディ夫人、ジャクリーン・ケネディ・オナシスとの間に交わされた合意がきっかけであった。二人の亡夫が生前、直接対面することはなかったものの、ヘミングウェイはケネ

ヘミングウェイ・コレクション

ディの大統領就任（一九六〇年十一月八日）にあたって入院先のメイヨークリニックから祝電[1]を送り、一方のケネディも翌年七月二日のヘミングウェイ死去に際して、ホワイトハウスから哀悼のメッセージ[2]を読み上げるなど、公の場での交流はあった。メアリーとジャクリーンは最初の合意から四年が経った六八年に、研究者に対する原稿閲覧の許可やヘミングウェイ夫妻が所有していた私物の公開などに関する具体的な条件を詰め、七二年以降、メアリーのニューヨークの自宅やヘミングウェイの終の棲家となったアイダホ州ケチャムの自宅、銀行の貸金庫から次々と原稿類が運び込まれたのである。また、ヘミングウェイ研究の第一人者であるカーロス・ベイカーやハーヴァード大学ホートン図書館などからも資料が寄せられ、世界中からヘミングウェイ研究者が集う宝の場所となったのである。

　研究者向けに初めて原稿が公開されたのは一九七六年、そしてヘミングウェイ・コレクションが正式にオープンしたのは八〇年であった。これはオリジナル原稿を研究対象にしたマニュスクリプト研究および生成批評の幕開けという、ヘミングウェイ研究史における新たな潮流の誕生を意味した。オリジナル原稿の検証によって出版本に新たな解釈をもたらそうとするマニュスクリプト研究はもちろんのこと、出版された文学テクストを完成品ではなくあくまで生成し続けるテクストの一形態と見なし、創作のプロセス自体にも目を向ける生成批評も、ヘミングウェイの死後出版作品研究には大いに有効であった。なぜなら、そもそも出版本は編纂者にとってのみ「完成品」であり、ヘミングウェイが遺したオリジナル原稿はいずれも、何らかの理由で創作を断念した「未完成品」だからである。また「未完成品」のオリジナル原稿が発する声には、創作断念の理由はもちろんのこと、いかに自分自身を作品に織り込むかについての試行錯誤や紆余曲折の軌跡が多分に含まれているにもかかわらず、編纂という名の操作によってそれが抹消・曲解されているからである。つまり、本来「ヘミングウェイのテクスト」であったはずのオリジナル原稿が「編纂者のテクスト」へと書き換えられる過程において、ヘミングウェイの声は弱められ、彼が描こうとした作中人物「ヘミングウェイ」も編纂者が望んだ「ヘミングウェイ」の姿へと巧みにすり替えられているのである。出版本から立ち上がってくるのはヘミングウェイの姿ではなく、むしろ編纂者の姿——編纂者がいくら原稿の加筆や大幅修正を否定し、自らの存在を消そうとしても、オリジナル原稿の公開が可能にしたマニュスクリプト研究・生成批評のアプローチによる研究は、それを一蹴してしまう力を持っている。

ところが、ヘミングウェイ作品における初期のマニュスクリプト研究は、出版本とオリジナル原稿の語法的な比較に執心し、その差異を指摘するに止まるきらいがあった。出版本だけでなくオリジナル原稿をも「完成品」と見なしたがゆえに、オリジナル原稿に手を入れた編纂者の変更をすべて過失・無用と結論づけたのである。しかし一九九〇年代半ばに入ると、ナンシー・R・カムリー&ロバート・スコールズやローズ・マリー・バーウェルらが、テクスト間の差異の指摘を越え、マニュスクリプト研究の新たな可能性を提示していった。カムリー&スコールズは著書『ヘミングウェイのジェンダー――ヘミングウェイ・テクスト再読』(一九九四)において『エデンの園』のオリジナル原稿を検証、そこからヘミングウェイの性の境界を逸脱したエロティシズムへの欲望を浮き彫りにした。またバーウェルは『ヘミングウェイ――戦後と遺作』(一九九六)において、それぞれの死後出版作品がいかなるプロセスを経て執筆され、編纂され、受容されていったかを、ヘミングウェイの伝記的事実と密接に絡ませながら明らかにした。従来のマニュスクリプト研究の打開を目指して打たれたこれらの布石は、その後、ヒラリー・K・ジャスティスやデブラ・A・モデルモグらに引き継がれ、ヘミングウェイの同性愛への欲望やauthorshipの問題等にもメスが入るようになった。

本書も、出版本とオリジナル原稿との差異を手掛かりに、出版本の検証からだけでは浮かび上がらない解釈を試みる点では、一九九〇年代半ば以降の研究と同じ系譜に属する。しかしカムリー&スコールズやモデルモグに代表されるように、これまでのマニュスクリプト研究/生成批評は、ヘミングウェイのジェンダーとセクシュアリティの解明に大きな比重が置かれており、ヘミングウェイが未出版のまま遺した作品の中でいかに自身を投影・構築しようとしたか、またその痕跡が編纂によっていかに損なわれてきたかについては、国内外問わず、ほとんど論じられてこなかった。オリジナル原稿だけでなく出版本も生成過程のテクストの一形態とみなし、ヘミングウェイの創作プロセスと編纂者の編纂プロセスを比較・検討することによって、各々のテクスト生成の意図とそのずれを考察していくのが本書の狙いの一つである。

自伝的アプローチ

本書のもう一つの狙いは、自伝（的小説）に特有の「書く／想起する主体としてのヘミングウェイ」と「描かれる／想起される客体としての『ヘミングウェイ』」との間にある緊張関係を読み解くことである。ヘミングウェイは比較的若い頃から自伝への関心を口にしている。ガートルード・スタインが『アリス・B・トクラスの自伝』（一九三三）を出版した際、自分のことを悪く書いた彼女への皮肉を込めて「僕も他に何も書けないような年齢に達したら、回想録でも書くつもりだ[3]」と言い放ったことはよく知られている。

自伝にまつわる理論の変遷は、作者（主体）でありながら登場人物（客体）でもある〝I〟をどう捉えるかについての変遷とほぼ同義である。自伝が「ハイカルチャー」と「ローカルチャー」の一線を画す役割を担っていた十九世紀の西ヨーロッパでは、前者に属する偉人の人生を文書に残すことは、その人が生きた時代や国家の業績を後世に残すことを意味した。一九〇七年にドイツの文献学者ゲオルグ・ミッシュが自伝を「その人自身によって書かれた個人の人生に関する記述(4)」と定義したことからも分かる通り、自伝のもつ真実性(truthfulness)はもっぱらそこに書かれた伝記的事実の一貫性の有無に委ねられ、〝I〟は常に普遍的で、自伝におけるアイデンティティの在り方や自己定義・自己描写の仕方に疑問が投げかけられることはなかった。

ところが二十世紀前半になると、〝I〟を普遍的とする考えから、不安定で説明を要するものとする考えへと変化していった。この背景にはG・W・F・ヘーゲルの「自己疎外(Selbstentfremdung)」論を資本主義体制に応用し、自己が作り出す政治・経済・宗教などの社会的条件にとらわれて、主体としての在り方を失うと唱えたカール・マルクスや、自我を脅かす無意識の存在を提起したシグムンド・フロイトらの影響があった。またフロイトは言語のもつ中立性や包括性を否定し、言語は常に利害関係に晒されていると説いた。彼は、主体を経由して記号化された欲望はもはや元の欲望ではないと主張、この主張を受け継いだジャック・ラカンも、言語を通じて表象された主体は本来の主体とは異なると述べたのである。

こうした流れを受けて、自伝は主体をそのまま投影する/できるものではなく、言語を通じて構築していくものだとする認識が強くなり、ジョルジュ・ギュスドルフが自伝を「時を越えて人生の一貫性を再構築する[行為](5)」と再定義するに至った。またフランシス・R・ハートも〝I〟の持つ多面性を「選択された〝I〟(6)」と表現、筆者を取り巻くさまざまな要因によって自伝内の〝I〟が選択され、再現されていくと説明した。この流れはさらに一九七〇年以降、〝I〟の脱中心化へと視点を移し、ジャック・デリダの脱構築や差延、ロラン・バルトの「作者の死」、ミシェル・フーコーの権力論などの理論展開によって、自伝における自己の存在規定や作家のauthenticityにまつわる従来の理論的概念が解体されていったのである。

では、ヘミングウェイ作品における〝I〟とはいかなる存在なのであろうか。最初期の作品に限っていえば、短編における一人称の語りはそのままヘミングウェイ本人の語りであるといっても過言ではないだろう。これはアグネス・フォン・クロースキーとの失恋エピソードを綴った短編「とても短い話」を例に説明できる。ヘミングウェイは、パリ版の短編集『ワレラノ時代ニ』(一九二四)においては一人称の語りで物語を展開、女性登場人物の名前をそのまま「アグ」としていたが、ニューヨーク版『われらの時代に』(一九二五)では語りを三人称に変更、彼女の名前も「ラズ」と変えた。これは編集者マックスウェル・パーキンズ宛ての手紙で説明している通り、アグネスから名誉毀損で訴えられる危険性を憂慮したためであった。(7) ヘミングウェイにとって、アグネスの名前はもちろんのこと、語りの人称を〝I〟からより客観性の高い〝he〟に変更することが、伝記的事実と作品との距離を広げる手段として有効だったのだろう。しかし単純にIからheへと変更しただけであったため、結果的にはスコールズに「もともとのテクストにおける三人称の語りは見せかけであり、テクストが修辞的な目的のために身にまとった疑似客観性の仮面に過ぎない(8)」と、そのからくりを見破られることとなる。ヘミングウェイのこうした「隠れた一人称の語り(9)」は結局、Iとheの違いが単に作者と登場人物との距離間の違いだけを意味し、それ以外にはほとんど意味を持たなかったことを示している。

一方、死後出版作品群を中心とする後期の作品においては、人称の問題はより複雑で実験的である。これは、ヘミングウェイが各作品のオリジナル原稿において、自身（あるいは自身を強く投影させた人物）を表す人称をIやheだけでなく、"you"を用いて表現しようとした痕跡が多く見られることから推測できる。この背景には、後年のヘミングウェイが、自分自身と作中人物との距離に加えて、世間が抱く公的イメージとしての「ヘミングウェイ」といった、派生していくもう一つ別の自己との距離にもいっそう敏感にならざるを得なくなったという事情があるだろう。後年から晩年にかけての彼は、「パパ」というマッチョなイメージやノーベル賞受賞作家としての地位が確立する一方、度重なる事故や病気が原因で、大衆のイメージから懸け離れていく自分の姿を目の当たりにせざるを得なくなっていた。それを受け入れたためか、あるいは受け入れられなかったためか、ヘミングウェイは死後出版作品の執筆過程において、自身の姿を複数の登場人物に振り分けて投影させたり、作中における「ヘミングウェイ」の人称をI / he / youを使い分けることによって表そうとした。しかしほとんどの場合において、これらの使い分けと統一に失敗、結果的には物語の一貫性すらも保つことができずに執筆断念へと繋がってしまった。これはヘミングウェイの作家としての技量が不足したというよりも、自身に内在する自己と大衆向けの自己との間の折り合いをつけることができなかったことを意味するのではないだろうか。

本書では、人称・名前の使い分けや変更の過程をオリジナル原稿の修正痕から丁寧に辿り、へミングウェイが構築、発信、あるいは隠蔽しようとした多層的な「ヘミングウェイ」を明らかにすることによって、彼が目指した独自の自伝スタイルに迫ることを眼目としている。これは同時に、後年の彼が実現させようとした「陸・海・空の三部作」の様相に迫ることにもなるだろう。幾度となく繰り返されるヘミングウェイの修正過程を提示することは、同時に、編纂者がいかに安易に人称や名前を統一してしまったか、その杜撰さも浮き彫りにする。オリジナル原稿に見られる語句等の修正痕を論の証左にする手法は、マニュスクリプト研究においては古くから用いられている王道のひとつであるが、本書では、それをヘミングウェイのマニュスクリプト研究ではこれまであまり論じられることのなかった彼のメタフィクション的特徴の解明に援用する。

文学史的観点からみると、生前最後に出版された小説『老人と海』(一九五二)の後、自死するまでの約十年間は、ヘミングウェイ研究の俎上にのせられることが極めて少なかった。「陸・海・空の三部作」という壮大な構想も、ノーベル文学賞を受賞した時に言及した「新たな始まり」という意気込みも、老いゆくヘミングウェイの戯言と軽視されてきたのは否めない。しかし本書の末尾にある年譜が示すように、ヘミングウェイは死ぬ直前まで創作の手を止めなかった。たとえそれが一九二〇年代のパリを綴った回想録であろうと、また三〇年代に書いたアフリカ・サファリやスペイン闘牛にまつわる作品の「焼き直し」であろうと、ヘミングウェイの視線は確かに「新たな始まり」を見据えていた。そして、その実現に向けて命尽き果てるまで筆を休めることはなかったのである。そんな時期に執筆された作品を、ヘミングウェイが遺したままの姿で向き合うことによって、ノーベル賞受賞後にもう一花咲かせようとした作家ヘミングウェイの世界観に迫りたい。

第一章　ヘミングウェイと「ヘミングウェイ」の分岐点

——一九四〇年代以降の人生と作品

『海流の中の島々』の執筆が開始されたのは一九四五年。ヘミングウェイはその後もさまざまな作品を書き続け、六一年の七月に亡くなる直前まで原稿を手放さなかった。そんなヘミングウェイの人生と作品を十年ごとに概観する。なお、本章はカーロス・ベイカーの伝記『アーネスト・ヘミングウェイ』(一九六九)に大きく依拠している。ベイカーの伝記は未出版の作品を含めたヘミングウェイの原稿や、ヘミングウェイが送った二五〇〇通あまりの書簡と同数の受け取った書簡、そして彼と関係のあった人たちに行った数多くのインタビューをもとにして書かれており[1]、「ストイックなまでに史実を追ったもの[2]」だからである。これらの膨大な資料から浮かび上がってくるヘミングウェイの人生は「現在でも総じて高い信頼性を保っている[3]」と言える。

一九四〇年代——「ヘミングウェイ伝説」or「偽りのタフガイ神話」?

ヘミングウェイにとって一九三〇年代は、「パパ」という愛称の誕生[4]が象徴的に示すように、ハードボイルドの文体を特徴とするマッチョなヘミングウェイ像が確固としたイメージを持ち始めた時代である。彼のマッチョなイメージは、もちろん一九二〇年代に出版された長編『日はまた昇る』(一九二六)や『武器よさらば』、短編集『われらの時代に』からもその萌芽を読み取ることができる。しかし一九三〇年代は、作品を介してというよりもむしろ、三三年創刊の男性雑誌『エスクァイア』への寄稿を通じて、釣りや狩りに興じる「パパ・ヘミングウェイ」の姿をより直接かつ強力に発信しようとした時期であったといえるだろう。また興味深いことに、その発信は、自らのスペイン闘牛体験を素材にした『午後の死』やアフリカでのサファリ体験をもとにした『アフリカの緑の丘』に対する酷評と表裏一体の関係にあった。非難を浴びた作家ヘミングウェイと、大魚を手に満面の笑みを浮かべるパパ・ヘミングウェイ——三十歳代前半にして自らをおおっぴらに「パパ」と呼び、他人からもそう呼ばれることを欲したヘミングウェイは、作品が酷評を受けるたびに『エスクァイア』を通じて「パパ・ヘミングウェイ」のイメージを意図的に創り上げ、流布することに躍起になったのである。

一方、ヘミングウェイの文学史において一九四〇年代は、「空洞の十年間」といっても過言ではないだろう。四〇年十月にスペイン内戦での体験を素材とした長編小説『誰がために鐘は鳴る』が出版されてから、次の作品『河を渡って木立の中へ』（一九五〇年九月）が世に送り出されるまで、丸十年の月日を要したからである。この間、ヘミングウェイは創作活動から完全に遠ざかっていたわけではない。一九四〇年代前半に第二次世界大戦に関する「陸・海・空の三部作」を構想、その後「海の部」に相当する作品として『海流の中の島々』の草稿を書いていたし、四六年には『エデンの園』にも着手していた。しかしいずれも脱稿には至らず、ヘミングウェイの生前に出版されることはなかった。

ベイカーは『アーネスト・ヘミングウェイ』の中で、第二次大戦直後のヘミングウェイを「戦争と恋愛が、創造の占める場所をやすやすと奪っていた(5)」と表現した。なるほど、たとえヘミングウェイ文学史における一九四〇年代が「空洞の十年間」であったとしても、戦争や恋愛という別の観点からみれば、第二次世界大戦への関与と二度の結婚・離婚、そして当時十八歳のアドリアーナ・イヴァンチッチへの恋心で埋め尽くされた「激動の十年間」であったとも言える。また一九四〇年代は、数々の事故や病気に見舞われるなど自身の健康を大きく害す一方で、F・スコット・フィッツジェラルドやスクリブナーズ社の編集者マックスウェル・パーキンズら身近な人たちの死に直面した時期でもあった。

『誰がために鐘は鳴る』

『誰がために鐘は鳴る』は、一九三〇年代に下降し続けたヘミングウェイ（作品）評価を一気に回復させる契機となった。当作品の舞台は、内戦（一九三六年七月〜三九年三月）中のスペイン北部。アメリカの大学でスペイン語を教える主人公ロバート・ジョーダンが、共和政府軍の一員となり、ゲリラ隊を率いてグアダラマ山間の峡谷にかかる橋梁を爆破するまでのわずか三日間を描いている。

ヘミングウェイは、『誰がために鐘は鳴る』の中に自身の友人・知人を多く登場させている。主人公のロバート・ジョーダンに関して言うと、カリフォルニア州出身の前経済学教授で第十五国際旅団に所属していたロバート・メリマン少佐(6)や、スペイン内戦で瀕死の重傷を負った二十代前半と思われるアメリカ人義勇兵ロバート・レイヴンがモデルになっている。またマリアという名前は、ヘミングウェイが一九三八年にスペイン・バルセロナの北東にある町マタロで知り合った看護師からとったと言われている。さらには、政府軍司令官のグスターボ・ドゥランが実名で登場するのを筆頭に、フロリダ・ホテルでヘミングウェイの部屋係だった女中ペトラ、作中ゴルツ将軍として登場するポーランド人のカロル・スヴィールチェフスキー将軍、そしてカルコフという名でゲーロード・ホテルを闊歩する記者のコルツォフなどがいる。

一方、『誰がために鐘は鳴る』から垣間見える「ヘミングウェイ」の面影は、ジョーダンの父が銃で自殺したという逸話に見てとれる。作中ジョーダンは、友人がその話をしようとすると、「その話はしないでくれ」[7]と寂寥感を込めて口にする。ヘミングウェイの知人で当作品の最終校正を手伝ったロイド・アーノルドと妻のティリーはこの作品のゲラを読んだ後、ヘミングウェイの父が銃で自殺したのではないかと推測した。ヘミングウェイ自身もそれを素直に認め、「どうにもならない事態に陥った場合、自殺は常に許されるのさ」[8]と語ったという。

『誰がために鐘は鳴る』の書評は出版当初から賛否両論に分かれたが、一九三〇年代に比べると、賞賛の声の方がはるかに多かった。J・ドナルド・アダムズは、当作品をこれまでのヘミングウェイ小説の中で「もっとも充実した深みのある、真実に満ちた作品」[9]だと評した。また劇作家のボブ・シャーウッドも『アトランティック』誌において、この作品を「力強さと残忍性」だけでなく、「この優れた作家が、他の優れたアメリカ作家と違って、自己批判と自己発展を成しうる人である」ことを示す「大変な繊細さ」を含んだ「稀にみる美しい」作品であると述べたのである。[10]

ヘミングウェイは『誰がために鐘は鳴る』で巨額の印税を得、ハバナ市郊外の高台に建つフィンカ・ビヒア邸を購入した。敷地は約四万三〇〇〇平方メートル(一万三〇〇〇坪)。屋敷の入り口に構える白い門をくぐると、左右両側に立ち並ぶ椰子の木が来客を邸宅まで導いてくれる。熱帯の樹木、九〇〇〇冊超の本、そして五十匹余の猫たち――ヘミングウェイは心底愛するものに囲まれ、『老人と海』や『海流の中の島々』などの作品を次々と生み出していくこととなる。

ふたたび戦場へ――第二次世界大戦におけるヘミングウェイ

ヘミングウェイの私生活に目を転じてみると、一九四〇年代の幕開けは、二番目の妻ポーリーンとの離婚(一九四〇年十一月四日)と、そのわずか二週間後のマーサ・ゲルホーンとの結婚であろう。彼より九歳年下のマーサは、その頃すでに小説家やジャーナリストとして精力的に活動していた。翌年二月に、二人は日中戦争を取材するために揃って中国に渡った。マーサは『コリアーズ』誌、ヘミングウェイは新たに創刊された自由主義的色彩の強い『PM』紙と、中国の戦況を伝える記事を寄稿する契約を交わしていた。二人はハワイ経由で香港、南陽、重慶、昆明、ミャンマー連邦の首都ヤンゴン(旧称ラングーン)、九龍などを回った。そして、当時中国の戦時首都であった重慶で蒋介石と三時間にわたって会見したという。ヘミングウェイの戦況分析は中国の情勢に止まらず、日本の南方進出についての言及や日本が英米と衝突する可能性まで示唆するものであった。

ヘミングウェイの中国滞在は三ヵ月足らずであったが、戦争への関与がそれで終わった訳ではなかった。彼は帰国後まもなく北米新聞連盟（通称NANA）の従軍記者として戦地に赴きたいと志願したが、戦争が泥沼化を呈する中、記者が最前線に来るのは軍隊にとって望ましいことではなかった。そこでヘミングウェイはキューバで過ごした一九四二～四三年の間、二度にわたって愛艇『ピラール』号によるドイツ潜水艦への哨戒パトロールを実施することにした。彼は大使館に出向き、『ピラール』号にバズーカ砲などを装備してQボート（おとり船）として使うことを提案するなど意欲満々であった。しかし実際には標的とすべき敵艦がほとんど現れず、彼の哨戒パトロールは次第に「道楽仕事」[11]のようになっていった。

一九四四年に入ると、ヘミングウェイは『コリアーズ』誌と契約、従軍記者として英国空軍に同行する機会に恵まれた。「報道員」と書かれた肩章のついた青い軍服と脱出装具を支給された彼は、六月六日、船上から連合軍によるノルマンディー上陸作戦（Dデー）の現場を目の当たりにした。その時の様子は『コリアーズ』誌に「勝利への航海」という表題で掲載されている。またイギリス空軍の戦闘機にも搭乗し、V-1ロケットの追撃を目撃した。彼はレーモンド・O・バートン将軍率いる第四歩兵師団を選び、従軍記者の資格でありながら、チャールズ・バック・ラナム大佐が指揮する第二十二連隊と行動を共にした。当時のヘミングウェイは明らかに水を得た魚のようで「歩兵隊に同行した実に楽しいひととき[12]」を満喫していたようである。四五年四月に帰国、二ヵ月後の六月にハバナの大使館で授与された青銅勲章をもって、第二次大戦におけるひとつの区切りを迎えた。感状には従軍記者として、最前線の兵士とその戦闘組織の辛苦と勝利を、読者のために鮮明に描き出したとの殊勲が述べられていた。

「ヘミングウェイ伝説」

一方、第二次世界大戦前および大戦中のヘミングウェイは、「スーパーマンでもない限り、戦時中にいい作品を書ける人などいない[13]」という主張を楯に、特に後ろめたさを感じることなく執筆から遠ざかっていた。もちろん、彼が一九四〇年代に公になるものをまったく書かなかったという訳ではない。先述の『海流の中の島々』と『エデンの園』の執筆を除けば、四二年に作品集『戦う男たち——戦記物語傑作選』の編集と序文を執筆し、四五年にも『自由世界に捧げる珠玉の散文選集』の序文を執筆している。前者において、ヘミングウェイは作品選定にあたって常に迫真性を第一の基準にし、「戦争がどのように考えられているかということよりも、むしろ戦争が実際にはどういうものであるか[14]」が明確になるよう心掛けたという。また後者においては、「戦争が終わり、死者が死に絶えた今[15]」、個々人が自分の世界を理解することがいっそう困難な時代に突入したと言及、原爆についても「兵器が道徳的問題を解決した例などなかったと肝に銘じるべきだ」と断じている[16]。

しかしこれらの序文には、一九三〇年代にヘミングウェイが『エスクァイア』などの大衆雑誌を通じて「パパ・ヘミングウェイ」を流布したような、公的な「ヘミングウェイ」像を巧みに創り上げて大っぴらに発信する余地がほとんどなかった。執筆を通じて公的イメージを思うように発信できないことへの苛立ちか、あるいは四〇年代前半にあらわれた鬱の徴候が原因かどうかは定かでないが、この頃のヘミングウェイにはしばしば自我誇大症ともとれる言動が目立つようになった。ベイカーによれば、彼はとてつもない嘘で自我誇大症の裏打ちを行うようになり、親しい友人らが「ヘミングウェイ伝説」を不滅化してくれることを望み、その人たちを出版界の大御所や学識者のように扱い始めたという。[17]

明らかに嘘で固めた自己イメージを意識的に打ち出そうとする姿勢は、ヘミングウェイが一九四四年から新たに寄稿することになった『コリアーズ』誌への記事からも見てとれる。たとえば、「ジークフリート線における戦い」（十一月十八日号）において、実際には風邪で体調がすぐれなかったために軍の本部にいたにもかかわらず、ラナムから見聞しただけの情報をもとに「まるで目撃者として実際にその場にいたかのよう」[18]な記事を書き上げている。

このようにヘミングウェイが私生活や『コリアーズ』の記事で打ち立てようと躍起になった虚偽の姿は、たちまち痛烈な批判を浴びてしまう。エドマンド・ウィルソンは『傷と弓』（一九二九）に収録された「ヘミングウェイ――士気の尺度」において、ヘミングウェイは作家として華々しいスタートを切ったものの、次第に下り坂になって技巧の上では破綻してしまったと指摘、『持つと持たぬと』（一九三七）を「駄作（a crack）」[19]、『第五列』は「少年じみたファンタジー[20]」と評した。また、ヘミングウェイが雑誌などの写真に笑顔でおさまっていることに触れ、「彼は今や、オープンシャツを着て戸外でニヤリと笑って格好のいい写真を撮らせたり、薄気味悪いほどクラーク・ゲーブルによく似た顔つきをしたりして、せっせと公開向けの自画像を築き上げる段階にはいっている[21]」と非難した。

また、第二次世界大戦時に英国空軍で広報を担当した将校で、詩人でもあるジョン・パドニーも、ロンドンでヘミングウェイと接した際、彼が虚像を演じていたことを鋭く見抜いている。

私にとって（中略）彼［ヘミングウェイ］は、アーネスト・ヘミングウェイの役を演じること、それも「大げさに演じること」に取りつかれている一人の男でした。二十世紀のタフガイ役を割り振られた、感傷的な十九世紀の俳優でした。死神を道連れにして控え目かつスタイリッシュに歩く大勢の若者たち……のかたわらに置いてみると、彼はボール紙でできた奇妙な人形のようでした。[22]

先に述べたように、一九三〇年代の後半にはすでに「パパ」という呼称は身内だけにとどまらず、世間一般にも広がっていた。この「パパ」という呼称ならびに「ヘミングウェイ伝説」は、もともとヘミングウェイが意識的に生み出したものではあった。しかし一九四〇年代は、戦争と恋愛に時間と気を取られて創作活動から遠ざかっていただけでなく、度重なる事故や怪我[23]、そしてその苦痛を紛らわすための深酒で心身の調子を大きく崩した時期でもあった。その損ねた穴を埋め合わせるべく、彼は「ヘミングウェイ伝説」の強化に固執し、「パパ」という虚像をあちこちに張り巡らせることに血眼になった。そしてその虚像に実像を無理やり押し込めるために嘘を重ねるようにもなった。それがヘミングウェイにさらなる非難をもたらすことになったのである。

イタリア再訪――第一次世界大戦における重傷への回帰

ヘミングウェイは先述の選集『戦う男たち――戦記物語傑作選』の序文において、第一次世界大戦中の一九一八年にイタリアのピアーヴェ川の前線で負った重傷[24]に触れている。彼はここで、毎年、重傷を負った七月八日が近づくと、世界中で「兵士を題材にした本の中でもっとも優秀で高貴な本[25]」であるフレデリック・マニングの『運命のさなか』（一九二九）か『われわれ兵士』（一九三〇）を読むことにしていると言及している。その理由は、戦う男たちについて自分が書くことになるかもしれない文章において、自分にも他人にも決して嘘をつかないで済むよう、実態がどうであったのかを再認識するためだという。

ヘミングウェイは、第一次世界大戦に赴く前に抱いていた「不死の幻想[26]」が、その重傷であっさり打ち砕かれたことを認めている。そして重傷を機に、以下のような考えに至ったという。

十九歳の誕生日の二週間前に重傷を負って以来、他人に起こらないことは自分にも決して起こらないということを悟るまで、私は実に大変な思いをした。私がすべきことはいづれも、誰かが常にやっていた。彼らがしていたのであれば、私にだってできる。最善なのは、そのことにくよくよしないことであった。(27)

この「くよくよしない(not to worry about it)」という新たな信条は、短編「キリマンジャロの雪」(一九三六)において「自分がそれ[死]を気にかけさえしなければ、それに痛みつけられることもない」(28)という言葉で表現されている。

さらにこの序文には、ヘミングウェイが入院中に知り合ったイギリス歩兵隊所属のアイルランド人将校E・E・ドーマン・スミスから聞いたウィリアム・シェイクスピア著『ヘンリー四世』の一節も紹介されている。

誓って、気にはかけぬ。人が死ぬのはただ一度。死は神がくださるもの。なるようになればいい。今年死ぬ者は来年は死なぬのだから。(29)

ヘミングウェイはこの言葉をすっかり気に入り、紙切れに書いてもらって暗記したという。この一節は、短編「フランシス・マカンバーの短い幸福な生涯」(一九三六)の中で狩猟ガイドのウィルソンの生活信条として紹介されている。

砲弾を浴びるというわずか一瞬の出来事がその後のヘミングウェイの人生と創作に大きな影響を及ぼしたことは上記からも明らかであるが、彼はその重傷の記憶と三十年越しの区切りをつけるべく、一九四八年十月にイタリアのフォッサルタを再訪している。彼にとってイタリア訪問は、二七年三月に友人ガイ・ヒコックと古いフォードで十日間の旅をして以来のことであった。メアリーによれば、ヘミングウェイは行ってみずにはいられない様子で古戦場に向かい、重傷を負った地点に一万リラ紙幣を埋めた後は、したり顔で嬉々としていたという。この行為は、翌四九年に執筆を開始した『河を渡って木立の中へ』の冒頭でほぼ忠実に再現されている。[30]

先に述べたように、一九四〇年代はヘミングウェイにとって縁ある人々が亡くなった時でもあった。四〇年十二月二十一日にフィッツジェラルドが、翌四一年にはシャーウッド・アンダソンとヴァージニア・ウルフがこの世を去った。知らせを聞いたヘミングウェイは憂鬱げに「作家がバタバタと死んでいくんだな」[31]と漏らしたという。また同年、彼が通い詰めたキーウエストのバー、スロッピー・ジョーズの経営者ジョー・ラッセルが急死すると、誰よりも彼の死を悼んだ。さらに四七年六月十七日にはスクリブナーズ社の編集者マックスウェル・パーキンズも急死している。眼前にした第二次世界大戦、第一次世界大戦の記憶に対する気持ちの整理、数々の事故と負傷、仲間の死――一九四〇年代は出版された作品の数こそ少なかったが、ヘミングウェイ人生を彩る戦争と死といったキーワードが彼について回った時期だったと言えるだろう。

一九五〇年代――乖離するヘミングウェイの自己イメージと「パブリックイメージ」

ヘミングウェイの三男グレゴリー・ヘミングウェイによると、「パパは五十歳の時にスノッブになり、偽物になってしまった」[32]。ヘミングウェイ自身もそれを自覚していた感があり、一九五四年に二度にわたる飛行機事故で重傷を負った後、アメリカの美術史家バーナード・ベレンソンに宛てた手紙の中で「あの飛行機の墜落が果たした役割は、単に、昔の偽りのタフガイ神話を、同じく偽りである新しい不死身伝説によって置き換えることでした」[33]と言及している。

一九三〇年代には『エスクァイア』誌等の大衆雑誌を利用することによって自らのパブリックイメージを積極的に創り上げてきたヘミングウェイが、この頃になると「ジャーナリズム、放送、宣伝、映画の脚本などの仕事に手を染めることは、それによって優れた思想、くだらない思想もあわせて忘却の彼方に追いやってしまうこと」[34]になるため、きわめて愚行だと痛烈に批判するようになった。確かに五〇年代に入ると、三〇年代のように、自ら意図的にパブリックイメージを創り上げることはほとんどなくなった。しかし皮肉にも、今度はジャーナリズムや大衆が三〇年代に構築された「パパ・ヘミングウェイ」の像を固持しようとした。その態度は、二度目のサファリ体験を写真とともに掲載した『ルック』誌や、ノーベル文学賞の表彰状の文言[35]にも明確に打ち出されている。

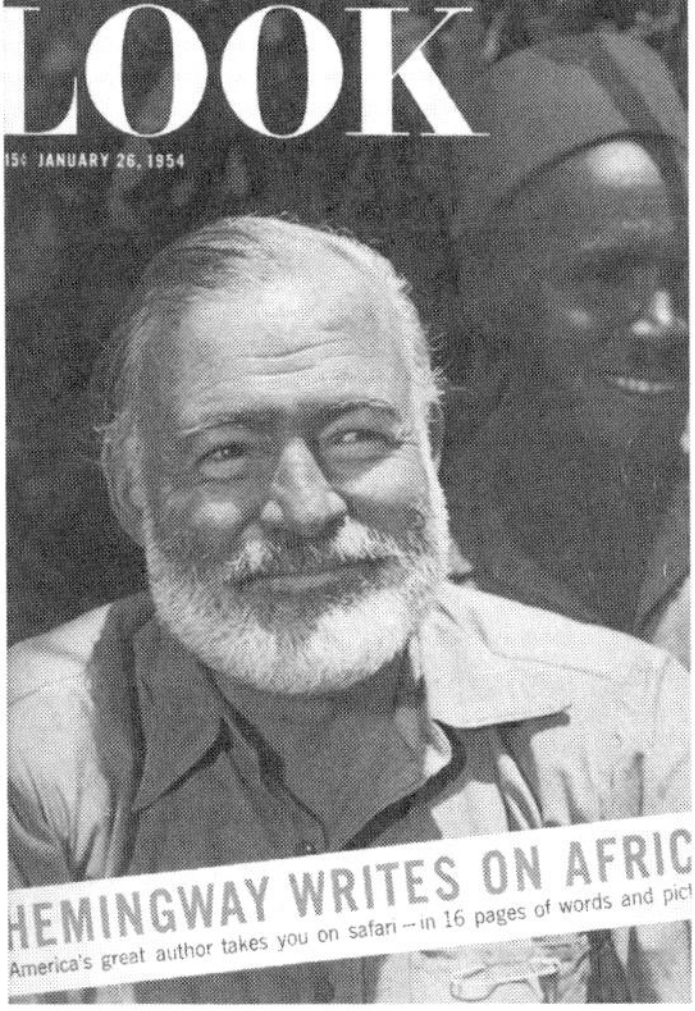

『ルック』1954年1月26号の表紙

『ルック』1954年1月26号（11頁）の写真

一方、心身ともに急激に衰えていくヘミングウェイの中には、時を経ても変わらない思いがあった。それは書くという行為が人や事物を永続化させるということ。彼は一九五六年、第二次世界大戦を題材にした短編をいくつか書き上げた後、バック・ラナムに向かって、ラナムと第二十二連隊、そして第四歩兵師団を「不滅化」(36)しておいたと誇らしげに語っている。

ヘミングウェイはここにきてようやく、偽りではない自身の姿を、ジャーナリズムの手を借りずに創作を通じて「不滅化」しようと試み始めた。しかしそれは、大衆によってすでに不滅化されていたパブリックイメージ――一九三〇年代の「パパ・ヘミングウェイ」――とは大きく一線を画していた。ヘミングウェイはそのための最善策を、死後出版作品を含めた執筆活動を通じて模索していくのである。

『河を渡って木立の中へ』

『河を渡って木立の中へ』は、雑誌『コズモポリタン』に一九五〇年の二月から六月にかけて連載された後、九月に単行本として発行された。ヘミングウェイはいつものことながら、この作品に対しても大きな自信を持っており、リリアン・ロスに「今度の戦争小説は、『武器よさらば』よりもいいものになりそうだ[37]」と語るほどであった。

この作品は、一九四九年三月に左眼のひっかき傷が原因で丹毒に感染、イタリア北東部のパドヴァの病院に入院した後、アドリアーナの兄ジアンフランコから聞いた第二次大戦中の体験談に触発されて書かれたと言われている。当時、ヘミングウェイは「陸・海・空の三部作」の原稿を執筆中であったが、それを中断して新たな小説の執筆に取りかかったのであった。

『河を渡って木立の中へ』の主人公は、五十歳のアメリカ陸軍大佐リチャード・キャントウェル。彼は心臓疾患を患っており、己の死期が間近に迫っていることを察知している。物語はキャントウェルがヴェニスで鴨猟に没頭する場面から始まり、最終章で鴨猟を終えてトリエステに帰る途中、ジャクソン将軍に「いや、いや。われわれは河を渡って木陰で休むとしよう[38]」と運転手に伝えた後、心臓発作で息を引き取るという場面で終幕する。その二つの場面に挟まれた中間章はキャントウェルの回想から成っており、ヴェニスを中心に、過去に訪れた場所や出会った人々について彼がさまざまに思い巡らしている。特に「最後の、真実の、そして唯一の恋人」[39]、十九歳のイタリア人伯爵令嬢レナータとの恋愛風景は、ヴェニスで最高級のホテル、グリッティ・パレス・ホテルやゴンドラなどを舞台に幻想的に描かれている。

レナータがアドリアーナをモデルとしていることは疑いようもないが、作中描かれるキャントウェルとレナータの情事は事実をもとにしたものではなく、あくまでヘミングウェイがアドリアーナに対して抱いた夢想だということが明らかになっている。ヘミングウェイとアドリアーナの間には、情事はおろか、ふたりきりでゴンドラに乗ったことすらなかったという。実際、アドリアーナも自身の回想録の中で以下のように語っている。

彼［ヘミングウェイ］にはどこか大きな子どもを思わせる部分がありましたが、それでも私にとっては年上すぎました。私は時折、彼を彼自身から守ってあげたいという気持ちにすらなりました。しかし三十歳という年齢差は、私にとって大きすぎるものでした。彼と恋愛関係にあると思ったことはありません。彼が私に優しくしてくれたり、気にかけてくれたことには感謝しています。私たちは友人です。彼からは多くのことを学びました。[40]

一方、ヘミングウェイがラナムに宛てた手紙によると、主人公のキャントウェルは、かつての冒険家チャーリー・スウィーニー、精力旺盛なウェスト・ポイント出身のラナム、そしてとりわけ作家でなく軍人になっていたらこうであろうと思われる自分自身を合成して創り上げたという。[41]また彼はラナムに、この作品を通じて「経験の苦味をなめ尽くして高度の知性を身につけた軍人の肖像を描いてみたい[42]」と語ったとされている。しかしヘミングウェイ同様、両大戦に加えてスペイン内戦も経験しているキャントウェルが、作者の主張とは裏腹に、執筆当時のヘミングウェイただ一人に限りなく近いことは明らかであろう。

ところが『河を渡って木立の中へ』が刊行されると、ヘミングウェイがもっとも心を砕いたキャントウェルの描写に厳しい非難が寄せられた。『ロンドン・オブザーバー』紙に掲載された書評では、「勇敢さと男らしさを支えとして絶望に打ち克つ[43]」ヘミングウェイ作品の主人公によるおなじみのポーズが、今やいささか古めかしいものになっていると指摘された。またアメリカでも、『ニューヨーク・タイムズ』紙のベストセラー・リストに二十一週間載り続け、そのうちの七週は一位を獲得するほど売れ行きが好調だったにもかかわらず、「失望だ、返答に窮する、嘆かわしい、くだらない、安っぽい、冗舌だ、退屈だ」、「この小説は昔のスタイルの焼き直しだ[44]」等の言葉が書評に並んだ。

否定的な批評が続いたことが一因だったのだろうか、ヘミングウェイはこの頃から躁鬱の症状が目に見えて激しくなり、特にメアリーには事あるごとにきつくあたるようになった。[45]アドリアーナへのプラトニックな想いを隠そうともせず、「もう生きるのはうんざりだ」、「愛するのはアドリアーナだけだ。自殺してしまいそうだ[46]」とフィンカ・ビヒアの運転手に漏らすほどだったという。

『老人と海』

『老人と海』はもともと、先述の「陸・海・空の三部作」における「海の部」の一部として書かれたと言われている。この「海の部」自体、当初は四部構成だったと言われ、そのうちの一つがヘミングウェイによって切り取られ、さらなる推敲を重ねた上で『老人と海』という題目で発表されたのである。まず『ライフ』誌の一九五二年九月一日号に全編が一挙に発表され、その一週間後の九月八日にスクリブナーズ社から単行本として公刊された。

フィリップ・ヤングによれば、この物語の原型は、ヘミングウェイが一九三六年四月に「メキシコ湾便り」の一つとして発表した「青い海で」の中の次の一節にあるという。

小型の平底船に乗ってカバナスで独り釣りをしていた老人が、巨大なマカジキを釣り上げた。マカジキは手釣り糸をくわえてはるか沖まで船を引っ張っていった。二日後、東方六十マイルのところで老人は漁師たちに助けられた。船側にはマカジキの頭部と前方部分が固定されていた。残っていた魚の体は半分にも満たなかったが、それでも八〇〇ポンドの重さがあった。マカジキが海の深いところを泳ぎ、船を引っ張っている間、二日二晩、老人はマカジキと一緒にいた。マカジキが上がってきた時、老人はボートを魚の上に引っ張り上げて、マカジキめがけて銛を打ち込んだ。マカジキを船側に固定すると、複数のサメがマカジキに迫ってきた。老人は小型平底船に乗ってメキシコ湾流で独り、オールを手に、サメを殴ったり、突き刺したり、一撃を加えながら格闘していた。それは老人が疲労困憊し、サメがマカジキを食べられる限り食べ尽くすまで続いた。漁師らが老人を助けた時、老人は船の中で失ったものの大きさに半狂乱になって泣いていた。サメたちはまだ船の周りをぐるぐる回っていた。(47)

『老人と海』の執筆時期は、一九五〇年十二月下旬から翌年の二月中旬までとされている。わずか二ヵ月弱で二万六〇〇〇語におよぶ原稿を書き上げ、「十六年間も閉じこめられていた繭の中からサンチャゴの物語を糸が紡ぎ出されるようにすばやく容易に(48)」書くことができた背景には、アドリアーナの存在が大きかったのだろう。当時、彼女は母親とともにヘミングウェイの住むハバナを訪れており、彼の「創作のジュース」の源となっていたのである。(49)

ベイカーによれば、この『老人と海』が掲載された『ライフ』誌の一九五二年九月一日号は、四十八時間以内に五三一万八六五〇部を売り尽くしたという。アメリカの単行本の予約も五〇〇〇部に達し、それ以降も週に三〇〇〇部の予約が追加された。またロンドンでも売れ行きは好調で、予約部数が二万冊、その後も週に二万冊のペースで売れていった。

また書評も前作『河を渡って木立の中へ』の酷評とは打って変わって、最大級の賛辞が並んだ。ハーヴィー・ブライトは『老人と海』を、「堂々たる、人を奮い立たせる」本と絶賛し、『タイム』誌も「かつてのヘミングウェイ的残酷さがなく」、巨匠の手による傑作と太鼓判を押した。[50]またウィリアム・フォークナーも『シェナンドア』という同人雑誌に書評を寄稿し、この小説をヘミングウェイ作品の中でも最高と位置づけた。[51]こうしてヘミングウェイは、『河を渡って木立の中へ』での痛手を乗り越え、「自分の力ではとうてい無理だと思っていた」効果[52]をついに生み出すことになる。

二度目のサファリ

ヘミングウェイは『老人と海』を発表した後、アフリカ再訪の望みをしきりに口にするようになった。一九五三年五月、写真誌『ルック』と契約を結ぶと、翌月にはメアリーとともにスペイン経由でアフリカのモンバサへ向かった。ヘミングウェイにとって、実に二十年ぶりのアフリカ・サファリ体験（一度目は一九三三年十二月〜三四年二月）であった。サファリの費用は『ルック』が負担、カメラマンも同行し、ヘミングウェイの写真とエッセイを独占的に買い取るという段取りになっていた。

二度目のサファリの同行者には、二十年前にもヘミングウェイのサファリに同行した白人ガイド、フィリップ・パーシヴァルを筆頭に、キューバの友人マイト・メノカル、『ルック』のカメラマンのアール・タイゼン、そして猟区監視人のデニス・ザファイロらがいた。また一度目のサファリ体験を描いた『アフリカの緑の丘』にも登場したチャロや、旧知の長老ケイティなど、現地のワカンバ族の一団も加わった。彼らはみな、二度目のサファリ体験をもとにした未完の長編小説『夜明けの真実』／『キリマンジャロの麓で』に実名で紹介されている。

当時のケニアは、マウマウ団による反英植民地闘争が起こっている最中であった。マウマウ団は一九五二年にキクユ族が中心となって結成された解放運動組織で、ヨーロッパ人（白人）をケニアから一掃することを目的として活動していた。これにより白人の旅行者数が激減、観光収入の減少を憂慮したケニア当局は、マウマウ団の危険が及ばず、動物の数も多い猟獣保護区を地区別にヘミングウェイの一行に開放、そこでサファリを行うことを許可した。これによって彼が良い文章を書いてくれれば、観光客を引き戻すことができるかもしれないと期待したのである。ヘミングウェイはこれに応える形で、『ルック』誌にエッセイ「サファリ」（一九五四年一月二十六日号）を寄稿、マウマウ団について以下のように言及した。

日々繰り広げられている戦闘は長くて、ややこしく、おぞましい話で、我々もそれについては多少なりとも知っている。戦闘自体は長く続くだろう。だが確かなことは、動物の王国に興味があってアフリカへ来る者は、誰一人として戦闘のことを心配する必要がないということだ。気がかりなのは、マウマウ団が逃げ込んだ北部の丘陵地帯に生息するボンゴや巨大な森イノシシ、森サイや水牛に及ぼされる影響ぐらいだろう(53)。

こうしてヘミングウェイの二度目のサファリは、費用から同行者、さらにはサファリの場所に至るまで、すべてが理想的な形で進んだ。そんな中、唯一、思い通りにならなかったものがある――ヘミングウェイの加齢と、それに伴う身体および射撃能力の衰えである。マイケル・レノルズによれば、生来弱かった目の衰えが著しく、クレー射撃用の眼鏡をしても獲物を正確にねらい撃ちすることはほぼ不可能だったという。[54] ヘミングウェイが獲物を撃ちそこねると、きまってパーシヴァルやメノカルが彼の代わりにその獲物を見事に仕留めた。しかしそのような光景は、決して同行カメラマンによって公にされることはなかった。

そもそも当時のヘミングウェイは、ライオン以外の狩りにほとんど興味を示さなかったようである。[55] ザファイロが「ヘミングウェイは［狩りよりも］周囲をドライブしたり、動物を観察する方が好きだった」[56] と証言しているからである。一方、ヘミングウェイはアフリカの風習に積極的に従おうとしていた。彼は、メアリーがナイロビでクリスマスの買い物をするために五日間ほど留守にすると、着ていたシャツをマサイ族特有の褪せた黄土色に染めあげ、頭を剃り、さらには槍を使って猟を始めた。またかねてから「フィアンセ」と呼んでいたワカンバ族の娘デッバに思いを寄せ、メアリーに向かって「君は僕の新妻を奪い取ろうとしている」[57] と責めたてるほどであった。ヘミングウェイの動植物に対する鋭い観察眼や、現地の風習に馴染もうと外見を変えたこと、そしてデッバとの交流は、いずれも『夜明けの真実』／『キリマンジャロの麓で』で再現されている。

二度の飛行機事故——瀕死の重傷と「一九三〇年代への回帰」のはざまで

アフリカ滞在中の一九五四年一月二日、メアリーはサファリ体験を振り返りながら、自身の日記に「なんと素晴らしい一年だったかしら」[58]と記した。ヘミングウェイもまた、「アフリカまでやってくるなんて、僕らもすごいことをやったじゃないか」[59]とアフリカ再訪を喜んだという。しかしそんな喜びも、同月下旬に起きた二度の飛行機事故で無惨にも打ち砕かれることになる。

詳細を追っていこう。ヘミングウェイ夫妻は一月二十一日から三日間の予定でベルギー領のコンゴへ遊覧旅行に出かけた。セスナ機の運転手はロイ・マーシュ。彼は、夫妻がアフリカ大地の壮大な景観や野生動物をフィルムにおさめられるよう、上空を何度も旋回した。しかしそんな最中、サギの大群を避けようとしたセスナ機が電線に接触、プロペラが破損し、マーチソン滝の南西約五キロの地点に不時着した。この事故によりヘミングウェイは右肩を軽傷、メアリーは肋骨を二本折る大怪我を負った。三人は救助が来るまでキャンプをして過ごしたが、まもなく飛行機が到着、ウガンダ南部の町エンテベまで彼らを移動させることになった。

ところが、その飛行機が離陸したかと思った瞬間、今度は機体が地面に激突して炎上してしまった。機首近くに座っていたロイ・マーシュはすぐさま窓を蹴り破って脱出、メアリーも同じ窓から逃げ出した。一方のヘミングウェイは、頭とすでに負傷していた肩を厚いドアに何度も打ちつけて破り、炎に包まれた機体からやっとのことで抜け出すことができた。

この二度目の飛行機事故で負った傷は、終生ヘミングウェイを苦しめることになった。彼は全身打撲の他に、肝臓、脾臓、腎臓の破裂、左目の一時的失明、左耳の聴力喪失、脊椎損傷などを患い、物も二重に見えるようになってしまった。彼は記者会見でたどたどしく「私の運はまだ続いているようだ[60]」と語ったというが、ベイカーも指摘する通り、第一次世界大戦時の負傷を含めてもこれほどひどく負傷したことはなかったと言っていいだろう。

この二度にわたる飛行機事故を受け、早々とヘミングウェイ死亡のニュースが世界中を駆け巡った。ニュースの中には、彼が二十年前に行った最初のサファリを喚起させるものが少なくなかった。たとえばドイツで書かれた記事には、ヘミングウェイがキリマンジャロの頂上に飛行機で着陸しようと試みた――つまり「キリマンジャロの雪」の冒頭に登場するヒョウの死骸を求め、標高約二万フィートの山頂を目指した途中で事故に遭った――と記されたものまであったという[61]。

この一九三〇年代への回帰を匂わせるメディアの姿勢は、ヘミングウェイのサファリに同行し、狩りにさほど熱心ではない様子や狩りの腕前の衰えを目の当たりにしていたはずの『ルック』誌にも色濃く反映されている。もっとも顕著な例は、二度の飛行機事故を起こした後に発行された『ルック』（一九五四年一月二十六日号）の予告に、「『アフリカの緑の丘』と「キリマンジャロの雪」の舞台に戻ってきたヘミングウェイ、カメラが追う[62]」と書かれた点であろう。一度目のサファリ旅行をもとに書かれた『アフリカの緑の丘』と「キリマンジャロの雪」を持ち出すことにより、今回のサファリ体験が二十年前のサファリの再現であることを（真偽は別にして）鮮明に打ち出している。

ノーベル文学賞

『夜明けの真実』／『キリマンジャロの麓で』を書き始めたころ、『ニューヨーク・タイムズ』紙（一九五四年十月五日付）では、アイスランドの作家ハラドール・キルジャン・ラクスネスとヘミングウェイが、一九五四年のノーベル文学賞の有力な受賞候補にあがっているとの記事が掲載された。同月二十八日にヘミングウェイの受賞が公式に発表されるまで、彼は祝賀モード全開の周囲を尻目にメディアのインタビューでもできる限り冷静に応対した。ハーヴィー・ブライトがニューヨークから電話インタビューを申し込み、ヘミングウェイに向かって、あなたがノーベル賞の審査委員になったとしたら、誰にこの賞を授けたいかと尋ねたときも、彼はアメリカ人に限って……と断った上で、マーク・トウェイン、ヘンリー・ジェイムズ、バーナード・ベレンソン、カール・サンドバーグらの名前を挙げ、「このような発言は慎むべきかもしれません。ともかく、名誉を受ける者は（中略）謙虚な態度で受けなければなりません[63]」と締めくくっている。

しかし、「英雄的」「男性的」「勇敢に」等の言葉が並ぶノーベル賞の表彰状は、ノーベル文学賞が、ヘミングウェイの文学者としての新たな一面を発掘させる契機にはなりえなかったことを雄弁に物語っている。長谷川裕一の言葉を借りれば、当時「ヘミングウェイを受容したオーディエンスの大部分が、相変わらず純粋な文学的関心から生じる興味というよりも、文化の中で認知され複雑に意味づけられた『ヘミングウェイ』という存在そのものに興味を抱いて[64]」おり、かつその意味づけが『ルック』誌を代表とする「一九三〇年代への回帰としてのヘミングウェイ像」を発信材料にする媒体によってなされていたからである。ヘミングウェイがノーベル賞の表彰状の文言を意識したかどうかは定かでないが、受賞スピーチではこれらの言葉を一切織り込まず、作家生活が孤独であること、そして創作活動を通じて到達しえないものに挑戦することを主に述べた。こうしてノーベル文学賞の表彰状の文言とヘミングウェイの受賞スピーチは、作家と大衆との温度差をいっそう際だたせることになったのである。

『老人と海』後――散筆される作品、そして「リッツ原稿」の発見

ヘミングウェイの生前最後に出版された小説が『老人と海』であるということは、その後執筆された小説がいずれも、彼の存命中に出版されなかったことを意味する。しかし彼は『老人と海』を刊行した後も決して筆を休めることはなかった。「陸・海・空の三部作」や『エデンの園』など、一九四〇年代から構想・執筆を始めていた作品はまだ完成に至っていなかったし、『夜明けの真実』／『キリマンジャロの麓で』の執筆にも新たに着手していたからである。彼は長編小説の執筆に行き詰まると中断し、代わりに短編を書きなぐっていった。

一九五〇年代以降における執筆活動の特徴をひとつ挙げるならば、一つの作品を完結させる前に別の作品に着手したり、いくつかの作品の間を行ったり来たりしながら同時進行的に執筆を進

めていたことであろう。たとえば、サファリ旅行後まもなくして書き始められた『夜明けの真実』／『キリマンジャロの麓で』は、一九五六年四月に『老人と海』の映画撮影のためにペルーへ行くことが決まると執筆が中断された。しかしヘミングウェイは帰国後もその原稿には戻らず、『アトランティック・マンスリー』誌に掲載された短編「盲導犬を飼え」（一九五七）や第二次世界大戦での体験をもとにした生前未出版の短編「庭に面した部屋」「十字路で憂鬱な気持が」「記念碑」および「インディアン地帯と白人の軍隊」に取りかかっている。また五八年には、四六年に執筆を開始した『エデンの園』と、『移動祝祭日』を交互に書き進めている。『移動祝祭日』は、ヘミングウェイが最初の妻ハドリーと過ごした二〇年代前半のパリをスケッチ風に描いた回想録である。各スケッチを執筆する合間に、彼は『エデンの園』の後半を書いていたが、いずれの作品も完成には至らず、次なる作品（『危険な夏』）へと意識が向かったのである。

話は前後するが、一九五六年にパリのリッツホテルから、二八年以来ずっと地下室に眠っていたヘミングウェイのトランクが二つ出てきたことが分かった。中には小説のタイプ原稿や手書きのノート、新聞の切り抜き、本などがそのままの状態で入っていた。ヘミングウェイは作家の修業時代を送ったパリ時代を懐かしみ、「あの当時も今と同じくらい、ものを書くのが難しかった」(65)と漏らしたという。この原稿の発見が『移動祝祭日』を書く契機になったかどうかは定かでない(66)が、ヘミングウェイがかねてから豪語していた「他に書くことがなくなったら回想録を書く」(67)ということが皮肉にも実現される時が来たのである。実際には、執筆中の作品はかたわらにいくつもあったにもかかわらず……。

一九六〇年代――"crack-up"と進まぬ筆

スペインでの闘牛取材と『危険な夏』

一九五九年四月、ヘミングウェイは『ライフ』誌に載せる闘牛の記事を書くため、スペインへと渡った。三二年に出版した『午後の死』以来の闘牛記となる今回は、アントニオ・オルドネスとルイス・ミゲル・ドミンギンが繰り広げる一連の直接対決(mano-a-mano)を密着取材するというものであった。ヘミングウェイに対するスペイン大衆の関心は極めて高く、闘牛場やホテルをはじめ至るところで「王族のような」(68)厚い歓待を受けたという。

しかしその一方で、ヘミングウェイの批評家に対する敵愾心や身体の衰えは相も変わらずであった。彼はスペイン南部のラ・コンスラに落ち着くと、自らの短編集の序文として「短編小説の技法」(一九五八)の執筆に取りかかった。ここでも批評家たちの「でたらめや紋切り型に対抗する」ことを念頭に、ものを書くにあたって重要なことは「自身が創造する生きたものと、ミイラ職人による死んだ手との戦い」にあると主張したのである。(69)また肝臓や腎臓の具合も依然として悪く、担当医のジョージ・セーヴィアス氏がはるばるアメリカから来てヘミングウェイに同行したほどであった。

夏に入ると今度は、常軌を逸した行動が顕著になってきた。六十歳を祝う誕生日では、バック・ラナムの腕が自分の頭を擦ったと思い込んで烈火のごとく怒ったかと思うと、その直後に泣きじゃくりながら彼に許しを請うハプニングがあった。ラナムは当時、ヘミングウェイが病的なまでに若い頃を懐古し、仰天するような猥雑な言葉を使うのを目の当たりにして哀しく思ったという。またメアリーに対する態度も冷たく、足に怪我をして杖なしでは歩けなくなった彼女を尻目に、十九歳のヴァレリー・ダンビー゠スミスに熱を入れはじめた。彼はヴァレリーを秘書に雇い、闘牛場はもちろん、食事や車中でも常に彼女をそばに置きたがった。

こと闘牛の取材に関しては、ヘミングウェイは一貫して若き闘牛士アントニオ・オルドネス側に寄り添い、彼が重傷を負った時も付きっきりで世話をした。ヘミングウェイはオルドネスの親友と見られることを喜ぶと同時に、自分が彼と行動を共にすることが彼にとっても心強いのだと自慢してまわった。スペイン各地で行われたオルドネスとルイス・ミゲル・ドミンギンの直接対決は、『ライフ』誌の原稿執筆を控えていたヘミングウェイにとって格好の材料であった。しかしドミンギンがビルバオで角にかかって重傷を負い、続いてオルドネスもダックスでの闘牛で足を負傷して入院したのを境に、ヘミングウェイの気持ちは闘牛から離れ始めていった。観るスポーツにはもう飽きたと言ったヘミングウェイは、オルドネスに対しても、彼の運命に深入りしすぎて「アル中患者と結婚した」みたいに神経をすり減らしたとこぼすまでになった。(70) こうしてヘミングウェイはスペイン闘牛ツアーに一区切りを入れ、『ライフ』誌の原稿の執筆を少しずつ進めていったのである。

スペイン再訪と“crack-up”

スペインから帰国後、ヘミングウェイはキューバのフィンカ・ビヒア邸で闘牛記の仕事に集中した。もともと『ライフ』誌との契約は五〇〇〇語であったが、一九六〇年五月二十八日に初稿が完成した時、その語数は実に十二万語まで膨れあがっていた。「つまらない事実を書き連ねることに疲れた」と言いつつも、「これだけ書けば闘牛を持ち帰ったも同じで（中略）［読者は］どこで読んでも闘牛のことが解るだろう」[71]と作品に対して少なからず自負してもいた。三週間後、A・E・ホッチナーがフィンカを訪れると、二人は苦心の末、約五万語にまで原稿を削除した。結果的に『ライフ』誌はこれをさらに約三万九〇〇〇語にまで縮小、「危険な夏」と命名して計三回（一九六〇年九月五、十二、十九日号に掲載）に分けて雑誌に掲載した。これがヘミングウェイの生前最後に出版された作品となった。

『危険な夏』を書き終えた頃、ヘミングウェイに再び異常な行動が見受けられるようになった。ファニート・キンタナにスペイン語で宛てた手紙（六月一日付）の中で、彼は「今回の無理な仕事（trabajando forzado）で頭が混乱してしまった」[72]と吐露した。また長男のジョン・ヘミングウェイに眼の具合が悪化したと打ち明けていた（七月三十一日付の書簡）にもかかわらず突然、どういう訳かスペイン再訪を敢行したのである。表向きには完成したはずの『危険な夏』の不備を正し、オルドネスの残りの試合にも付き添ってやらなければならないというのが彼の言い分であった。この強引なスペイン再訪が良い成果をもたらすはずはなく、ほどなくしてヘミングウェイは恐怖感、孤独感、倦怠感、猜疑心、不眠症、罪悪感、記憶力の低下など強度の神経衰弱および鬱の徴候を示すようになった。メアリー宛の手紙でも「ひどい過労で肉体も神経もすっかりダメになってしまう（crack-up）のではないかと思う[73]」と記し、『危険な夏』の第一回目が掲載された『ライフ』誌を手にしながら、こんな仕事をしてしまったことが「恥ずかしくて気分が悪い[74]」とほとほとうんざりした様子を見せたという。

入院と自殺未遂、そして……

さらにアメリカに戻ると今度は、ヘミングウェイの秘書として働いていたヴァレリーがアイルランド籍であることを理由にＦＢＩに尾行されているのではないかという妄想に取り憑かれ始めた[75]。またヘミングウェイは言語障害も患っており、一つのセンテンスを一気に言うことが難しくなっていた[76]。一九六〇年十一月三十日、メアリーらはついに彼をミネソタ州ロチェスターにあるメイヨークリニックに入院させることにした。スペイン旅行に同行した担当医の姓名「ジョージ・セーヴィアス」を名乗っての極秘入院であった。

鬱病の症状がことさら重かったヘミングウェイには、週に二度のペースで電気ショックによる治療が施された。一時的な失語症や記憶力の減退を除けば、おおよそ彼の反応は良いように思われた。翌一九六一年の一月には、五七年以降断続的に執筆していた『移動祝祭日』の章並びを検討したり、新たに大統領に選出されたケネディの就任式典への祝辞を書けるほどになった。

しかしそんな時期も束の間、二月に入ってケネディ大統領への贈呈本に献辞を書くことを依頼されると、今度はまったく筆が進まなくなってしまった。セーヴィアス医師に向かってヘミングウェイは、「書けないんだ――『どうしても言葉が出てこないんだ』(77)」と涙ながらに訴えた。メアリーによれば、この献辞は一週間かけてどうにか三~四文を書き終えたという(78)。

三月にふたたび鬱病の兆候がひどくなり、翌四月にはショットガンで自殺を図ろうとした。数日後、メイヨークリニックに再入院、六月二十六日の退院まで加療が続けられた。そして退院から一週間もしない七月二日午前七時三十分頃、ヘミングウェイはショットガンで頭部を撃ち、自ら命を絶った。六十二歳になるわずか十九日前であった。

この間、皮肉にも彼が十代の頃に見習い記者として働いた『カンザス・シティー・スター』紙(五月三十一日付)では、ヘミングウェイの容態が快方に向かっていると報じていたという。

第二章　『海流の中の島々』

執筆・編纂の経緯

『海流の中の島々』は、ヘミングウェイが一九四〇年代中盤から五〇年代初頭にかけて断続的に執筆、六一年の彼の死後、メアリーと出版元のチャールズ・スクリブナー・ジュニアによる編纂を経て、七〇年に出版された「ビミニ」、「キューバ」、「洋上」の三部からなる長編小説である。未完に終わったこの作品は、出版当初、『移動祝祭日』に続くヘミングウェイの遺作として大きな話題になったが、作品自体に関する書評は概して批判的であった。ジョン・アップダイクは「見事に崩壊した小説」[1]と酷評、他にも「喜ばしいことと悲惨なことに満ちた非常に奇妙な本」[2]などといった意見が大半を占め、必ずしも後年のヘミングウェイ作品に対する評価に貢献したわけではなかった。

前章で述べたように、第二次世界大戦直後、ヘミングウェイは「陸・海・空の三部作」の構想を抱くようになった。その下敷きとなっているのは、「もっとも優れた、もっとも策に長けた、もっとも頭の切れる歩兵部隊の指揮官」[3]と絶賛するバック・ラナムと過ごした十ヵ月に及ぶ戦争体験であった。ヘミングウェイはこの三部作をラナムへの献辞とすべく、一九四五年の秋に「海の部」の執筆を開始した。この「海の部」こそが、本章で扱う『海流の中の島々』の原型である。

しかし「海の部」の執筆は、第二次大戦ものを書きたいというヘミングウェイの思惑とは裏腹に、異なるルートを辿っていった。一九四五年十二月の時点で二七五頁を書き上げていながら、物語の時代設定を、冒頭場面の三六年からなかなか先に進めることができずにいたのである。彼は、ラナムに宛てた十二月七日付の手紙の中で、この時の状況を以下のように綴っている。「[僕は]まだ一九三六年にいる。（中略）でも一九三五年まではかなり平静に受け止めることができた。Dデーまで九年を残すのみ。でもたぶん『九年が過ぎ、我々のヒーローは相も変わらず腹を立てている』と書くだけになるんじゃないかな」[5]。また物語の主題も父子関係や釣りなど、必ずしも戦争に直結していないものが目立つ。実際、翌年六月にラナムに宛てた手紙にも、「海の部」の最大テーマを「男女関係」[6]と記したほどである。しかしヘミングウェイは四六年六月末までに「ビミニ」と「マイアミ」各セクションを合わせて、なんとか約一〇〇〇枚を書き上げた。これが、現在ヘミングウェイ・コレクションにて“Early Pencil Manuscript”（K98; 本章で取り上げる「ビミニ」セクションは全八章、六八〇頁、約六万九〇〇〇語、以下Early Manuscript（EM））として分類・保管されている原稿である。

ヘミングウェイは「海の部」の執筆が一段落すると、『河を渡って木立の中へ』や『エデンの園』の執筆へと移り、しばらく「海の部」から遠ざかっていた。彼が次にこの作品に目を向けたのは五年後の一九五一年七月で、この時「ビミニ」の形式や内容を変更し、「マイアミ」を完全に削除した。そして新たに「キューバ」と「洋上」を書き上げ、二部作から三部作へと変更したのである。特に本章で重点的に扱う新たな「ビミニ」セクションの原稿は“Bimini Rewrite

図表1　『海流の中の島々』のEarly Manuscript（EM）について（単位：語）

	オリジナル原稿
「ビミニ」	69,063
「マイアミ」	21,863
Total	90,926

図表2　『海流の中の島々』のオリジナル原稿（OM）について

	オリジナル原稿	削除部分	編纂本	比率（*）
「ビミニ」	76,851	14,103	62,748	0.82
「キューバ」	40,953	1,145	39,808	0.97
「洋上」	41,792	212	41,580	0.99
Total	159,596	15,460	144,136	0.90

（*）：編纂本の語数／オリジナル原稿の語数

Manuscript"（K103; 全十七章、四八三頁、約七万六〇〇〇語、以下オリジナル原稿（OM））というファイル名で所蔵・公開されている。『海流の中の島々』の編纂者であるスクリブナー・ジュニアとメアリーが編纂材料としたのはこのリライト版（OM）の方で、筆者が調査した結果、OMの約二割をカットして出版本の「ビミニ」セクションをつくり上げたことが判明している。

ベイカーによると、スクリブナー・ジュニアは、一九六九～七〇年の冬、残されたヘミングウェイの遺稿の中から、出版が可能なほど体裁を整えており、かつ「ヘミングウェイ・キャノン」[7]に加えるに値するものを探した結果、『海流の中の島々』の原稿（OM）に辿り着いたという。彼は特に「ビミニ」の原稿を、主人公の人称が一人称と三人称で揺らいでいたり、登場人物の名前が頻繁に変わったりしていることから、全体的には「不完全（inchoate）」[8]と見なした。しかしそれでも、原稿を一部カットすれば本の体裁が整うだろうと判断、七〇年の春にメアリーとともに編纂作業を開始したといわれている。

「陸・海・空の三部作」および「海の部」の構成

前述の通り、『海流の中の島々』は「陸・海・空の三部作」の中の「海の部」に相当する。その他の部に関しては、ヨーロッパでの戦況を扱った「陸の部」が後に『河を渡って木立の中へ』へと形を変えて出版され、英国空軍にまつわる「空の部」はいくつか断片を記しながらも、小説としての体を成すことはなかったとされている。[9]

また「海の部」自体も、当初は四部構成であったといわれている。[10]ヘミングウェイが付けた各部の仮題、およびその後の経緯は以下の通りである。

（1）「存在する海（The Sea in Being）」→ヘミングウェイによって切り離され、『老人と海』として出版される。

（2）「若き海（The Sea When Young）」→『海流の中の島々』の第一部「ビミニ」と「マイアミ」からなる。「マイアミ」の主題は『エデンの園』へと引き継がれる。また「マイアミ」原稿の大半は作者の死後、「異郷」という題目で『ヘミングウェイ短編全集（フィンカ・

ビヒア版)』(一九八七)に収められる。

(3)「不在の海(The Sea When Absent)」→『海流の中の島々』の第二部「キューバ」に相当する。

(4)「海の追跡(The Sea Chase)」→『海流の中の島々』の第三部「洋上」に相当する。

ここで目を引くのは、当初「海の部」の一部として書かれたはずの「マイアミ」の主題が、作風が大きく異なる『エデンの園』に引き継がれているということであろう。これが可能だったのは、当時のヘミングウェイが「海の部」と『エデンの園』を交互に執筆していたからである。また、ヘミングウェイ本人が、一九四六年六月の時点で、『海流の中の島々』と『エデンの園』をそれぞれ異なる別の作品と見なしていなかったとの指摘もある。[11] 確かに「マイアミ」と『エデンの園』には共通項が多くみられる。たとえば、作家である男性登場人物が抱く女性への怖れや、子供をもつことよりも創作活動に躍起になる若い女性登場人物、そして二二年にヘミングウェイ自身が体験したいわゆるハドリーの「原稿紛失事件[12]」についての言及などである。これらを念頭に置くと、これらの二作品がひとつの核を共有していたことが分かるだろう。

『海流の中の島々』の作品世界

（傍線は編纂の過程でカットされた箇所を指す）

編纂本 vs. オリジナル原稿（ＯＭ）

『海流の中の島々』は、画家トマス・ハドソンを主人公とする「ビミニ」「キューバ」「洋上」の三部からなる長編小説である。各部のエピソードは互いに独立しているが、絵画と三人の息子、そして最初の妻に対するハドソンの深い愛情の念は、三部すべてに通底している。

まず第一部「ビミニ」の設定は、一九三六年の夏。ハドソンの息子たちが夏休みを利用してビミニ島に住む父を訪問、父や父の友人で若手作家のロジャーと釣りや潜水に興じたり、昔話に花を咲かせる様子が描かれる。長男「若トム」が自身の幼少期を振り返る場面では、画家として駆け出しだったハドソンの貧しき時代や、ジェイムズ・ジョイスら芸術家との親交に満ちたパリ時代が鮮やかに再現される。一方、ロジャーはパリでの奔放な女性関係やアメリカ西部での度重なる喧嘩などに疲れ、作家としての才能を枯渇させてハドソンの元へやってくる。

ある朝、ハドソンら一行は釣りをするためアイザック親子島まで船を走らせる。子供たちが椅子に腰掛け竿を握っていると、突然巨大メカジキが次男デイヴィッドの竿にかかる。六時間におよぶ死闘の始まりだ。前回、鮫に襲われそうになったばかりのデイヴィッド。ロジャーは終始デイヴィッドに寄り添い、彼に細かく指示を出す。ハドソンは船の上方で舵を取り、デイヴィッドの負担を減らすべく船を前後させる。三時間後、デイヴィッドの足が血で滲んでくる。弟を止めさせて欲しいと父に懇願する若トム。そんな彼に父は、デイヴィッドがこの苦闘を乗り切れば、今後の苦難を楽に乗り越えられるようになるはずと説く。一方、デイヴィッドの怪我を心配するロジャーまでもが彼にストップをかける。これは途中放棄ではなく分別だ、と。しかしデイヴィッドは、このメカジキは今や最高の友達だから一緒に頑張りたいと言い張る。だが健闘空しく、とうとう鉤素が切れてしまう。みるみるうちにメカジキが視界から遠ざかっていく。愕然とし肩を震わすデイヴィッド。感想を求められた彼がメカジキへの強い愛着と一心同体の感覚を口にすると、ロジャーだけが相槌を打つ。

翌日、行きつけのバーでハドソンは、メカジキ釣りの様子を写真以上にリアルな絵にすると宣言。ロジャーも今後は良い作品を書くよう心掛けると誓う。家に帰ると、ハドソンとロジャーは、三人の息子たちと飲んだくれ（rummy）についての会話で盛り上がる。息子たちは酔っぱらいの真似ができると胸を張る。昼食のために行きつけの店に行くと、子供たちはさっそく酔っぱらいの真似を披露する。

そこへ二人の旧知オードリーが店に入ってくる。かつてハドソンに思いを寄せたこともあるが、今はロジャーの小説執筆の助けになりたいと言う。息子たちが五週間の滞在を終え、母親が待つフランスへと旅立つと、ロジャーも再起をかけてオードリーと共に島を去る。激しい孤独感に見舞われるハドソン。それに追い討ちをかけるかのように、デイヴィッドと三男アンドルー、そして二人の母（ハドソンの二番目の妻バーバラ）がフランスで交通事故死したとの一報が入る。

フランスへ向かうイル・ド・フランス号の中。寝付けないハドソンが朝五時にバーへ向かうと、元義理の弟（バーバラの弟）ジョンとばったり出くわしてしまう。もともと馬が合わない二人は、ジョンが亡くなった二人の息子について無神経に触れたり、ハドソンの最初の妻を“bitch”と呼ぶなどしたことから、一触即発の状態となる。ジョンは、姉とその子供たちの遺体を引き取って埋葬するのは自分たちだと主張し、バーバラの遺言書や遺品についての話をちらつかせる。すでに離婚しているハドソンは、金銭面の援助くらいしかできることがない。

葬儀後のパリ。ハドソンは若トムとカフェ、ラ・クロズリ・デ・リラにいる。二人はデイヴィッドらを失った喪失感に包まれている。若トムは父に再婚を促してみるが、父にはまったくその気がない。若トムはハドソンの最初の妻でもある若トムの母が、今でもハドソンだけを愛していると伝える。そして話題は今後のことに移る。ハドソンは若トムに学校へ戻るよう指示する。ハドソン自身は旅に出るという。二人はクリスマス休暇にキューバの家で再会することを約束する。若トムは、デイヴィッドとアンドルーの記念碑を一緒につくろうと提案し、父もそれに同意する。

続く第三部「キューバ」の設定は、第二次世界大戦中の一九四三年二月。十二日間にわたる海上任務を終えてハバナ郊外の「農場」に戻ったハドソンが、翌日バーで最初の妻と予期せぬ再会を果たし、ベッドを共にしてから別れを告げるまでの一日を扱っている。物語の大半は会話とハドソンの回想、内面描写から成っている。また彼はこの三週間前に若トム戦死の知らせを受けており、その悲しみを一人で抱えている。

帰宅後ハドソンは愛猫ボイシーとベッドに横になり、今回の任務を振り返る。海上で考えていたのはボイシーのこと。しかし今は子猫だったボイシーを飼いたいと父に懇願した幼き日の若トムのことが思い出される。また翌朝ハドソンは任務報告のため大使館に出向くも海軍武官には会えず、行きつけのバー、フロリディータに寄る。知り合いのレベージョとのダイス勝負に勝ち、フローズン・ダイキリの砂糖なしダブルを立て続けに飲む。ふと若トム戦死の話が出る。ハドソンの中に、ずっと考えまいとしてきた悲しみが込み上げてくる。娼婦リリアンとの会話でも、若トムが赤ん坊だったころの思い出話が、無意識にハドソンの口をついて出てしまう。

すると突然、最初の妻が軍服姿でバーに入ってくる。女優で、現在は米軍慰問協会（USO）の一員として活動中という。未だ愛し続ける彼女を前に、胸が締めつけられる思いのハドソン。ふたりは早速「農場」へと向かう。若トムからしばらく便りがないと不満気の彼女に、ハドソンは息子の死を伝えられない。自分自身にすらどう伝えていいか分からないのだ。とうとう彼女がそれを察知すると、震えながらハドソンに向かって「かわいそうなあなた」と繰り返す。今後は互いに「無」と共に生きていこうと言うハドソン。そこへ次の任務要請が入り、二人は別れる。

最後の第三部「洋上」の設定は、一九四三年五月。ドイツ軍の潜水艦Uボートが一週間ほど前にキューバの北東沿岸で撃沈、その後、近くの島の住民を皆殺しにし、船や家畜などを奪って逃走したドイツ人乗組員を、ハドソンを艇長とする一行がボートで追跡する物語である。ドイツ側は、二隻の海亀漁船で北東沿岸を西に逃亡中。ハドソン側は、乗組員のピーターズが無線機を壊し、グアンダナモ海軍基地に情報を送信できない状況にある。

ハドソン一行の足跡は以下の通りである。ドイツ兵による島民虐殺の知らせを受けた一行は、コンフィテス島で、海亀漁船がクルス島へ入ったとの情報を得る。クルス島では瀕死のドイツ兵を発見し捕虜にするが、捕虜は何ひとつ有益な情報を言わずに死んでしまう。続いて一行はアントン島へ。しかし島への到着が一歩遅く、ドイツ兵が乗り捨てた海亀漁船が一隻と、前日まで彼らがいた形跡しか残されていない。

その後ハドソン一行は、ココ島沿いを経て、ギリエルモ島へと追跡を続ける。島の女性から、一時間半前に海亀漁船を見たとの証言を得るが、ギリエルモ島周辺が群島であることに加えて潮も引き始めているため、彼らは思うように前進できない。まもなく船が座礁する。ハドソンが眼前に広がるフラミンゴの群れに見とれていると、フラミンゴが島の上を飛ぶ際に一瞬怯えるのに気づく。敵の船が近くにあると察したハドソンは、乗組員二人を伴って船の襲撃を決意、決行する。ところが実際、船内にはドイツ兵が一人しかおらず、残りの兵は武装して別の船で島に上陸したことが判明。ハドソン側はピーターズが射殺されてしまう。無線係を失ったため、もはや基地に援護要請することもできず、この襲撃が間違いだったとハドソンは悟る。さらに彼は海軍情報局に今回の追跡行為を疑われることを憂慮し、記録を細かく取るよう指示、あわせて海亀漁船の残骸に爆薬を仕掛けるよう命じる。

翌朝、再び水路を進み始めると、ハドソンは猟師が不慮の事故に巻き込まれる危険性に気づき、一転、爆薬の取り外しを命じる。水路が狭まってきた所で、敵に狙い撃ちされる。いきなり左足を撃たれるハドソン。ドイツ兵が一人、降参して歩み出てくる。捕虜を確保する好機だが、乗組員アラが思わず射殺してしまう。激しい悪寒を感じながら、ハドソンは「たぶん俺は死ぬな」と思う。そしてカイバリエン港へ向かう途中、もう海の絵を描くこともないと考える。

Early Manuscriptの「マイアミ」セクション

Early Manuscript（EM）の「マイアミ」セクションは、先にも説明したように、一九八七年に刊行された『ヘミングウェイ短編全集』に「異郷」という題目で所収されている。「マイアミ」を「異郷」にするための編纂作業はいたってシンプルで、語法面での修正を除けば、編纂者が行ったのは、先に出版されている『海流の中の島々』との統一を保つために行ったと推測される登場人物の名前の変更と、一部の場面のカットくらいである。[13] 登場人物の名前の変更は二点、画家の「ジョージ」が「トマス（トム）」へ、そして三男の「トム」が「アンドルー」に変更された。この名前の統一は、後に言及するように、ヘミングウェイの混乱に起因するものではなく、この「マイアミ」を含むEMの登場人物の名前が、オリジナル原稿（OM）として書き換えられた際に大幅に変更されたことによる（図表4を参照のこと）。また「マイアミ」／「異郷」では、主人公ロジャーがしばしば「三人の息子たち」や彼らの母親に思いを馳せる。『海流の中の島々』を知る読者は、息子たちの父親はトマス・ハドソンであってロジャーではないことを承知しており、多少なりとも混乱を覚えずにはいられない。しかしこれも、EMの段階ではロジャーが三人の息子たちの父親として設定されていたためであり、「マイアミ」執筆時のヘミングウェイにおいては自然な流れであった。また、この作品の最後には、ヘミングウェイの原稿紛失事件についての詳細がロジャーの口から語られており、非常に興味深い。

それでは、「マイアミ」／「異郷」の内容を簡単に追っていこう。当作品の主人公は、三十六歳の作家ロジャーと、彼より十四歳年下の美女ヘレーナ。ロジャーには二度の離婚経験があり、三人の息子の父親でもある。ヘレーナの母親と関係を持ったこともあるという。一方のヘレーナも、かつてゲイの男と結婚していた経験を持つ。

二人はマイアミを発ち、車で西へ西へと向かっている。道中、しきりに「私のこと、愛してる?」とロジャーに訊くヘレーナ。初めの方こそ、彼はごまかして即答を避けてきたが、胸中に虚しさが広がってきたのを感じると「愛しているよ、ドーター」と「嘘をつく」。彼の脳裏には、依然として別れた妻（デイヴィッドの母）(14) の面影が色濃く残っており、前に元妻とのドライブで通った道にくると、その時のエピソードを思い出さずにはいられない。

ロジャーとヘレーナは行く先々のホテルで、夫婦を装って偽名で宿泊手続きをする。ロジャーはベッドの中で初めてヘレーナと交わり合い、暗闇の中で彼女の「異郷（a strange country）」に「迎え入れられる」。二度目にそれを体験したのを境に、ロジャーはそれまで抱いていた孤独感から解き放たれ、彼女に対して嘘の気持ちなく「愛している」と言えるようになる。

しかし、それでもロジャーの心には引っかかっていることがあった。一つはスペイン内戦の状況が悪化したこと、そしてもう一つは自らの執筆活動があまり進んでいないことである。内戦に関してはすぐにでもスペインに駆けつけたいところだが、到着する頃にはすでに決着がついている公算が高いだろう。それに内実、スペイン行きを望む一方で、駆けつけずに済む口実を探している自分がいる。彼は書こうと計画している作品のことを考え、過去のいかなる作品にも勝るものを書いて、自尊心を取り戻そうと決意する。こうしてロジャーは寝ているヘレーナの隣で、「自分自身」や自らの「良心」の声と反駁しあいながら、内戦や執筆活動に関してさまざまに思いを巡らせている。

ある日、ニューオーリンズに到着した二人は、立ち寄ったバーでアブサンを注文する。ヘレーナはアブサン初体験だ。アブサンを片手に二人は執筆についての話を始める。ヘレーナはロジャーに、目的地に着いたらもっと作品を書いて欲しい、偉大な作家になって欲しいと口にする。そして彼女が創ったという物語――ヘレーナの献身的な支えによって、ロジャーの創作活動が充実するという話――まで披露する。これまで長らく蓄えてきた物語の一端を披露したことの興奮にアブサンの効力が加わり、気分が高揚しているヘレーナに対して、執筆についての会話を避け続けてきたロジャーは違和感を覚えざるを得ない。二人の間には少しずつ不穏な空気が流れ、とうとうヘレーナは泣き出してしまう。何とかして彼女を落ち着かせると、ロジャーは、最初の妻との間で起きたパリでの原稿紛失事件について重い口を開き始める。妻が原稿を列車に置き忘れた経緯、複写を含めたすべての原稿が紛失したのを知ったときの自身の気持ち、そしてアパートで管理人の女と交わした会話を再現するロジャー。しばらく聞き入っていたヘレーナは、もう一杯アブサンを飲みたいという。そして彼に、続きを聞かせて欲しいとお願いする。

『海流の中の島々』の「ビミニ」セクションにおけるAuto/Biography創造への試み
――チャールズ・スクリブナー・ジュニアらによる編纂の問題点

『海流の中の島々』の編纂方法とその特徴

カリブ海を舞台に、ハドソン親子の交流が描かれる「ビミニ」セクション。しかし先述したように、スクリブナー・ジュニアらが編纂した「ビミニ」の原稿はOMのみで、ヘミングウェイが残した「ビミニ」のすべてではなかった。しかも彼らはOMですら、その約二割をカットして編纂本を仕立てたのである。

スクリブナー・ジュニアらが「ビミニ」編纂時にポイントとした中で、特にOMのもつ特色を半減させたと考えられるものは主に四点ある。一点目は登場人物の名前のゆらぎを解消させたこと、二点目はOMでは一人称と三人称で語られていた主人公ハドソンを三人称で統一したこと、三点目は図表3が示すように、OM十一章［次男デイヴィッドとメカジキの死闘の翌朝のシーン］をすべてカットしたこと、そして四点目はOM十六章と十七章［ハドソンが次男デイヴィッドと三男アンドルーの事故死の知らせを受けた後のシーン］を大幅にカットしたことである。すなわち登場人物の名前や人称のゆらぎといった編纂者が見なした「不完全」な箇所の修正と、作者が当然したであろうと彼らが判断したカットが編纂の主軸になっている。

しかし実際には、この「不完全」な箇所にこそ、作者ヘミングウェイの創作上の意図が潜んでいる。結論を先んずれば、この作品では過去の出来事や人物をフィクション／ノンフィクションの境界線上で描く過程で、いかに虚構の（つまり鉤括弧付の）「ヘミングウェイ」を作品内に織り込むか――このAuto/Biography創造への希求と試行錯誤、そして失敗の形跡が、形式の面では名前の変更と人称のゆらぎとなって、また内容・テーマの面では十一、十六、十七章となって表れていると考えられる。そしてそれを明らかにするには、OMと編纂本の比較だけでなく、EMの分析およびEMとOMの比較考察も不可欠となってくる。さらにEMを含めた考察は、同時にスクリブナー・ジュニアらの編纂の問題点をも浮き彫りにする。

EMについてはバーウェルがOMと比較しながら詳細に紹介しているのを除いて、これまでほとんど論じられていない。しかし彼女もスクリブナー・ジュニア同様、人称にゆらぎが見受けられることや登場人物の名前が変更されていることはいずれも注目に値しないと断定している。[15]

図表3 「ビミニ」のオリジナル原稿（OM）と編纂本の語数比較（単位：語）

章	オリジナル原稿	削除部分	編纂本	比率（*）
1	1,155	0	1,155	1.00
2	1,951	0	1,951	1.00
3	3,558	9	3,549	1.00
4	10,649	2,400	8,249	0.77
5	8,422	340	8,082	0.96
6	1,295	0	1,295	1.00
7	5,446	231	5,215	0.96
8	3,339	0	3,339	1.00
9	14,425	1,849	12,576	0.87
10	4,826	38	4,788	0.99
11	2,795	2,795	0	0.00
12	5,380	260	5,120	0.95
13	7,737	2,979	4,758	0.61
14	806	0	806	1.00
15	640	28	612	0.96
16	3,301	2,048	1,253	0.38
17	1,126	1,126	0	0.00
計	76,851	14,103	62,748	0.82

（*）：編纂本の語数／オリジナル原稿の語数

さらに彼女の論考は、EMとOMの比較にとどまっており、スクリブナー・ジュニアらによる編纂方法やその問題点には及んでいない。

そこで本項では『海流の中の島々』の「ビミニ」を取り上げ、OMがもつ特色を損ねたと考えられる上記四点の中から、まずスクリブナー・ジュニアが「不完全」さの最たるものとして挙げた一人称と三人称のゆらぎと登場人物の名前の変更に焦点を当て、そこから浮かび上がってくるヘミングウェイの創作意図をEMとOMの比較を通じて考察する。その後、彼のその意図が色濃く反映されていながら編纂によって大幅あるいは全カットされてしまったOM十一章および十六、十七章の考察に移ることにより、OMから編纂本への編纂の問題点にも触れていきたい。

Early Manuscript（EM）からオリジナル原稿（OM）へ

〈Early Manuscript の特徴——登場人物の名前変更と人称のゆらぎ〉

バーウェルも指摘する通り、EMとOMとの間には、登場人物の名前に違いがみられる（より正確にいえば、名前はEMの後半に変更され始め、両者が混合したまま物語が終わる）。主な変更点は図表4の通り、主人公でベテラン画家のジョージ・デイヴィスがハドソンに、そして若手作家ロジャー・ハンコックが画家ジョージ・デイヴィスの姓を引き継いでロジャー・デイヴィスになっている点、また三人の子供たちの名前も、当初は長男がアンドルーで三男がトムであったものが、後に入れ替わっている点である。

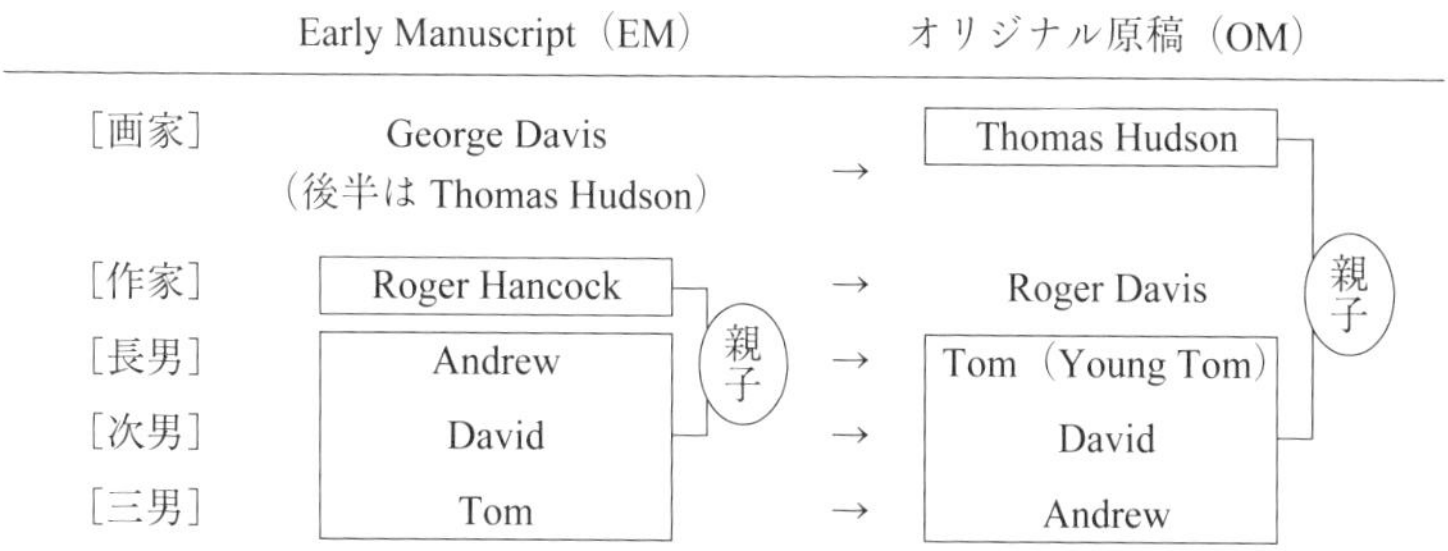

図表4

　ジョージ・デイヴィスからトマス・ハドソンへの変更は、苗字の頭文字をヘミングウェイのそれと同一にすることで作者の自己投影の度合をより強めるためだったと推測できる。アラン・ジョセフスは、ヘミングウェイが一九三〇年代後半にスペイン内戦を題材にして書いた短編「人のいる風景」（スペイン内戦ものの中でもっとも自伝的要素が強い作品といわれている）の中で、ヘミングウェイを喚起させる語り手の頭文字を〝EH（Edwin Henry）〟とすることによって自身を投影させようとしたと指摘している。[16] また子供たちの名前の変更については、EMではロジャー・ハンコックが三人の子供の父親であったものが、OMではトマス・ハドソンに変更されており、「若トム（Young Tom）」の愛称を持つ長男トムが父親の分身としての役割を担うことが暗示されている。

　一方、人称に関しても、EM、OMともに、最初は主人公（ジョージ・デイヴィス、ハドソン）を一人称とした形式から始まっていたものの、後半になって突然三人称に変化し、その後は両者を行ったり来たりする。たとえばEMの終盤に書かれた次の場面では、語り手ジョージ・デイヴィスがハドソンに、そして人称も一人称から三人称へと変更されながらも統一させることができず、一人の人物に対してジョージ・デイヴィス、ハドソン、そして「私（I）」の三つが混在している。


「もしあなたのご友人がお描きになったこの絵が売り物でしたら、ぜひその方と価格交渉をしたい」とその男は言った。「あなたが~~ジョージ・デイヴィス~~トマス・ハドソンさんですよね？」

「私が~~デイヴィス~~ハドソンだが」

「あの絵は売りに出されていますか」

「いや」と~~私~~ハドソンは言った。「残念ですが」(17)（二重線は作者による）

またEMにおける名前の混同は、同一人物に対してだけでなく、画家トマス・ハドソンと作家ロジャー・ハンコックの間にも見てとれる。たとえば八章では、「~~ロジャー~~トマス・ハドソン」という手書きの訂正が数多く見られるし、子供たちが父ロジャーだけでなくハドソンのことも「パパ」と呼んでいる場面も、ヘミングウェイはすべて「~~パパ~~デイヴィスさん」と修正している。

では、これらの名前の変更や人称のゆらぎの背景には、作者ヘミングウェイのどんな思惑が潜んでいるのだろうか。この問いをＥＭにおける三つの特色から探ってみる。

まず一つ目の特色は、このＥＭが当初は主人公ジョージ・デイヴィスによる、ロジャー・ハンコックと三人の子供たちの回想録（伝記）という形式をとっていたことである。ここではジョージ・デイヴィスを物語の中に配置し、自伝の形式を踏襲しながらも、内容自体はむしろ彼の目に映ったロジャー親子と彼らのひと夏の思い出が中心となっている。

また二つ目の特色は、ロジャー・ハンコックが限りなくヘミングウェイに近い人物として設定されていることである。たとえば、ロジャーはこの時すでに二度の離婚経験を持つ三人の男の子の父親であり、作家になる前は新聞記者として働いた経験がある。また作家の修行時代にはパリに住み、フィッツジェラルドやジェイムズ・ジョイスなどの作家や画家との交流が盛んだった男でもある。

そして三つ目の特色は、この作品におけるヘミングウェイの目論見が、事実をもとに「物語」を書く過程で生じるフィクション／ノンフィクションの境界線を、意図的に撹乱するということに向けられていた点である。ヘミングウェイはＥＭを以下の文章で始めている。

私にはこの話が最後まで脱線せずに続くのか分からないし、証明できないこともいくつかある。でもだからこそ、この物語が十分に風変わりなものだと言えるのだ。この作品の始まりを知る者はごくわずかで、誰しも最後にはかなり混乱してしまう。でもあなたがそれを解決してくれれば、物語としてはそれでいいのだ[18]。

これは『移動祝祭日』の序文で彼が、「もし読者が望むなら、この本はフィクションと見なされてもいい。しかしこのような類のフィクションが、事実として書かれたことにヒントを与える可能性は常にあるのだ[19]」と前置きしていることにも通じている。

これら三つの特色ならびにこの物語の設定がバーウェルも指摘する一九三六年であることを考慮すると、ヘミングウェイがこのEMで用いた手法は、ジョージ・デイヴィスという空の媒体を「想起する主体」として物語の内側に置き、そこから若き日の「ヘミングウェイ」と息子たちを「想起される客体」として描くというものだったと推測することができる。つまり作者ヘミングウェイ側からみれば、自らの自伝（autobiography）を、作者とは無関係（と初期設定した）のジョージ・デイヴィスの目を通じて、彼によるロジャーの（ひいてはヘミングウェイ自身の）伝記（biography）として描こうとしたのである。この伝記の形をとった自伝というスタイルは、パートナーであるアリス・B・トクラスの自伝と銘打ち、彼女の視点から話を展開させながらも、結果的には作家本人の自伝を書いたガートルード・スタインの『アリス・B・トクラスの自伝』の手法を彷彿とさせるだろう。

しかしこのヘミングウェイの試みは、EMの後半で徐々に均衡がとれなくなる。ジョージ・デイヴィスがトマス・ハドソンに変化したことを契機に、物語の前半で成立していた「I＝

ジョージ・デイヴィス」という構図が、結果的に、

I ＝ジョージ・デイヴィス＝ ハドソン ＝ロジャー・ハンコック＝ he

（I ≠ he）

という矛盾したものになってしまったからである。ヘミングウェイはハドソンを比較的コンスタントに三人称で言及するようになった後も、引き続き〝I〟を使い続けており、結果的に主要人物の人称の一貫性を保てなくなっている。これがEMの執筆断念の大きな要因になっているといえるだろう。そしてこの五年後、ヘミングウェイがEMのリライト版としてOMを執筆する時には、必然的にこの問題点を解消することから始められることとなる。

〈オリジナル原稿（OM）の特徴〉

一九五一年にEMを大幅に書き換えた際、ヘミングウェイは登場人物の名前を変えたり、息子二人の事故死の場面を付け足すなどさまざまな変更を行った。特に着目すべき変更点としては、子供たちの父親をロジャーからハドソンに変えたこと、そしてそれによって、EMではジョージ・デイヴィスがロジャー・ハンコック親子を語るという伝記的な手法をとっていたものから、ハドソンが自らと息子たちを語るという自伝の手法へと変化させたことであった。これは、EM

の執筆における矛盾と混乱を解消させるための手段であったと考えられる。

ＯＭでは、ハドソンが三人の息子の父親になったことに伴って、ヘミングウェイがもっとも強く投影される対象も、ロジャーからハドソンに移動する。そしてヘミングウェイは、ハドソンの視点から、一人称を使って話を展開させていく。

ＯＭにおいてヘミングウェイが試みたと思われる実験的手法は、「想起する主体」をハドソン一人に設定しながらも、「想起される客体」を、ハドソンだけでなく、ハドソンの前身ジョージ・デイヴィスの姓を引き継いだ若手作家ロジャー・デイヴィスと長男若トムの三人に分散させようとしたことである。ハドソンがヘミングウェイを色濃く反映していることはすでに述べたが、ロジャーが抱えている苦悩も、若かりし日のヘミングウェイが抱えていたもの（女性関係、および小説を立派に書くこととの責務とそれに対する自信の喪失）と似ている。またロジャーは、はじめはすべてにうんざりといった自暴自棄の状態にあったものの、ハドソンの最初の妻を喚起させる（とハドソンが思っている）女性オードリーと恋に落ち、作家としての再生を匂わせて彼女とともにハドソンの元を去っていく。ここで興味深いのは、オードリーがはじめは苗字をブルースと名乗っていたものの、後になってレイバーンだと明かし、ヘミングウェイの最初の妻ハドリー・リチャードソンの苗字の頭文字と同じになる点である。ヘミングウェイがハドリーとの離婚を後々まで後悔していた点を考慮すると、実際には果たせなかった復縁の願いを若かりし頃の自身ともいえるロジャーに託したとも考えられるだろう。すなわちトマス・ハドソンが「今（執筆当時）」のヘミングウェイを、そしてロジャー・デイヴィスが「かつて（一九三六年当時）」のヘミングウェイを表していると解釈することができるのだ。

また若トムに関しては、トマス・ハドソンがパリ時代を回想する場面において、自らは言いづらい同時代作家たちのことを、当時まだ幼かった長男若トムの口から言わせており、若トム（Young Tom）は、その名が暗示する通り、トマス・ハドソン（Tom）の補完的な役割を担っている。実際、次男と三男は父のパリ時代の様子を、父からではなく兄である若トムの語りを通じて構築している。また編纂によって大幅にカットされた十六、十七章を考慮に入れると、若トムを取り巻く物語は、全般を通じて、父親との緊密なふれあいを通じて行われるイニシエーション色の強いものになっていることがわかる。これを端的に表しているのは、OM十七章（事故死した次男と三男の葬儀後に二人で交わした会話）の最後の若トムのセリフである。

「丘の上にディヴ［デイヴィッド］とアンディ［アンドルー］のちょっとした記念碑をつくろうよ。僕は一生かけてディヴィと同じくらいいい人になれるようがんばってみるんだ。（中略）もしパパがカンボジアに行くのなら、彫刻のアイデアを東洋から得られるかもしれないね。パパ、僕も長旅に行っちゃダメかな。（中略）僕自身にとっても成長するいい機会になると思うんだけど」と若トムは言った。(20)

ＯＭの後半十六章では、次男と三男が交通事故を起こして命を落とすも、長男の若トムだけは生き残る。そして父親とともに悲しみを乗り越えようとし、父親の目がいつか見えなくなって絵が描けなくなったとしても、自分がずっと側にいて父の面倒をみると決意する場面で物語が終幕する。

このトマス・ハドソン対若トムの構図は、一方で若手作家ロジャー・デイヴィス対次男デイヴィッドという同じく名前の響きが似た者同士の構図と対置することができる。これが強く示唆されているのが、同じく完全にカットされたＯＭ十一章である。デイヴィッドのメカジキ釣りの翌朝、皆で会話を交わすこの章では、デイヴィッドは意識的に何度もロジャーに話しかけ、二人の距離を縮めようとする。またＯＭを通読すると、二人はともに複雑な一面を持ち、それがゆえにトラブルが多いなど、性格的にも似ていることが強調されている。このトム対若トム、ロジャー・デイヴィス対デイヴィッドの関係を視野に入れつつ「ビミニ」における息子二人の命運の違いを考えてみると、長男若トムが生き残り、父の傍でさらに成長しようと決意する一方で、若き日のヘミングウェイを投影させたロジャー・デイヴィスと接点を持つ次男デイヴィッドが命を落とすということは、ヘミングウェイが若き日の自分を否定的に捉えていたとの解釈を可能にするだろう。そして同時に、ＥＭにおいてアンドルーという名前だった長男の名前がＯＭで若トムに変更されたことも、バーウェルが言うように恣意的なものではなく、ヘミングウェイの意図があってのものだと結論づけることができるだろう。

しかし、ヘミングウェイはこのOMを執筆する過程において、再び一人称と三人称を混同させてしまう。そしてそれは解消されることなく、最後まで続く。初めは自伝を書くという意図のもと、〝I〟を使って物語を展開させていったのであろうが、自己の投影をハドソンだけでなく、ロジャーや若トムにまで分散させたため、本来「想起する主体」と同一であるはずの「想起される客体」としてのハドソン(ヘミングウェイ)が「想起する主体」から遊離し、結果的にロジャーや若トム同様に三人称になってしまったと考えられる。あるいは一人称で語られていたハドソン(ヘミングウェイ)が、執筆が進むうちにヘミングウェイ自身から一人歩きして、彼が意図する形ではなく、世間に普及されている「ヘミングウェイ」の様相を帯びてしまい、結果的にヘミングウェイ本人との間に乖離が生じてしまったからかもしれない。

オリジナル原稿(OM)から編纂本へ――スクリブナー・ジュニアらの編纂の問題点

ここまで、EMならびにOMから浮かび上がる作者ヘミングウェイの意図を考えてきた。名前の変更も人称のゆらぎも、過去の出来事や人物をフィクション/ノンフィクションの境界線上で描く過程において、いかに「ヘミングウェイ」を作品内に織り込むか――その実現に向けての模索の表れであった。もともとこの作品が単なるフィクションではなく、ノンフィクションとの境界を視野に入れたものであったことは、ヘミングウェイが一九四〇年に受けた『キャンザス・シティ・タイムズ』紙のインタビューからも窺い知ることができる。

いま書きたいと思っていることは二つ。一つはメキシコ湾流についての物語で、『午後の死』のように事実にもとづいた（factual）ものになるだろう。そしてもう一つは、三人の息子たちについての本、これを書きたいと思っている（ジョンは十六歳、パトリックは十二歳、グレゴリーは九歳）[21]。（傍点は引用者による）

最後にこの点およびOMでは当初、一人称による自伝の形式で書かれていた点などを踏まえて、スクリブナー・ジュニアとメアリーの編纂が及ぼした影響を考えていく。

まずスクリブナー・ジュニアらは、この作品の語りを三人称に統一した。その結果、自伝に必要な「想起する主体」の存在が物語の中から消され、ヘミングウェイがこの作品で試みようとした手法の主軸が根底から崩れてしまった。一方、トマス・ハドソン、ロジャー、若トムの三人に振り分けて展開された「想起される客体」も、特にハドソンと若トムについては、次男と三男が事故死した後のやりとりが描かれる場面（OM十六章と十七章）の大幅カットによりその相互の関連性を失ったといってよい。

またスクリブナー・ジュニアらは、次男デイヴィッドがメカジキ釣りの翌日にロジャー・デイヴィスとの距離を縮めようとする場面（OM十一章）もすべてカットした。そのため若トムのイニシエーションものという作品テーマの一つが消滅しただけでなく、デイヴィス対デイヴィッドの構図も消失したため、マイケル・レノルズが言うような「結末が混乱している[22]」という批判を招くことになった。つまり、語数的には全体の二割カットに過ぎなかったとしても、そしてメアリーが編纂本で述べたように、実際には「何もつけたしていな[23]」くても、彼らの編纂がオリジナル原稿に及ぼした影響は、本項で述べたいくつかの作品解釈の可能性を断ち切ったという意味において決して少なくないといえる。ヘミングウェイの原稿にみられる名前の変更や人称のゆらぎには、新たな形のAuto/Biographyを創造しようとするヘミングウェイの思惑と、それを実行するにあたって直面した困難とが見え隠れしているのだ。本項で言及した編纂箇所だけをみても、スクリブナー・ジュニアらの編纂が当作品を新たな「ヘミングウェイ・キャノン」誕生から逆に遠ざけてしまったことは確かである。

第三章　『エデンの園』／「最後の良き故郷」

執筆・編纂の経緯

『エデンの園』は、フィリップ・ヤングとチャールズ・マン共編の『ヘミングウェイ原稿目録』（一九六九）を通じて初めて存在が公になった作品である。その後まもなくして発表されたベイカーの伝記『アーネスト・ヘミングウェイ』にも当作品の執筆経緯と概要が紹介され、「『エデンの園』という新しい風変わりな（strange）長編小説(1)」の一端がベールを脱ぐことになった。ところが、この作品が従来のヘミングウェイ作品とあまりに色合いが異なるためか、ベイカーは「過去と現在が交錯する実験作で、驚くべき愚劣さに満ちている(2)」と断じた。

ヘミングウェイが『エデンの園』に取りかかったのは一九四六年初頭、メアリーとの結婚（三月十四日）を控えている頃であった。当時、彼の手元には『海流の中の島々』が未完のまま残されていたが、いったん『エデンの園』に着手すると、その勢いは止まることがなかった。ヘミングウェイ自身の証言によれば、手書き原稿の枚数が二月中旬に四〇〇枚、四月末に七〇〇枚、七月半ばには一〇〇〇枚と勢いよく膨らんでいったものの、それでもこの作品の計画は始まったばかりだったという(3)。その後も彼は、五八年まで原稿の一部をリライトしながら執筆を続け、手書き原稿とタイプ原稿を合わせて一五〇〇頁以上（計五十一章、約十六万九〇〇〇語）を書き上げたのである。

『エデンの園』の執筆は、第二章で論じた『海流の中の島々』同様、あらかじめ自身が立てておいた構想通りには進まなかったようである。このことは、ヘミングウェイがラナムに「次に何が起こるかも分からないまま、細部から細部へと工夫を凝らして書き進めていった(4)」と打ち明けていたことからも分かる。

ヘミングウェイの死後、遺稿を整理していた際に『エデンの園』の原稿を発見したメアリーは、マルカム・カウリーらに原稿を見せて、その評価を問うた。カウリーはこの原稿の書籍化を提案したが、いざ一冊の本にまとめようとすると、作品の構成や内容の複雑さに音をあげ、途中で断念してしまった。そこでメアリーは、この原稿を携えてスクリブナーズ社を訪問した。原稿に目を通したスクリブナー・ジュニアは「これを出版すべきだと確信し(5)」てくれはしたが、カウリー同様、彼も原稿を本の形にまとめ上げることができなかった。ちなみに二人の他にも、ドウ・クーヴァーやマイケル・ピーチなどが『エデンの園』の書籍化を試み、挫折している(6)。

そのような状況の中、最後に白羽の矢が立ったのが『エスクァイア』誌からスクリブナーズ社にやってきたばかりの若手編集者トム・ジェンクスであった。彼は当初この編纂作業にはまったく乗り気でなかったが、原稿を読んだ途端、次の引用が示す通り、考えが一変したという。「［こ の小説は］ぜひとも出版すべきだ――研究者のためでなく一般読者のために。この小説にはデイヴィッドとキャサリンのボーン夫妻が登場する素晴らしい物語があるのだから(7)」。ここで注目すべきは、ジェンクスがボーン夫妻に『エデンの園』の存在価値を見出している点である。これは同時に、ジェンクスがニックとバーバラのシェルドン夫妻のプロットを完全にカットさせた理由をも説明する。ジェンクスは当初、この作品の原稿が膨大かつ複雑であったために困惑したが、シェルドン夫妻のプロットを完全にカットしたら、その後の編纂はスムーズにいったと証言している(8)。

ジェンクスの編纂に対しては出版当初からさまざまな批判が浴びせられた。しかし当のジェンクスは、一九八六年十二月に開催されたMLA(The Modern Language Association)のヘミングウェイ・セッションにおいて、刊行されている『エデンの園』は総じて非常に高い評価を得ているし、少なくとも明晰さの点では優れたものになったと弁明した(9)。そしてこの講演以降、いっさいの質問や問い合わせには応じないと明言、その後は頑なに口を閉ざしたのである。

『エデンの園』の作品世界

『エデンの園』のオリジナル原稿はBOOK1～3と大きく三つに分かれている。それぞれで展開されている作品世界およびヘミングウェイが遺した二つの「仮の最終章」の内容を略述する。傍線は編纂の過程でカットされた箇所を指す。なお、本書ではアメリカ原住民としてのインディアンをネイティブ・アメリカンではなく「インディアン」と表記する。ヘミングウェイが生きた時代には「インディアン」という呼称が通称で、彼の作品にもそう書かれているからである。

〈BOOK1〉

作家デイヴィッド・ボーンと妻のキャサリンは三週間前に結婚したばかりの若いカップルで、新婚旅行を満喫中。パリやアヴィニョンなどフランス各地を転々とし、いまは南フランスの地中海に面した小さな町、ル・グロ・デュ・ロワのホテルに滞在している。デイヴィッドが執筆活動を一時休止していることもあって、ふたりはバス釣り、食事、昼寝、そしてセックスに明け暮れる毎日を送っている。

そんな五月のある日、キャサリンは何の前触れもなく長かった髪を男の子のように刈り上げ、デイヴィッドの元へ戻ってくる。驚きを隠せないデイヴィッド。彼女は「これでも最初は怖かったのよ」と言いながらも、「これで男の子にも女の子にもなれるのね」と満足気な様子。ロダン美術館で観た彫刻からヒントを得たというキャサリンは、デイヴィッドに性行為に関する実験的な試みをもちかける。「その彫刻の人物のようになって欲しい」。嫌がるデイヴィッドに、キャサリンは「何も考えなくていいから」と繰り返す。そしてベッドで仰向けになっている彼に覆い被さると、キャサリンは徐々に下の方に手を伸ばす。体内の異物感を覚えるデイヴィッド。キャサリンは自らを「ピーター」、デイヴィッドを「キャサリン」と呼び、性役割を交換した試みを敢行する。事を終えると、ふたりに訪れる今後の変化に期待を寄せるキャサリンとは対照的に、デイヴィッドは「自分」という存在を見失い始めるのであった。

性役割の交換を果たしたキャサリンが次に目論んだのは、アフリカへ行くことと、カナカ人の[10]ように真っ黒に日焼けすることであった。デイヴィッドには、彼女がそこまで日焼けに躍起になる理由がさっぱり分からない。そんな折、出版社から、彼の最新作が高評価を得ていることを知らせる手紙が届く。同封された書評に目を通すデイヴィッド。キャサリンは、書評の内容から浮かび上がる作家「デイヴィッド」像と、目の前にいる夫「デイヴィッド」の乖離に不安を覚える。そして「(書評を)すべて燃やしてしまいましょうよ」と言い出す。キャサリンは、書評なんかで私たちをダメにされたくない。そうなるくらいなら、独自の方法で自分たちを破壊してしまいたいと口にする。デイヴィッドは思う——たしかに彼女は、僕を破壊することを楽しんでいるようだ。でも僕だって、そうされるのを楽しんでいるのかもしれない……。

〈BOOK2〉

舞台は変わって、アメリカ人画家ニック・シェルドンと妻のバーバラが住むパリ。時はBOOK1と同じ年の真冬に遡る。ある夜、ふたりがベッドの中で体を寄り添っていると、バーバラが突然“wicked”なことを試してみたいと言い出す。驚くニックに彼女は具体的な説明を一切しないで、ただ「何も考えないで」、「目を閉じて」とだけ繰り返す。ニックが言われるがまま横になっていると、バーバラの指先が全身を触れ、まもなく何かが「入ってくる」のを感じる。

翌朝、バーバラはふたりの外見を同じにするために、ニックの伸びきった黒髪にハサミを入れる。散髪後の自分の顔を見て、ニックは「インディアンみたいだ」と感想を口にする。短く刈り込まれた頭に手をやりながら、彼は奇妙な感じがするとともに、自身の内面が変わっていく気がする。そんな彼の様子を気に留めることなく、バーバラは性行為に関する次なる計画として"new crazy thing"をしたいともちかける。

〈BOOK3〉

パリのとあるカフェ。デイヴィッドとシェルドン夫妻がテーブルを囲んでいる。まもなくしてキャサリンが合流すると、すぐさまニックとバーバラの髪の長さが同じであることに気づく。キャサリンはあえてふたりを注視しないよう気遣っているが、一方のバーバラは真っ黒に日焼けしたキャサリンから目を離せない。その視線を察知したのか、キャサリンは女性に興味はないとバーバラに向かって断言する。

デイヴィッドはキャサリンに頼まれ、ふたりの新婚旅行を題材にした小説を書き始める。デイヴィッドはまた、ニックがいかに素晴らしい画家であるかについても書きたいと思っている。ニックの描く海の絵は、ウインスロー・ホーマー(11)の絵にも匹敵するからだ。しかしキャサリンは、デイヴィッドが自分の小説の書評に一喜一憂することを快く思っていない。肌を焼くことに執着し続けるキャサリンとデイヴィッドの関係は、次第にぎくしゃくしていく。

ある日、デイヴィッドに会ったバーバラは突然「キャサリンをパリから追い出して」と懇願する。デイヴィッドにはその真意がつかめない。四人で食事をしていてもバーバラはキャサリンを食い入るように見つめるため、次第にキャサリンは彼女に会うのを渋るようになる。ビアリッツの美容院で前髪までも短く切ってしまったキャサリンを見てバーバラは、男の子というよりjail-bail（性的魅力のある承諾年齢以下の少女）のようねと言う。アブサンを片手に少しずつ苛立ちを覚え始めるキャサリンは、負けじとバーバラに憎まれ口をたたくようになる。二人の関係は悪化、デイヴィッドとキャサリンがパリを離れるまでその状態が続く。

パリを発ち、スペインのマドリードへ移ったデイヴィッドとキャサリン。デイヴィッドは作家仲間のアンドルー・マリー（アンディ）と再会を果たし、キャサリンも交えて食事をする。三人は会話に花を咲かせ、裕福なキャサリンの叔父のこと、アンディが体験したスペイン内戦の話や闘牛の話など話題が尽きることはない。またアンディは絵画にも造詣が深く、ポール・セザンヌをはじめ、パブロ・ピカソやジョルジュ・ブラックといった画家の名前が次々と彼の口から出てくる。しかしその一方で、アンディはデイヴィッドらに向かって、自分は君たち二人ほどイノセンスを持ち合わせていないとも言う。(12)

さて、デイヴィッドとキャサリンが初めて性役割交換の試みをしてから三ヵ月弱が経過した。キャサリンは三度目となるヘアカットを行い、ふたたび「男の子に戻って」デイヴィッドに性役割の交換を迫る。この頃には昼夜問わず、その行為を繰り返すようになっていた。キャサリンはデイヴィッドに、考えず（Don't think.）ただ感じて欲しい（Just feel.）と何度も懇願する。それに従いながらも、彼は徐々に後悔の念（remorse）に苛まれるようになっていく。

八月。デイヴィッドとキャサリンは再びフランスに戻る。デイヴィッドはふたりの新婚旅行の小説を書き続けている。ふたりは挿絵をニックに描いてもらうことで一致する。ただし、キャサリンはこの旅行記の出版自体には反対している。書評や切り抜きには、もううんざりなのだ。

キャサリンは、カンヌの美容師ジャンのサロンにデイヴィッドを連れて行く。ふたりとも同じ髪型にし、同じ白いブロンドに染髪するためである。髪を染めたデイヴィッドに向かって、キャサリンは"girl"と呼び、夜にはふたたび性の役割交換を行う。今度はデイヴィッドが"Don't think."のフレーズを繰り返し、キャサリンに代わって"feel"という言葉を多用するようになる。

ある日デイヴィッドとキャサリンは、カンヌのカフェでレズビアンのカップルに出会う。そのうちの一人、マリータは浅黒い肌をした美しい女性である。彼女はふたりに、どこの美容室で髪を切ったのかを尋ねる。そしてマリータも髪を短くカットすると、キャサリンは彼女をデイヴィッドのもとへ連れて行く。マリータが言うには、彼女はレズビアンの恋人と別れ、今はキャサリンとデイヴィッドの両方に恋をしているとのこと。キャサリンはデイヴィッドに、マリータとキスするようけしかけ、彼女自身も初めてマリータを相手に女性同士の性的関係を持つ。ちなみにマリータには離婚歴があり、両親も離婚、父は亡くなったが母は再婚しているという。

そんな最中、デイヴィッドはキャサリンとの旅行記の執筆を中断し、新しい短編小説の執筆を始める。彼が少年時代を過ごした東アフリカを舞台にした回想録で、長い間あたためてきたが、数日前にふと執筆を思い立ったという。いったん書き始めると、デイヴィッドはその作品に没頭、「物語の中でのみ生き」、わずか二日間で完成させる。

マリータを入れた奇妙な三角関係は、依然として続いている。当初、マリータを快く思っていなかったデイヴィッドだが、彼の回想録に興味を抱くマリータに次第に惹かれていく。一方、デイヴィッドの執筆活動に嫉妬するキャサリンは、彼の許可なく、マリータにふたりの旅行記を読ませてしまう。激怒するデイヴィッド。しかしキャサリンは、まったく意に介さない。

キャサリンは、徐々に精神を病んでいく。ソマリ族の男は決して妻を手放さないことから、今度はソマリ族の女になると言ったかと思えば、デイヴィッドに向かってもう性行為はしないと言い放ったりする。彼女はもはやマリータにも性的関心を抱いておらず、女性同士の関係を持ちたくなったらバーバラに会いに行くと言うのだ。この頃からデイヴィッドは、スイスでの療養を考え始める。

一方のマリータはデイヴィッドに、彼と性的関係を持つようになって初めてセックスの本当の喜びを知ったと伝える。そしてデイヴィッドが、かつて故郷のオクラホマでインディアンの女と結婚寸前までいったことがあると聞くと、マリータはもっと肌の色を黒くしたいと言い出す。デイヴィッドも、マリータの望みに賛同する。

デイヴィッドはいま、アフリカでの象狩りの物語に取り組んでいる。彼は書きかけの原稿をマリータには見せるが、キャサリンには決して見せない。デイヴィッドとマリータの関係は少しずつ深まり、キャサリンの言動はさらに支離滅裂となっていく。キャサリンは、ふたたびジャンの美容室にデイヴィッドを連れて行き、ふたりの髪型を同じにし、髪の色をともに象牙色に染める。鏡に映る自分の顔を見られないデイヴィッド。ここにきてようやく、これまで自分がキャサリンに対して許してきたことの愚かさを知る。

象物語が完成した。デイヴィッドはマリータと一緒にその物語に目を通す。デイヴィッドは彼女に、アフリカにいたころ想いを寄せていた「フィアンセ」の話をする。それを聞いたマリータは彼にソマリ族の女になると宣言する。

デイヴィッドがマリータと出かけている間に、キャサリンはスーツケースに入れておいた書評の切り抜きと、ふたりの新婚旅行を綴った旅行記以外の短編小説をすべて燃やしてしまう。これで旅行記に専念できるわね、と悪気のない様子のキャサリン。明日さっそくフランス南西部の町アンダイユに行って、ニックに挿絵を描いてもらうよう依頼するという。キャサリンに対して憎しみを覚えるデイヴィッド。しかし、彼女がデイヴィッドに原稿を燃やしたことへの謝罪と、十日前後で戻ってくる旨をしたためた手紙を残して去ると、彼はその手紙に思わず胸を動かされる。

キャサリンが不在の間、マリータはデイヴィッドへの想いを強めていく。マリータは、性行為の後、妊娠したに違いないと興奮気味に話す。しかしデイヴィッドは心ここにあらずといった様子で、キャサリンに思いを馳せ、キャサリンは僕よりもっと傷ついているかもしれないと心配し始める。

デイヴィッドは執筆の合間に、マリータを連れて泳ぎに出かける。砂浜で二人は、アフリカ行きのことや、キャサリンのスイス療養に関する話をする。デイヴィッドはキャサリンと離婚し、マリータと結婚する意志があることを告げる。喜ぶマリータ。そして今一度アフリカ行きを切望し、「自分を変えたい」と訴える。その背景には、マリータが目を通した、デイヴィッドとキャサリンの旅行記と「フィアンセ」について書かれた物語の存在があるという。

マリータはアフリカ女性をイメージした外見に変身、デイヴィッドに性が混在していると指摘される。彼女もまた、ベッドの中では同時にboyにもgirlにもなれるとデイヴィッドに言い寄り、これは「倒錯（perversion）」ではなく「多様性（variety）」なのだと強調する。さらにマリータは、デイヴィッドとの食事中、いつもお腹が空いていると言ったり、彼に向かって「あなたを堕落させることが好きなの」と口にしたりする。

翌朝、デイヴィッドは焼失した短編小説を再び書き始めようと試みる。幸運にも、失われたはずの文章や場面は以前と変わらぬ姿で彼の元に戻り、作品が蘇ってくるのを感じる。筆の進み具合も、これまでと比べてずっといい。ところが、執筆直後のデイヴィッドはなかなか現実に戻れないらしく、しばらく放心状態である。

最後にデイヴィッドとマリータは、今後の二人の生活のことやデイヴィッドの執筆活動について話し合い、キャサリンの様子を見に行くことで合意する。

〈「仮の最終章(Provisional Ending)」〉

一つ目の「仮の最終章」は、デイヴィッドとキャサリンを主要登場人物とした物語である。本編同様、それぞれの人物が三人称で書かれている。

「何だか、ずいぶん昔の話のようね」。デイヴィッドとキャサリンは浜辺に寝そべって、会話をしている。キャサリンの記憶がところどころ曖昧になっているため、彼女はデイヴィッドに畳みかけるように話す。私たちふたりがマドリードで純潔(virginal)だったの覚えてる? 私たちがあの奇跡を成し遂げるために使った例のあれ、名前は何だったかしら。写真の裏にでも書いておくべきだったわね。まぁでも、私が同性愛に目覚めたことなんて一度もなかったけどね――。

キャサリンは、過去の自分たちをcomicだったと表現する。そして二度とそんな真似はしないとデイヴィッドに約束する。彼女の話によれば、自身を、デイヴィッドを、夫婦を、そして世界を変えようと躍起になっていくうちにどんどんスピードが加速し、結果的にそれらを見失ってしまったという。デイヴィッドはそんな彼女をなだめ、愛していると口にするが、彼女にとってはもはや愛ですらcomic wordでしかない。

キャサリンはいま、目を閉じて静かに横たわっている。彼女はデイヴィッドに、「また悪化したら、あの場所に戻らないといけないわね。バーバラのように」と言う。「たぶん、そんなことにはならないと思うよ」と答えるデイヴィッド。キャサリンは半信半疑だが、とりあえず昼食前にひと泳ぎしようと提案する。

〈「仮の最終章、別バージョン(Another Version of Provisional Ending)」〉

「仮の最終章、別バージョン」(ヘミングウェイ・コレクションでは"Story-Redo"版として分類されている)は、アンドルーを一人称とした物語である。デイヴィッドが執筆した象物語のように、この結末も劇中劇の形式を取っている。つまり、アンドルーが自身について書いた回想録をある女性に披露している時間と、その回想録の中で繰り広げられるニックとバーバラと過ごした時間の二つが共存している。

まず僕は、ニックとバーバラのシェルドン夫妻と過ごしたスペインやフランスでの思い出話を女性に語り聞かせる。そしてニックをウインスロー・ホーマーよりも素晴らしい画家であると絶賛するとともに、バーバラに想いを寄せていたことも告白する。

ここで物語の視点が、回想録の中に移る。ある日、僕はパリのカフェ、レ・ドゥ・マゴでニックと待ち合わせる。遅れて到着した僕が席に着くと、ニックは開口一番、自分がソドミーをやる人物に見えるかどうかを尋ねる。僕はそうは見えないと否定するが、ニックは信じようとしない。そこにバーバラが登場する。彼女は相変わらず綺麗で、輝いている。バーバラは慌てた様子でニックを急かしている。彼を美容室に連れて行くためである。ニックは僕を残して、彼女に引きずられるようにカフェを後にする。

次にふたりに会ったのは、八月。アンダイユの海辺近くのカフェであった。この時、ニックはインディアンと見間違うほど黒く日焼けしており、髪型もバーバラと同じであった。キャサリン（バーバラ）[13]がいったん席を外すと、ニックは僕に「みな、僕ら夫婦のことを"queer"だと思ってるよ。どっちでもいいけどね」と投げやりな様子で話す。また前回パリで会った時の話になっても、彼は、その日に「あること」が起きたのだとしか言わない。

ふたたび僕、ニック、バーバラの三人が集う場面。ニックは現在、海の絵を制作中とのこと。またバーバラもかつては絵を描いていたという。バーバラは僕に、夫妻に関する短いモノグラフを書いて欲しいと依頼、スナップショットをいくつか挿入して完成させたいと言う。

夜、三人は浜辺のレストランで一緒にテーブルを囲む。夕食後、海岸沿いを散歩していると、バーバラは夫ニックの目を盗んで僕のポケットに手を入れてくる。彼女の手はthe new countryを探し当てるべく、ポケットをまさぐっている。そして頭を僕の肩に置いて寄りかかると、二人は心をひとつにする。辺りは暗いため、ニックには何も気づかれていない。

ある日、仕事を終えてカフェで寛いでいると、ニックがやって来る。ニックは現在取りかかっている海の絵の話に触れ、潮の満ち干など動きあるものの中から一瞬を切り取って、それを絵にしたいと言う。また次に会った時も、ニックは「今の」キャサリンの姿を絵にしておきたいと口にする。

一方、僕はバーバラとも二人きりで会う。バーバラは僕に、ニックを心底愛しており、僕のことは唯一無二の親友だと断言する。しかしその反面、彼女は僕の部屋を訪ね、一緒にいたいと懇願したりもする。困惑する僕。しかし今度は、彼女の誘いにはのらない。僕は彼女を外へ連れ出し、一緒に昼食をとることにする。

ニックが交通事故を起こして急死したのは、僕らが昼食を始める前のことだった。ニックは葬儀後、ビアリッツのプロテスタントの墓地に埋葬された。僕はその間ずっとバーバラに付き添った。彼女のショックは大きく、一週間以上経ってもひと言も口を利かず、親族との接触も拒み続けた。秋になってもバーバラの様子に変化はなく、どこへも行きたがらない。一方の僕はといえば、不思議なことに、どれだけ置かれている状況が悪くても、執筆活動はむしろこれまで以上にはかどっている。

しばらくすると、バーバラが少しずつ元気な様子を見せ始めるようになった。しかしある日、僕が外出先から戻ると、ホテルの部屋の中はもぬけの殻になっており、一通の置き手紙だけが残されていた。封を開けるとそこには、彼女から僕への感謝の意と、二人の写真を撮っておけばよかったとの後悔の念、そして僕には何の責任もない旨などが綴られていた。

ヘミングウェイの「デイヴィッド」、ジェンクスの「デイヴィッド」
――『エデンの園』におけるトム・ジェンクス編纂の問題点

トム・ジェンクスの編纂方法および二つの「仮の最終章」について

ヘミングウェイの没後二十五周年にあたる一九八六年に刊行された『エデンの園』は、上述した通り、彼が一九四六年から五九年にかけて断続的に執筆した約十六万九〇〇〇語におよぶ原稿を、トム・ジェンクスが大幅に縮小して世に送り出した作品である。『エデンの園』は男女の役割を交換させた性の試みや同性愛、そして肌を黒くすることへの執着を扱っていることから、これまで主にジェンダー、セクシュアリティ、人種の視点から多角的に読まれてきた。またこれらはジェンクスの編纂方法やその問題点と絡めて議論されることも多く、たとえばモデルモグは同性愛およびトランスジェンダーの観点から新たなヘミングウェイ像を捉えなおす過程において、ジェンクスの編纂を「文化的に構築されたヘミングウェイ像のレンズを通して作品を濾過した」(14)と強く批判している。またカムリー&スコールズも著書『ヘミングウェイとジェンダー』の中で、ジェンクスがオリジナル原稿の終盤に頻出するマリータの場面を大幅カットした点に着目、彼の編纂によりマリータが主人公デイヴィッドをより「正常」でエロティックな生活に戻す印象を与えることに成功したと指摘している。(15)

しかしこうしたジェンダーや人種の見地に立つ解釈が、ジェンクスによってカットされた部分から読み取れるすべてではない。図表5はヘミングウェイ・コレクションに所蔵・公開されている『エデンの園』のオリジナル原稿をもとに筆者が作成したもので、編纂本をオリジナル原稿の章分け（全五十一章）[16]に準じて区切り、各章のオリジナル原稿の語数を一とした場合の編纂本の語数を比率で表したものである。平均値は0.39、つまりジェンクスは十六万八八二六語から六万五八六四語と、全体の六十一％をカットしたことになる。このようなグラフで表すと、ジェンクスが意図的に大幅削除を行った箇所が、先述のニック＆バーバラ夫妻の場面（横線―五、六、八、十、十二、十三章）やカムリーらが論及したマリータの場面（斜線―二十九、三十七〜三十九、四十七、四十九〜五十一章）に限らないことが判明する。たとえば、本項で取り上げる若手作家アンドルーの登場場面（十四〜十六章）やキャサリンが夫に髪を象牙色に染めることを強要する場面（三十六章）も、ジェンクスによって大胆にカットされている。またヘミングウェイは生前、この作品を書き上げられなかった場合を想定して「仮の最終章」および「仮の最終章、別バージョン」という暫定的な結末を二つ書いている。バーウェルによれば、この二つの「仮の最終章」は一九五〇年五月に書かれたという。[17]具体的に執筆中のどの時点で書かれたかについては、オリジナル原稿二十五章（編纂本十一章に該当）に「16/11/58」というヘミングウェイのメモが残されていること、[18]「仮の最終章」ではマリータが一切登場しないこと、そしてオリジナル原稿二十四章（編纂本十章）で初めてマリータが登場し、作品全体が新たな局面を迎えることを考慮すると、「仮の最終章」はマリータを登場させる前、二十三章以前に書かれたと推測できる。実際に「仮の最終章」が作品

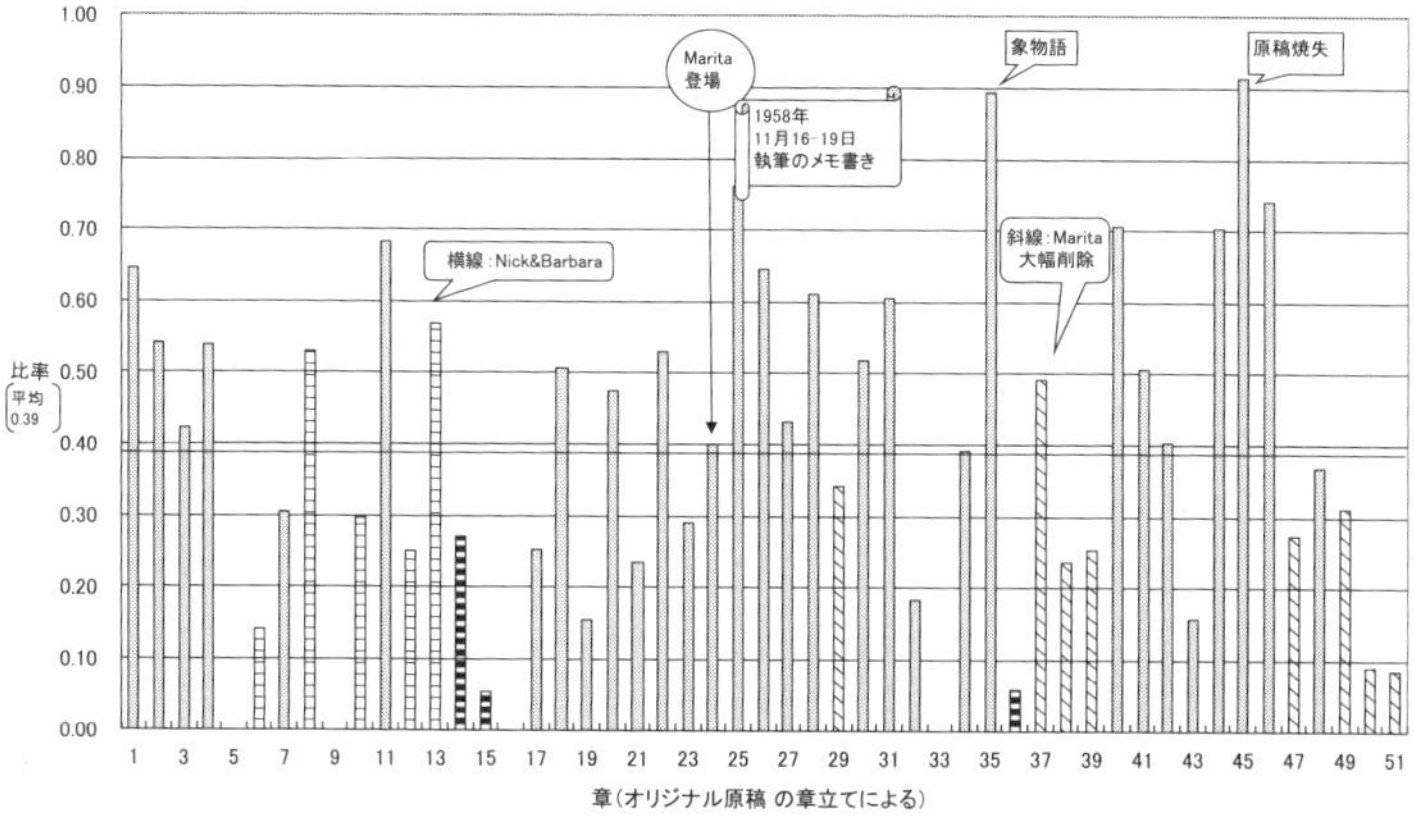

図表５　編纂本の語数比率

に組み入れられなかったとしても、執筆途中のヘミングウェイの脳裏に『エデンの園』の結末として想定されていたものであることから、作品理解の手がかりのひとつとして大きな意味を持つと考えられるだろう。

　ところがジェンクスは、編纂にあたってヘミングウェイの「ビジョン[19]」の正しい理解が必要だったとインタビューで語り、実際に「仮の最終章」に目を通したことを認めているにもかかわらず、この「仮の最終章」を編纂本にまったく組み入れていない。この最終章は主に時間と記憶を主軸に物語が展開されている。一つ目の「仮の最終章」は、精神に破綻をきたしたキャサリンが夫デイヴィッドに「覚えてる？(Remember?)」というひと言を繰り返しながら幸せだった日々を振り返るも、アフリカに行った記憶だけは完全に失っているという話である。また二つ目の「仮の最終章、別バージョン」は、アンドルーがニック&バーバラ夫妻とともに過ごした日々を一人称で綴った回想録となっている。

ジェンクスによって細かくカットされた十四~十六、三十六章および二つの「仮の最終章」から浮かび上がるのは、ヘミングウェイが描いた「デイヴィッド」とジェンクスが作り上げた「デイヴィッド」には大きな乖離があるということ、そしてジェンクスが完全に削除したアンドルーにもヘミングウェイの「ビジョン」の多くが託されているということである。つまりアフリカ物語や書評をキャサリンによって燃やされながらも、さらに良い作品を書こうと前向きになった編纂本の「デイヴィッド」は、ヘミングウェイが生前に意図した「デイヴィッド」と大きく異なっている。

そこで本項では、二つの「仮の最終章」におけるいくつかの出来事に着目しつつオリジナル原稿(特に十四~十六、三十六章)を読み返すことによって、ジェンクスの「デイヴィッド」とヘミングウェイのそれとの違いを明らかにする。そしてジェンクスによって完全に削除されたアンドルーに焦点を当て、ヘミングウェイが彼に託した思いを探っていきたい。

ジェンクスの「デイヴィッド」vs. ヘミングウェイの「デイヴィッド」——一つ目の「仮の最終章」および三十六章カットの問題点

編纂本によれば、キャサリンの奇行に翻弄された挙句、アフリカ物語や書評を燃やされたデイヴィッドは、ある日突然夫婦の間に入ってきて奇妙な三角関係を始めたマリータの献身的な支えによって、作家としての再出発を匂わせて終幕を迎える。マリータを挟んで対置される再生するデイヴィッドと舞台から消え去るキャサリン――これが、ジェンクスがヘミングウェイのオリジナル原稿から導き出した『エデンの園』の構図である。

しかし一つ目の「仮の最終章」から読み取れるヘミングウェイのデイヴィッドは、もはやキャサリンとともに消沈した世界に落ちていくことが強く暗示された人物である。この最終章についてバーウェルは、ふたりの関係を"nurse-patient"[20]と表現、それぞれを「覚えてる?(Remember?)」を繰り返して過去ばかり振り返るキャサリンと、そんな彼女を献身的に支えようとするデイヴィッドと位置づけている。しかしここで繰り返されるrememberという言葉は、時間の感覚を失ったキャサリンの異常さを示すためだけにあるのではない。

デイヴィッドとキャサリンの対立を時間と記憶の観点から考えると、自らのイメージに沿った「今」を形作り、それを永続化させようとするキャサリンと、現在の自らのアイデンティティを取り戻すために「過去」に遡り、過去の自分を紡ごうとするデイヴィッドの構図が浮かび上がる。そもそもキャサリンが性役割交換のセックスを試みるきっかけとなったのがロダン美術館に納められたロダンの代表作『地獄の門』(一八八〇~一九一七)の右上に位置する「オウィディウスの変身物語」であることは、すでにマーク・スピルカをはじめ多くの研究者によって指摘されている。[21]レズビアン同士の性行為の一瞬を捉え、その一瞬を彫刻の手法によって恒久化したこのブロンズ

「オウィディウスの変身物語」[23]

像は、キャサリンに強い衝撃を与え、その直後から彼女は夫婦の「破壊」[22]と再構築に励むようになる。そしてこの「破壊」と再構築は、具体的にふたりの肌と髪を同じ色にし、男女の役割を交換させたセックスを行うことによって遂行されることになる。

しかしこうしたキャサリンの試みによって、デイヴィッドは瞬く間に人として男として、さらには作家としてのselfを見失ってしまう。

①判断するなんてお前はいったい何様のつもりだ？　自ら参加し、目を見開いた状態にし、変化を受け入れて生きてきたのは誰だ？　もしそれが彼女［キャサリン］の望みなのであれば、彼女がそうしないようにと望むお前はいったい何様だ？　お前が未だかつてしたことがないという理由だけで、

そうしたくないとどうして分かるのだ？

②お前は誰だ？　彼「デイヴィッド」は自問した。（中略）かつては作家だった。[24]

ジェンクスは引用①②ともにカットしているが、まずデイヴィッドはキャサリンとの性役割交換のセックスをすることによって自分という存在が分からなくなる（引用①）。さらに彼女に指示されるがまま日焼けで肌を黒くするうちに、作家としてのアイデンティティまでもが遠ざかっていく気がしてしまう（引用②）。こうして外見／内面の両面においてselfを失いつつあるデイヴィッドは、それを解消する手立てとして、キャサリンと出会うはるか以前の自分、つまり少年時代の「デイヴィッド」を回想し、それをもとにした物語を創り上げようとする。その後まもなくアフリカ農園での凶事にまつわる話を執筆するにあたって、彼が「書かねばならぬ必要性が数日前にやってきたから[25]」と言ったのはこうした事情が背景にあるからであり、これ以降、一貫してアフリカでの少年時代を題材にした物語を書くのもそのためだと考えられる。

またこのふたりの構図は「remember型」のデイヴィッドと「say / tell型」のキャサリンの構図と言い換えることもできる。キャサリンが「あなたは作家なのだから常に覚えて（remember）いないとね[26]」と指摘するように、デイヴィッドにとってrememberすることは、過去の出来事をあるがままに記憶し、後々鮮やかに再現する際に必要不可欠なものである。一方のキャサリンにとって重要なのは「言う」こと、つまり物事を今／ここで表現することである。だからこそ彼女は、次のようにデイヴィッドにあえて執拗に彼の思いを言葉で表出させようとする。


「愛してる」

「愛してると言ってちょうだい。きつく抱いて、そう言って」

「愛してるよ」彼［デイヴィッド］は言った。

「私の名前を言って」

「愛してるよ」そして彼は名前を言った。（傍点は引用者による）[27]

デイヴィッドの原稿を燃やした後にキャサリンが「書くのは無理だけど、語って聞かせてあげましょうか」[28]と持ちかけるのもその表れであろう。

しかしキャサリンから逃れ、selfを取り戻す手段として書き始められた三編のアフリカものは、結果的にはデイヴィッドに効果がなかったといえる。確かにいずれの物語においても、彼はキャサリンの束縛から離れ、「物語の中に生きながら」[29]執筆を進めていく。また二作目の「父がしたことや感じたことを書くのを通じて、デイヴィッドは彼の父と化し、父が召使のモロに言った言葉は彼の言葉となった」[30]という一文が示すように、今の自分を、アフリカ・サファリで指導的立場にいた父と重ね合わせようとする。ここで留意すべきは、物語に当時八歳だった少年デイヴィッドが登場しないことである。つまり過去の記憶を題材に作品を書くデイヴィッドの行為には、少年だった頃の自分を再構築するためというよりも、むしろ執筆時のデイヴィッドを、今やさほど年の離れていない父と重ね合わせることによって取り戻したいとの願いが込められているといえる。

三作目の象物語においても、デイヴィッドは肝心の父や象に対する感情を明確に表現できないと告白する一方で、象の在り処を父に「言ってしまった（tell）」ことに対する後悔と自責の念だけは繰り返し述べる。これをキャサリンの「言う」ことの強要と結びつければ、象の在り処を父に言うんじゃなかったと悔やむ少年デイヴィッドのセリフには、そのまま現在のデイヴィッドの「言う」ことに対する強い反発心が呼応しているとも解釈できるだろう。またジェンクスによってカットされてしまったが、オリジナル原稿三十六章において、キャサリンが夫に髪を象牙（ivory）色にするよう執拗に頼み込む場面がある。この物語で強調される“ivory”に目を転ずれば、象牙に執着した父のみならず、執筆の最中に髪を象牙色に染めるよう迫ったキャサリンへの嫌悪感もみてとれるだろう。

しかしselfを取り戻す手段のひとつとして執筆されたアフリカものの二編は、書評とともにキャサリンに燃やされてしまう。あくまでふたりの「今」を旅行記という形で未来に残したいと願い、夫に執筆を促す彼女にとって、彼のアフリカものは「時（特に過去と現在）を行ったり来たりする」[31]から嫌いなのである。

原稿を燃やされた後、デイヴィッドは激しく落胆するも、マリータの精神的支えを受けてアフリカものの執筆を再開する。そして編纂者ジェンクスは「前作は無傷で蘇り、その流れはいっこうに止まる兆しを見せないのだった[32]」とデイヴィッドの復活を強く印象づけて編纂本を締めくくる。しかしヘミングウェイが実際に意図したデイヴィッドの行く末は、ジェンクスの意図とは逆に、彼が徐々に現実と作品世界の境目を失い、時の感覚を失った「仮の最終章」のキャサリンと同じ状態になった姿である。それを暗示するのが左の文である。

「仕事が終わるとね」と彼［デイヴィッド］は言った。「あまりに遠くに行ってしまって、自分自身に戻れなくなるんだ[33]」

もともとアフリカものの執筆は、前述のようにキャサリンの束縛からの逃避と、人あるいは作家としてのselfを取り戻す役割を担っていた。ところがこの一文からは、今や執筆後もうまくselfに戻れないことが明示されている。つまり、もはや過去に身を置いて回想録を綴っても、その過程で現在のselfを立て直すことができないのである。そんな彼を語り手（つまりはヘミングウェイ）は、人間に戻ることができない、正気を失いつつある存在として次のように形容する。

彼女［マリータ］は彼［デイヴィッド］にもう一度キスをした。しかしそのキスは、すばらしい動物や偉大なチャンピオンにするようなものであった。彼はまだ人間に戻ることができないでいた。彼は何かが欠けていて、抜け落ちてしまったような気がしてこう言った。「僕はまだばかだ。気にするな」[34]

この場面を一つ目の「仮の最終章」におけるデイヴィッドとキャサリンの様子と照らし合わせてみると、ふたりの関係が必ずしもバーウェルが指摘するような“nurse-patient”的なものではないことがわかるだろう。今や夫は過去に逃避する意味を失い、そんな夫に代わってキャサリンがrememberを繰り返す。しかし彼女のrememberの能力は初めから欠けたものとして提示されており、かつてアフリカ女性と見間違うほど肌を焼き、象牙色の髪に固執した彼女が、まるで象牙を扱った象物語の原稿の焼失とともに消失したかのように、アフリカを旅行した過去の記憶を失う。これは夫婦それぞれが異なるレベルで精神に破綻をきたしていると解釈できるだろう。そしてこれこそが、ヘミングウェイが不測の事態に備えて書き上げた「仮の最終章」であり、彼が脳裏に描いた「デイヴィッド」なのである。

デイヴィッドvs.アンドルー――「仮の最終章、別バージョン」と十四〜十六章カットの影響について

「仮の最終章、別バージョン」は、前述の通り、若手作家アンドルーがニック&バーバラ夫妻とともに過ごした日々を一人称で綴った回想録となっている。ジェンクスによる『エデンの園』編纂のもっとも顕著な点が、ニック&バーバラ夫妻のプロットを完全に削除した点であることは

すでに述べた。ここでニックと、彼の友人であると同時にバーバラの不倫相手でもあったアンドルーは、若かりし日のヘミングウェイを強く喚起させる人物でありながら、ジェンクスの手によって夫妻ともども機械的にカットされている。

この作品におけるアンドルーを、同じく死後出版作品で『エデンの園』と同時期に書かれた『海流の中の島々』の「ビミニ」セクションとの関連性のなかで再定位すると、ヘミングウェイがデイヴィッド同様、アンドルーにも重きを置いていたことがいっそう明確になる。「ビミニ」は、第二章で述べたように、ヘミングウェイ自身と三人の息子を半自伝的に描いた作品である。この作品は一九四〇年代中盤から五〇年代初頭にかけて断続的に執筆されており、『エデンの園』の執筆時期と照らし合わせてみると、ちょうどアンドルーが登場する『エデンの園』の前半部の執筆と重なっていることがわかる。

この執筆時期の重なりは、ヘミングウェイが「ビミニ」で事故死させたハドソンの次男デイヴィッドと三男アンドルーを、『エデンの園』で二人の若手作家デイヴィッドとアンドルーとして蘇らせようとしたという解釈を可能にする。実際、「ビミニ」で大メカジキと死闘を繰り広げる次男デイヴィッドと、兄の助けになろうと奮闘する三男アンドルーの場面は、『エデンの園』の一章においてデイヴィッドが大きな魚を釣り上げ、地元の猟師アンドレ（André）が彼のサポートに徹する場面となって再現されている。その猟師をアンドレと名づけていながら、あえて同作品でアンドルーという若手作家を登場させた点、そして『エデンの園』のオリジナル原稿の一章で、デイヴィッドの名前が当初はヘミングウェイの長男ジョンだった点[35]を考慮すると、「ビミニ」において父トマス・ハドソンとのふれあいを通じて子供から青年へと成長していく長男トム（ひいてはジョン）を描いた今、今度は幼くして事故死させてしまった次男と三男を復活させる意味を込めて『エデンの園』の二人の若手作家を名づけたのではないかと推測できる。

ヘミングウェイ、『エデンの園』に登場するデイヴィッド、そしてアンドルーの三人の共通点には、作家であること、戦争経験があること、闘牛好きであること等がある。またヘミングウェイとアンドルーの二人に絞ってみると、第一次大戦中、ボランティアで救急車の運転手をしていた際に重傷を負い、それが大きなトラウマとなっている点や、スペイン内戦を体験するためにスペイン入りした点などが共通点として挙げられる。では、ヘミングウェイにとってデイヴィッドとアンドルーの分岐点はどこにあったのだろうか。これを「仮の最終章、別バージョン」から探っていく。

「仮の最終章、別バージョン」で特筆すべきは、アンドルーが繰り返し画家ニックの芸術的手法に言及している点である。この別バージョンを読むと、ヘミングウェイが、『エデンの園』のすべての登場人物（「仮の最終章」に登場しないマリータを除く）を、いわゆる「キャサリン型（現在のある瞬間を、芸術的手法を加えることによって恒久化しようとするタイプ）」と「デイヴィッド型（過去の自分を再構築することで今の自分を立て直そうとするタイプ）」に二分し、前者にのみ死の運命を担わせていることがわかる。つまりここでヘミングウェイの「キャサリン型」への否定的見解がうかがえるのだ。具体的に「キャサリン型」にはキャサリンの他に画家ニックとバーバラ、「デイヴィッド型」には作家であるデイヴィッドとアンドルーが配置されている。まずは「キャサリン型」のニックとバーバラから順に説明していこう。

　ニックは普段、海を中心に描いている。特に以下の引用が示す通り、潮の流れなど動きあるものの中からここぞという一瞬を捉え、額縁に収めることをモットーとしている。


　僕は自分が目にしているものを理解するために、その動きを止めたいんだ。それが君が目にしているものと違っていたとしてもね。（中略）僕はスケッチをしていたんだ。たぶん手にできないものを手にしようとしていることは君も知っているだろう。でもできると思うんだ、僕は。（傍点は引用者による）[36]

　また彼は人物画においても同様の考えを持っており、キャサリンの身体と髪型の美しさに触れ、「今のうちに彼女を描いておきたい[37]」とアンドルーに言う。彼女の美しさが色褪せる前に絵画として残しておきたいと願うニックの気持ちは、キャサリンの彫刻に対する強い関心や旅行記完成への願いに通ずるものがある。しかし彼は「仮の最終章、別バージョン」の終盤で何の前触れもなく自動車事故を起こし、命を落としてしまう。

　またバーバラに関しても、キャサリン同様、作家であるアンドルーに自分たちのモノグラフを書いて欲しいと依頼、写真も掲載して自分たち三人の「今」を形として残そうとする。結果的にバーバラはニックの事故死により精神に破綻をきたし、アンドルーに遺書を残して去ってしまうが、ここでも「スナップショットを撮っておけばよかったわね。（中略）そうしなくて最悪だわ[38]」と後悔する。もともとこの「仮の最終章、別バージョン」には、“Barbara”とすべきところを誤って“Catherine（?）”と記されている箇所があり、ヘミングウェイ自身がキャサリンとバーバラを混同していたことがうかがえる。

さて一方「デイヴィッド型」のアンドルーだが、デイヴィッドとの違いを端的に言えば、デイヴィッドがキャサリンの望んだ旅行記を書き上げることができなかったのに対し、アンドルーはバーバラの依頼に応じてモノグラフ――これが「仮の最終章、別バージョン」にあたる――を完成させたことに尽きる。二人とも執筆を通じて過去の自分を再構築しようとする点、しかも触れたくない秘密を持つ（デイヴィッドはキャサリンとの性役割交換のセックス、アンドルーはバーバラとの不倫）という点では同じである。しかしデイヴィッドが気の進まない旅行記を常に後回しにし、少年時代にまで遡って自らを三人称で語るアフリカものに執着するも、結果的に原稿焼失の不運に遭って再出発もままならなかったのに対して、アンドルーはモノグラフを一人称で記し、「思い出したくもないし（中略）そもそも書き始めるんじゃなかった[39]」と後悔しながらも、結果的には「不思議なことに、どんな悪いことでも書くことができた。（中略）出来もこれまでになく良い[40]」と作家として新たな可能性を見出す。これはオリジナル原稿十六章にて（ジェンクスによって全カット）、戦争での重傷が原因で自分にはデイヴィッドが持ち合わせているようなイノセンスが欠如していると思い込み、自分自身を書くことを避けてひたすらスペインの土地や人間ばかりを描いてきたアンドルーが、ここでひとつの脱却点を見出したといえるだろう。この二人の命運の違いと、ヘミングウェイが自身の少年・青年時代を投影させたいわゆる「ニック・アダムズ物語」の主人公ニックと名を同じくする画家ニックの事故死を併せて考えれば、ヘミングウェイの脳裏に、少年時代を題材とする作品を書くことや自身を投影させた登場人物を三人称で語ることから一線を画したいという思いが少なからずあったのではないだろうか。

一人称や三人称といった人称の問題を、前章で言及した『海流の中の島々』の「ビミニ」セクションとの関係性の中で今一度確認しよう。前章では、『エデンの園』と同時期に書かれた「ビミニ」のオリジナル原稿（ＯＭ）において、特に一九五一年の大幅修正の際に主人公トマス・ハドソンが一人称と三人称の両方で記されており、ヘミングウェイ自身がどちらに統一するかを決めかねていた形跡がみてとれることを指摘した。しかし、その後執筆された死後出版作品群では、いずれも「ヘミングウェイ」を主人公とした一人称での語りが中心になっている。つまり、ヘミングウェイの死後出版作品群を考える上で、「ビミニ」や二つの「仮の最終章」が書かれた一九五〇年代初頭は、彼の後期の作品の大きな柱となっている、過去の「自分」と向き合う現在の「自分」をいかに描くかに迷いながらも、人称については一人称と見定めた時期だったと考えることができるのではないだろうか。その違いが『エデンの園』における、三人称で書いたデイヴィッドと一人称で書いたアンドルーの末路の差となって表れているといえる。そしてこれらを考慮すると、陰と陽に振り分けて展開した彼ら二人のうちの陽の存在アンドルーを切り捨てたジェンクスは、たとえアンドルーに割かれたページ数が少なかったとしても、ヘミングウェイの「ビジョン」を正しく理解していたとは言い難いということがわかるだろう。

先に引用したように、ジェンクスはＭＬＡのヘミングウェイ・セッションにおいて、『エデンの園』の編纂はあくまで一般読者にすんなりと受け入れられることを念頭に行ったのであって、「研究者向け[41]」ではないと強調した。モデルモグも指摘するように、チャールズ・スクリブナー・ジュニアが「マッチョなヘミングウェイ」という彼の文化的アイデンティティを保持することを目的に『エスクァイア』誌の元編集者であったジェンクスに編纂を依頼したと考えると、ジェンクスの編纂によって作り出された『エデンの園』は確かに、デイヴィッドがキャサリンとの間でさまざまな不運に見舞われながらもマリータと再出発を果たした時点で、一応成功したといえる。しかしこれまで繰り返してきたように、これはヘミングウェイが描こうとした「デイヴィッド」ではない。むしろヘミングウェイの狙いは、実際に再出発を果たした二大柱のもう片方、アンドルーに向けられているのであって、ジェンクスが先のインタビューで言及した「ニック、バーバラ、アンドルーが登場するサブプロットは展開しないから[42]」という理由で、ニックらとともに抹消してしまったことは大きな問題といえるだろう。

晩年の「ニック」――『エデンの園』と「最後の良き故郷」をつなぐmiscegenationalな憧憬

はじめに

ヘミングウェイの死後、ヤングによって編まれた『ニック・アダムズ物語』(一九七二)には、ヘミングウェイの生前に公表されなかった「ニックもの」の遺稿が八編収録されている。この中には、当初「大きな二つの心臓のある川」(一九二五)の最終部に置かれ、「セザンヌが絵を描くように[作品を]書きたい(43)」というヘミングウェイの創作理念が鮮明に打ち出されていながら、発表前に削除された「書くことについて」や、「インディアン・キャンプ」(一九二四)の前半部として書かれながらも切り離され、そのまま葬られてしまった「三発の銃声」などが含まれている。いずれもヘミングウェイ自身の判断によって出版が見送られた箇所ではあるが、彼の文学論やニックに関する従来の見解・解釈に新たな情報を提供したという点で、重要な位置を占めているといえる。また、これらの遺稿を含めたニック・アダムズ物語群の大半が一九三〇年代半ばまでに書かれたこと、主人公ニック・アダムズの最高齢が「父と息子」(一九三三)における三十八歳であることを考慮すれば、一連のニック・アダムズ物語が、書く主体(ヘミングウェイ)/描かれる客体(ニック)の両面において「若き主体/幼き・若き客体」を主軸にしていることに大きな異論はないだろう。

そんな『ニック・アダムズ物語』にあって、いささか特異な作品といえるのが、本項で取り上げる「最後の良き故郷」である。当作品は一九五二年、『老人と海』の出版と同じ年に執筆が開始され、亡くなる三年前の五八年まで断続的に執筆されたヘミングウェイ晩年の作である。この最後のニック・アダムズ物語は、ヘミングウェイが十六歳の時に誤って禁猟のアオサギを撃ち落としてしまったために猟区管理人に追われた際の体験を下敷きにしている。実際には父の助言に従い十五ドルの罰金を支払うことで一件落着したが、作中ではその逃避行に幼い妹リトレスを同行させ、二人でミシガンの原生林を奥深く入っていく。ヘミングウェイは当初、この物語を長編小説に仕立てるつもりであったらしいが、結果的に原稿は未完のまま残され、ニックらの逃避行も何ひとつ解決の糸口をつかんでいない。

「最後の良き故郷」は、ニックとリトレスにみられる兄妹の近親相姦的な関係や、リトレスの男の子への変身願望、さらにはニックの子を身籠もったとされるインディアンの少女トルーディの存在など、ジェンダー／セクシュアリティや人種といった射程から積極的に読み解かれる可能性を秘めていながら、これまであまり論じられてこなかった作品である。この傾向は当作品のオリジナル原稿が公開され、その全容が明らかになった一九八〇年代以降もさほど変わらず、同様のテーマをもつ『エデンの園』とは見事な対照をなす。その要因のひとつには、発表当時の「最後の良き故郷」への数々の酷評(44)があるだろう。性の境界を越えようとするリトレスの試みや人種を越境したニックの性行為という強烈な印象をもってしても、当作品に対する評価の低さが、それまでのヘミングウェイ研究にジェンダー／セクシュアリティ批評等の新たな潮流をもたらす機運を下げてしまったことは否めない。

しかしもうひとつ、「最後の良き故郷」の執筆時期にまつわる伝記的事実が見落とされている点も、指摘すべき重要な要因である。つまり、当作品の執筆時期が『エデンの園』執筆の一時的な中断時期と合致していること、そして『海流の中の島々』から「マイアミ」セクション（「異郷」）が外された翌年に「最後の良き故郷」が書き始められたことである。特に『エデンの園』については、先述したように、一時中断の前後に原稿のどの部分が書かれていたかがおおよそ明らかになっている。具体的には、一九五〇年五月の中断前までにニックとバーバラのシェルドン夫妻が登場する章と二つの「仮の最終章」の執筆が終了、その後約八年の時を経て五八年十一月に執筆が再開された際には、ニック・シェルドンのプロットは完全に排除され、代わってマリータが登場する。「最後の良き故郷」が書かれたのはこの八年の間で、五八年七月にニックとリトレスの逃避行を断念すると、[45] ヘミングウェイはそのわずか三〜四ヵ月後に『エデンの園』に舞い戻り、今度は「ニックなきエデン」の創造に躍起になったのである。中断前の『エデンの園』のニック・シェルドンから「最後の良き故郷」のニック・アダムズ、そして執筆再開後の『エデンの園』のニック不在という変奏には、作者ヘミングウェイのいかなる思いが反映されているのだろうか。

本項ではこの問いを、ヘミングウェイが二人のニックの描写、およびニック・シェルドンの不在化によって『エデンの園』の後半で顕在化されるデイヴィッド・ボーンの描写に向けた、異人種混交への憧憬の眼差しに着目することで解いていく。二人のニックは姓こそ異なるが、ヘミングウェイの代名詞ともいえる「ニック」の名を共有していることの重要性は、ヒラリー・K・ジャスティスも認めるところである。(46) また後述するように、二人のニックとデイヴィッドを相対的にみていくと、ニック・シェルドンからニック・アダムズ、そしてニック・アダムズからニック・シェルドンの不在化（そしてデイヴィッドの顕在化）という二段階の移動には、それぞれ客体から主体、「異人種混交の疑似的行為および創作活動」の不可能性から可能性へと二項対立の反転を伴っていることがわかる。この反転は、ヘミングウェイにとっては、執筆の断念と新たな創作への挑戦によって比較的容易に生み出されたものである。しかし、ジョナサン・ドリモアが著書『性の不一致――アウグスティヌスからワイルド、フロイトからフーコーまで』の中で「二項対立の反転は単純な逆転ではなく、差異のある近似を生む」(47) と指摘するように、ヘミングウェイが執筆中の作品を放棄して別の作品に移ったとしても、ニックやデイヴィッドの異人種混交に対する欲望やその描かれ方はほとんど変わらない。むしろ二項対立の反転よって生じる差異を辿ることによって、晩年のヘミングウェイのニック観、つまり晩年の「ニック」が浮き彫りになってくるのである。

「エデン」からの脱出とニック・アダムズへの回帰――客体からの脱却と擬似的世界の演出

すでに述べたように、トム・ジェンクスが『エデンの園』に登場するニックとバーバラのシェルドン夫妻を完全にカットしたのは、「ニック、バーバラ、アンドルーが登場するサブプロットは展開しない」(48)と判断したためであった。計五十一章ある当作品のオリジナル原稿の中で、シェルドン夫妻の登場がわずか六章であったことを考慮すれば、ジェンクスの判断は必ずしも誤りとは言えない。しかし『エデンの園』の一時中断前、つまり前半期に限ってみると、ヘミングウェイが書き上げたのは一～二十三章あたりと二つの「仮の最終章」のみとなり、その範囲においてはニックの存在はより前景化されてくる。実際、「仮の最終章」についても、デイヴィッドとキャサリンを扱った一つ目の「仮の最終章」はわずか十一頁足らずであったのに対し、アンドルーの目を通してバーバラとの関係やニックの事故死が描かれる「仮の最終章、別バージョン」は五十九頁もある。たとえ「仮」であったにせよ、ヘミングウェイが『エデンの園』の結末の一案としてニック夫妻の末路を用意していたことを考慮すれば、少なくとも執筆の前半（つまり「最後の良き故郷」の執筆前）においては、ヘミングウェイは「ニック、バーバラ、アンドルーが登場する（サブ）プロット」を展開させるつもりだったと推測できるであろう。

ところが、『エデンの園』のニック・シェルドンは、一貫して主体性を欠いた人物として描かれている。特にバーバラとの関係において、ニックは彼女によって一方的に人種／性的に他者化される。『エデンの園』において人種と性が越境（あるいはその欲望）という接合点で強く結びついていることは、すでにカムリー&スコールズやトニ・モリスンによって指摘されている。[49]ヘミングウェイはそこに白人／男性中心のイデオロギーを映写し、ニックをその両面において「他者化」しようとしたのである。たとえばニックはバーバラに真っ黒に日焼けし、彼女と同じヘアスタイルにさせられた上で、性の役割を交換したセックスを強要される。変身後のニックはインディアンにそっくりで、ニック自身、散髪後の自分の顔を見て「インディアンみたい」[50]と漏らし、アンドルーにも「彼［ニック］はインディアンのように黒く日焼けをして」[51]と形容される。また、他者化された人種は性の他者化をも誘引し、性役割の交換によって男性の役割の担うバーバラに対峙する「女性化された」ニックはそれを受け入れることができず、自身をソドミーだと深刻に思い悩んでしまう。

こうして人種、性のいずれにおいても主体性を持ちえないニック・シェルドンとは打って変わり、彼を反転させた人物として登場するのが「最後の良き故郷」のニック・アダムズである。他の死後出版作品に頻繁にみられるように、作品冒頭、一人称の語り手として登場する（後に編纂の過程で三人称に統一[52]）ニックは、もはや受身の存在ではない。日焼けしたり髪を切ったりする人物も、ニック・シェルドンから妹リトレスへと移行する。

作中、ニック・アダムズは、森深く入っていくと同時にセクシュアルな世界にも足を踏み入れる。ヘミングウェイはアドリアーナ・イヴァンチッチに宛てた手紙の中で「最後の良き故郷」を、表面的にはシンプルにみえても内面的には複雑（complex）だと説明した。[53]この複雑さを生み出す要素のひとつは、作品に通底する妊娠や妊婦のモチーフだと考えられる。冒頭でニックが見つめる泉や、リトレスを伴って通るベイツガの木は、同じく『ニック・アダムズ物語』に収録されている死後出版の短編「夏の仲間」で、そのいずれもが妊娠を喚起させる役割を担っていることに通じている。「夏の仲間」でニックは、泉の中で羊水の中の胎児を連想させるような格好をし、それに居心地の良さを感じる。「彼は深く息を吸い込んで、両の足首を両手でつかんだ。両膝を顎の下に引き寄せたかたちで、そのままゆっくりと水中に沈んでいく」[54]のである。またベイツガの木は、同じく「夏の仲間」のニックがケイトと人知れず密通を行う場所でもある。お腹に毛布を抱え、妊婦のような格好でニックが待つベイツガまでやってくるケイトの姿は、「最後の良き故郷」では、同じく毛布を抱えて兄が待つベイツガの木へと向かうリトレスに引き継がれる。ニックとリトレスはベイツガが伐採された跡を歩き続けて「処女林（the virgin timber）」[55]に出、さらにそこを突き抜けた先にあるベイツガの木の下で眠る。処女林に到達したニックが何度も口にする“strange”[56]という言葉もまた、先述の「マイアミ」／「異郷」において十四歳年下で処女同然のヘレーナと初めて関係をもったロジャー・デイヴィスが感じる“strange”と共鳴していると解釈できるだろう。「処女」との邂逅によってもたらされるstrangeの感覚が、ロジャーからニックに引き継がれているのである。

暗がりの中で、彼［ロジャー］は異郷に踏み込んでいった。そこは確かに不可思議な

（strange）場所だった。押し入るのが難しく、突然、危険なほどの困難に直面したが、その後目がくらむほどの幸福感に包まれながら無事に押し込まれた。疑念、危険、不安といったものはすべて消え去った。縛められることなくとらえられた彼は、着実に高まりながら前進し、さらに突き進んだ。まもなくして、あらゆる束縛から解放されると同時に、暗闇の中で至福の喜びの萌芽を探り当て、その萌芽はだんだんと膨らんでいった。さらに上昇し、信じられないほどの高みに来てもなお衰えず、さらに繊細に、遠く、高く、甘美な気持ちに押し上げられたかと思うと、突然、灼熱の炎となって成就した。

「ああ、ダーリン」彼は言った。「ああ、ダーリン」[57]

こうした妊娠・妊婦のモチーフは、しかし、「最後の良き故郷」においては近親相姦と異人種混交へと分化していく。マーク・スピルカやカムリー&スコールズは、セクシュアリティにまつわるこれら二つのタブーのうち、ニックが最終的には近親相姦、つまりトルーディではなくリトレスに傾倒したと解釈している[58]。その根拠としているのが、編纂の過程でカットされた、ニックがリトレスに言う「[トルーディと一緒にいることは、僕にとって]次善の策ですらない」[59]というセリフや、当作品の複数のオリジナル原稿の最終場面で兄妹が交わした、近親相姦を匂わす以下の会話である。

〈引用1〉

「兄と妹が愛し合うことは、汚らわしいことじゃないわよね?」「とリトレスは言った」

「だれがそんなこと言ったんだ?」

「家族のなかの誰か」

「[誰が言ったのか]だいたい分かるな[60]」


しかしヘミングウェイの意識が、近親相姦/リトレスだけでなく異人種混交/トルーディにも同じように(あるいはそれ以上に)向けられていたことも確かである。ヘミングウェイが当時、異人種混交を扱うことに意識的だったのは、彼がラナムに宛てた手紙「君が異人種混交にさほど反発を感じないのであれば、作中[当時同じく執筆中だった『夜明けの真実』の原稿を指す]のいくつかの場面は気に入ると思うよ[61]」から明らかである。また、この作品の前後に書かれた『エデンの園』でも異人種混交への欲望が繰り返し提示されていること、トルーディのモデルであるプルーディことプルーデンス・ブールトンのことをヘミングウェイが後年まで鮮明に記憶していた[62]ことを考えると、ヘミングウェイ(作品)の系譜にトルーディ/プルーディが占める割合は決して少なくなかったことがわかる。

ヘミングウェイのプルーディに関する記憶は、「最後の良き故郷」の中で、自分の子供を身籠もったとされるトルーディに対するニックの、今なお過去にならない想いとなって再現されている。

〈引用2〉

「彼女［トルーディ］とはもう終わったと思ってたのに」［とリトレスは言った］

「終わってるよ。でも今はちょっと分からないな」

「彼女のもとに行って、また子供を作るんじゃないでしょうね？」

「分からない」

「やめないなら、少年院（the reform school）に入れさせられるわよ(63)」

いったんはトルーディのことを忘れたはずなのに、今になってふたたびニックの脳裏をよぎるようになったのは、彼がこの時、自分とインディアンとの接点の場所に身を置いていたからであろう。ニックは鱒を釣ろうとやってきた川で、次のように思いを馳せる。「ここで釣りをしたことがあるのは、インディアンたちくらいのはずだ。僕もインディアンならよかったのに、とニックは思った。そうしたら、こんなにいろいろな厄介事に巻き込まれずに済んだだろうに(64)」。ここでニックが言う「いろいろな厄介事」とは、シカ撃ちで猟区管理人に追われていることではなく、トルーディとの性行為を意味する。インディアンであれば巻き込まれずに済んだという意識は、二人の行為が未成年間のみならず、異人種間のものであったことにも問題があるという彼の自覚を表している。

一方、〈引用2〉の最終文にあるリトレスのセリフもまた、少年院にまつわる史実に照らし合わせれば、彼女がニックに未婚の妊娠・出産をさせないよう戒めていると読める。しかし、リトレスが兄の言動から敏感に感じ取っているのは、むしろ異人種混交のもつ問題意識である。もっとも顕著なのは、先に述べたように、ニックがトルーディのことを「次善の策ですらない」と断言したにもかかわらず、リトレスが兄の気を引くために髪を男の子のように短く切り、トルーディの容姿に近づこうとしたことである。リトレスの肌は以前から「こんがりと褐色」[65]に日焼けしているため、散髪後の彼女は兄に「ボルネオの原住民みたい」[66]と表現されることになる。また翌朝、顔を洗うために泉へ向かうリトレスに、兄が「泉に入って洗ったりしないように」と注意を促すと、すぐさま彼女は「私、白人じゃないわよ」[67]と言い返す。

トルーディに似せるために髪を切り、人種アイデンティティの越境に抵抗を感じないリトレスは『エデンの園』のキャサリンを強く喚起させるが、リトレスは決してキャサリンに成り得ない。なぜなら彼女は、たとえ髪を短くして「お兄ちゃんの妹でありながら、男の子」[68]のようになったとしても、相手の（つまりニックの）ジェンダー・アイデンティティを揺るがすには至らないからである。これはキャサリンが夫デイヴィッドを「キャサリン」と呼んで性役割の交換を強い、彼の男としてのアイデンティティを不安定化したのとは対照的である。

トルーディとの関係を断たなければ少年院送りになるというリトレスの警告には、少なくとも幼い彼女の中では、異人種混交も未婚の妊娠・出産や禁猟のシカを撃ち殺す違反行為と同義だという思いが込められていると考えられる（リトレスの法の知識が不確かなのは、後述する慣習法の場合と同じである）。そして兄を異人種混交という「違反行為」から回避させるため、リトレスはより安全な法の枠内に兄をかくまおうと躍起になる。これが未成年のうちに赤ん坊をつくり、慣習法に従って二人が結婚するというリトレスの提案である。そしてそれでもなおトルーディへの思いを断ち切れない兄のために、リトレスは髪を切ってトルーディの容姿に近づき、彼女に代わって「疑似」異人種混交を演出しようとしたのではないだろうか。

しかし、リトレスのこの試みは成就しない。ニックが指摘するように、そもそも慣習法にまつわるリトレスの知識自体が正確なものではないからだ。また当作品においては、疑似異人種混交を行えば近親相姦に直結するが、二人にはその意識も薄いように思われる。〈引用2〉からも分かる通り、そもそもニックはいまだにトルーディへの未練を断ち切れずにおり、別の場面では彼女を探しに行きたいとまで口にする。[69] 加えて、後年・晩年のヘミングウェイに、近親相姦の行為を描くことができたかどうかも疑問である。当時の彼が書けたのは、せいぜい、当作品を執筆する直前に『海流の中の島々』から外された「マイアミ」／「異郷」にある、父と娘に間違われたロジャーとヘレーナとの間の「疑似」近親相姦くらいだったのではないだろうか。

より重要なのは、「最後の良き故郷」においてリトレスが、十六歳前後ながらすでに作品を公表しているニックの、作家としての明るい活路を見出す一助を果たしていない点である。当作品とその前後に書かれた『エデンの園』において、疑似異人種混交と創作力は連動している。『エデンの園』では、デイヴィッドがマリータとの疑似的な異人種混交を経て、いったんは焼失した象物語の執筆を再開させたのに対し、それを果たせない「最後の良き故郷」のニックには復調の兆しが見られない。「最後の良き故郷」のオリジナル原稿には最後に、リトレスが「なぜもう書かないの？」[70]と兄に尋ねる場面があるが、ニックは「休みなく書いたり、悩んだり、困ったりしていられないよ」[71]と答えるのが精一杯なのである。

晩年のヘミングウェイが近親相姦や異人種混交に少なからず関心があったのは確かであろうが、彼が作中で展開できたのは、ここまでみてきたように、あくまで擬似的行為の演出までだったと思われる。これは「最後の良き故郷」とほぼ同時期に書かれた『夜明けの真実』／『キリマンジャロの麓で』における、ヘミングウェイとアフリカ娘のデッバとの関係からも読み取れる。作中のヘミングウェイはデッバに恋心を抱き、子供を作ろうとまでしたが、実際に彼女と関係を持つことはなかった。リトレスがニックに対してしようとしたように、現地の「法」や「制度」がデッバを守ったからである。[72]『エデンの園』では、ニックはバーバラに人種／性の他者化を強要されていた。それに対し「最後の良き故郷」では、ニックは何一つ強要されることなく、相手リトレスが自ら進んで人種／性を越境し、彼のために異人種混交の疑似的世界を演出する。しかし、近親相姦の危険が孕むこの作品において、ヘミングウェイが描けたのはせいぜい疑似的世界の演出までだったのであろう。そこからの脱却願望が、「最後の良き故郷」を手放し、『エデンの園』

の中心をニック・シェルドンからデイヴィッドに変えさせたと考えられる。

ふたたび「エデン」へ――人種／性の越境実現と創作復活の可能性をもとめて

リトレスの「アフリカ化」が異人種混交の擬似的世界の演出までしか可能にせず、結果的にニックの創造力の復活に繋がらなかった「最後の良き故郷」。これをふたたび反転させるべく、ヘミングウェイは一時中断していた『エデンの園』に舞い戻っていく。再執筆後の『エデンの園』では、ニックのトルーディへの想いがデイヴィッドのインディアン女性や「フィアンセ」[73]と呼ばれるアフリカ女性への想いとなって引き継がれる。また、少女リトレスに代わってマリータが登場、リトレス同様の処女性[74]を有しながらも、デイヴィッドが抱くmiscegenationalな憧憬の実現を可能にする。マリータは、リトレスがしたように、「フィアンセ」に似せようと日焼けやヘアカットに躍起になるだけでなく、デイヴィッドに子供を作ろうと急かしたり[75]、彼のために「今夜、アフリカを手にしましょうよ[76]」とアフリカの疑似的世界を仕立てようとする。デイヴィッドはマリータとの関係においては、「最後の良き故郷」のニック同様、人種／性の越境を強要されることなく、疑似異人種混交の実現を果たす。さらに彼は、象物語を完成させるだけでなく、「最後の良き故郷」では不在だった父を劇中劇の「アフリカ物語」に登場させるなど、作家としての創造力も回復させていく。つまり、『エデンの園』後半におけるデイヴィッドは、「最後の良き故郷」のニック・アダムズを発展的に継承させた人物として捉えることができるのである。

セクシュアリティの側面に立脚すれば、「最後の良き故郷」を受け継ぐ形で書かれた『エデンの園』は、性役割の交換という性的倒錯が付加されているという点においてより多層的で複雑である。「最後の良き故郷」では幼いリトレスがウィスキーをなめた時、道徳的に堕落したと思ったと口にする。[77] その「道徳的堕落」が『エデンの園』では "wicked" や "sin" という言葉に横滑りし、性役割の交換のみならず、同性愛や異性愛などを通じて具現化されていくことになる。このwickedやsinは作中、主に性役割交換の試みを示す代名詞として用いられている。いずれも編纂によってカットされているが、バーバラは夫ニックに初めてこの試みをもちかける際、「私たちがこれまで一度もしたことがなく、秘密めいていて不道徳な(wicked)こと、そんな楽しいことをしましょうよ[78]」と言い、キャサリンも同じ試みを指しながら、夫デイヴィッドとはsinで繋がっていると語っている。[79] つまり「最後の良き故郷」から『エデンの園』への回帰が、ヘミングウェイにより自由で奔放な性の描写を可能にし、カムリー&スコールズが主張するような性と創作の密接な繋がりをもたらしたのである。

しかし『エデンの園』への回帰を通じて、異人種混交の疑似的世界の実現を可能にし、主人公の創作の不可能性を可能性へと反転させたとしても、実際の異人種混交の描き方に限って言えば、ヘミングウェイの描写はドリモアが言うように「差異のある近似」に過ぎない。これは、初期におけるニックとトルーディの性行為の描かれ方を、後期のそれと並置させるとより鮮明になる。たとえば、一九三三年に出版された短編集『勝者には何もやるな』に収められた「父と息子」では、父親となったニックの回想を通じてではあるが、自身とトルーディとの異人種混交の場面が生々しく再現されている。

彼女［トルーディ］は最初、他の誰よりも上手にしてくれたのだと［息子に］言えるだろうか。肉づきのいい褐色の脚、平らなお腹、かたくて小さな乳房、僕をぎゅっと抱きしめる腕、僕の口の中を素早く探ろうとする舌、窪みのない目、いい味のする口、それからぎこちなく、きつく、甘美に、潤っていて、愛らしく、かたく、痛みが疼き、心ゆくまで、果てしなく、決して終わることなく、果てることなく、しかしそれは突然終わりを迎え、大きな鳥が夕暮れのフクロウのように飛び、でもそこは昼間の森で、ベイツガの針葉がお腹に貼りついている。(80)

しかし晩年に書かれた「最後の良き故郷」では、二人の行為は、ニックとパッカード氏の会話を通じて再現されることはない。

「わかったよ」ニックは言った。「もうパッカードさんには嘘をつかないよ」
「何でも言えばいいというもんじゃないんだ」ジョン［・パッカード］さんは言った。「お前がマスターベーションをするかどうか、とかな」

「僕はマスターベーションなんてしないよ」ニックは彼に言った。「セックスするだけだよ」

「まあ、そう言うのがいちばん簡単だろうな」ジョンさんは言った。「でも必要以上にしてはだめだぞ」

「わかってるよ。たぶん僕はちょっと早く始めすぎたんだ」

「酔っぱらっている時はしちゃだめだ。そして事が終わったら必ず水を用意して、石鹸でよく体を洗うことだ」

「わかったよ」ニックは言った。「それについては最近、そんなに厄介事を起こしてないし」

「ところで、お前の女はどうなった?」(81)


「最後の良き故郷」で異人種混交に対して直接的な描写を避けているようにとれるヘミングウェイの姿勢は、『エデンの園』でもほとんど変わらない。『エデンの園』におけるデイヴィッドと「フィアンセ」の性行為も直接描かれることはなく、アメリカから遠く離れたアフリカでの逸話として、デイヴィッドの作品で取り上げられたことが、キャサリンのセリフを通じて明らかになるに過ぎないからだ。また『エデンの園』の中の劇中劇においても同様で、「最後の良き故郷」のニックとほぼ同年代と思われる少年時代のデイヴィッドとアフリカ娘との関係は直接的には何ら言及されていない。つまり、後年・晩年のヘミングウェイ作品における主人公のmiscegenationalな行為は、疑似異人種混交や創作が可能に転じても、変わらず隠蔽された形でしか存在しえていないのである。

晩年の「ニック」とは

以上、後年・晩年のヘミングウェイのmiscegenationalな憧憬が、『エデンの園』前半に登場するニック・シェルドンから「最後の良き故郷」のニック・アダムズ、そして『エデンの園』後半におけるデイヴィッドに至るまで、いかに連なって反映されているかを考察した。ニック・アダムズがニック・シェルドンを、デイヴィッドがニック・アダムズをそれぞれ反転・補完した形で描かれていることから、晩年の「ニック」は『エデンの園』のデイヴィッドに具現化されていると言っていいだろう。晩年の「ニック」の特徴は、次の四つに集約できる。①かつてインディアンやアフリカ人のガールフレンドがおり、彼女たちとの性行為の記憶を、白人女性を通じて疑似的に再現しようとする。②白人女性との性行為では、女性が自ら進んで人種アイデンティティを越境し、「ニック」は何ら強要されない。③疑似的に異人種混交の行為に興じた後、「ニック」の創作力は回復する。④ただし、この創作力の回復は、こと実際の性行為の描写に限っては当てはまらない。「ニック」が語る／描く異人種間の性行為は、ヘミングウェイによって時空的に遠くに追いやられ、直接再現されることはない――である。

ヘミングウェイはアドリアーナに宛てた手紙（一九五二年四月二十四日付）の中で、「最後の良き故郷」を「昔のミシガンについて[82]」と表現したという。後年のヘミングウェイが、フィクション／ノンフィクション問わず、主に自身の過去を題材にして作品を執筆したことはつとに知られている。彼が当作品を通じて、フランス、スペイン、アフリカ、カリブ海に続く、アメリカを舞台にした自伝的作品を書こうとしたことは比較的容易に想像がつくだろう。また、死後出版作品群のもう一つの特徴として、特に実体験をもとにした作品では、ジャンルを問わず主人公の名を「ヘミングウェイ」としてきた点がある。しかし「最後の良き故郷」では、故郷で実際に起きたアオサギ狩り事件を下敷きにしながら、他の作品の例に倣って主人公を「ヘミングウェイ」とせず「ニック」と名付け、十五年余の時を経てニック・アダムズ物語をわざわざ復活させた。この背景には、当作品が異人種混交の色合いを強く帯びていたことと無関係ではないだろう。同名の登場人物「ヘミングウェイ」よりも距離をもたせた「ニック・アダムズ」に、そして最終的にはさらにかけ離れた「デイヴィッド・ボーン」へとその欲望を背負わせ、自分を投影した人物でありながら、できる限り「ヘミングウェイ」を喚起させない人物へとそれを追いやったのではないだろうか。ここに、書くことによって過去を清算してきた「父と息子」における若き日の「ニック」との決定的な違いがある。晩年の「ニック」は、「ヘミングウェイ」を不在にさせることによってしか前景化され得ないのである。

第四章　『夜明けの真実』／『キリマンジャロの麓で』

執筆・編纂の経緯

『夜明けの真実』（邦訳名は『ケニア』）ならびに『キリマンジャロの麓で』は、ヘミングウェイがメアリーを伴って一九五三年八月から翌年一月にかけて行ったケニアでのサファリ体験をもとに書かれた作品である。執筆開始は一九五五年五月、翌五六年四月にヘミングウェイが『老人と海』の映画撮影のためにペルーへ赴くまで続けられたが、結果的には未完のまま遺された。

ヘミングウェイは生前、作品のタイトルに関しては原稿をすべて書き終えてからリストを作り取捨選択していたという(1)。したがって本章で扱う未完の原稿も「アフリカ日記」（African Journal）という仮題のもとで書き進められたまま正式なタイトルを付けられることなく封印されたため、『夜明けの真実』を編纂したヘミングウェイの次男、パトリック・ヘミングウェイが出版直前に“True at First Light”と命名するまではヘミングウェイ・コレクションでも、“African Book”という名で原稿が分類されていた。八五〇頁目の中ごろ、文の途中で突然打ち切られたこの原稿(2)はまず一九六九年、ペンシルヴァニア州立大学が行った遺稿調査の後、雑誌『スポーツ・イラストレイティッド』の編集者の目にとまり、約四分の一（約五万五〇〇〇語）の分量にまで削減されて、同じ「アフリカ日記」というタイトルのもと一九七一年十二月二十日号、七二年一月三日号、同十日号の三回にわたって掲載された。ゆえに『夜明けの真実』はオリジナル原稿の再編纂本ということになる。しかしパトリックは『夜明けの真実』のイントロダクションにおいて、この「アフリカ日記」については一切言及しておらず、そのことが出版直後、批評家らの批判の中心となった。

さらに二〇〇五年には、この作品の完全版として『キリマンジャロの麓で』がケント州立大学出版より刊行された。オリジナル原稿と比較すると、改行位置の変更や文章の順序の入れ替えが見受けられるもののいずれも極めて数が少なく、語句や文章の加筆・削除もほとんど見られない。また登場人物の名前も一部変更されているものの、これはヘミングウェイの誤りを正して統一させたに過ぎない。ヘミングウェイが遺した言葉をできる限り活かしつつreadabilityを保持しようという姿勢がうかがえる編纂となっている。オリジナル原稿＝『キリマンジャロの麓で』と捉えてほぼ間違いないだろう。

『スポーツ・イラストレイティッド』／『夜明けの真実』／『キリマンジャロの麓で』の作品世界

『夜明けの真実』のオリジナル原稿は全三十九章からなる。以下、オリジナル原稿の概要を略述する。傍線は『夜明けの真実』の編纂者パトリックによってカットされた箇所を指す。

オリジナル原稿1~4章(『夜明けの真実』1章)

マウマウ団(脱植民地運動の秘密結社)の反乱が横行するケニア。「いや、やつらはそんな愚かなことしないよ」と、カンバ族の長老ケイティが言った。七十歳をゆうに超えていて偉大な白人ハンター、フィリップ・パーシヴァル(以下、ポップ)の下で四十三年間も仕えていた彼。五人の妻を持ち、もっと子供が欲しいという。敬虔なイスラム教徒でサファリの知識も豊富なケイティはポップを敬愛し、ポップも彼を心底慕っていた。

ポップは私のハンター仲間で、長年の親友でもあった。私のことを狩猟ツアーでアフリカにやって来る白人とは一線を画していると言い、彼の留守中、キャンプの連中を指揮するよう私に命じた。私は単なる狩猟監視官に過ぎないが、マサイ族の男「密告屋」に「[法のないこの村において は]あなたが法(the law)だ」と言われたり、現地の警察官にも「総督(Governor)」と呼ばれて相談を受けたりしている。また、現地の人が病気になると、その治療にもあたっている。

よく晴れた日。ケイティの息子ムスカとメアリー、そして彼女の銃持ちチャロらとともに車でハンティング・パトロールを行う。アフリカでは毎朝、わくわくした気分になる。恐ろしいことや素晴らしいことが何かしら起こるからだ——しかも午前十一時までの間に。

アフリカにいると、たいていの人は子供に戻ってしまう。ここではできる限り部族の掟と習慣に従うべきだと私は考えている。メアリーは「フィアンセ」と呼ばれる娘デッバの存在を寛大に受け入れてくれている。読み書きができず、作家という職業がどんなものかを知らない点が気に入っているらしい。密告屋によると、デッバは私との結婚を本気で望んでいるという。私が村の雄鶏を魔法で眠らせた一件が彼女の気持ちを変えたという。私は密告屋に、カンバ語には愛という言葉はないはずだと彼女に伝えるよう指示する。

オリジナル原稿4～7章（『夜明けの真実』2章）

昨夜、メアリーとベッドで横になっていた時、ライオンの唸り声が聞こえてきた。彼女は何ヵ月も追い続けているあの黒いたてがみをしたライオンに違いないと興奮する。メアリーは自身の宗教上の理由で、そのライオンを幼子イエスの誕生日までに仕留めたがっている。ングイに「あなたとミス・メアリーは同じ部族なのか」と訊かれた私は、違うと答えた。

私はふと、そのライオンに逃げられた時のことを思い出した。ポップは私に獲物を追いすぎないようにし、油断させるんだと助言してくれた。今はその助言を私がメアリーに繰り返している。ある日の夕方、食糧を得るために出かけたヌー撃ちでメアリーは見事にヌーを仕留めた。しかし実際には、彼女が狙ったところから三十五センチもずれた所に銃弾が当たっていた。これがライオンだったらどうなっていただろう。歓喜するメアリーの横で、我々は重苦しい雰囲気に包まれていた。

オリジナル原稿8～9章（『夜明けの真実』3章）

マウマウ団の一行が襲ってきた場合の対処法をムウィンディと話し合う。ケイティはポップには何でも話すが、私には事の結果しか伝えないし、部族の秘密もけっして言わない。ングイは私を信用し、何でも話してくれるが、はたして我々は互いをどこまで理解できているのだろう。

オリジナル原稿9~11章（『夜明けの真実』4章）

ウィリーが飛行機でやってきた。メアリーは彼に、私が「偉大なる聖霊（The Great Sprit）」という名の新宗教をでっち上げたと報告。さまざまな宗派や、部族の法・慣習のいいところを抽出して作り上げたもので、ヘミングウェイ夫妻は白人とは異なる存在であることが教義の一つとして定められているという。この新宗教、メアリーには「たちの悪い宗教」としか理解されていない。

翌朝、G・Cがやってきた。メアリーのライオン狩りの話題になり、ポップ同様、ライオンを油断させるよう私に助言する。次に、私が以前から狙っている儀式用のヒョウの話に移る。私はヒョウを仕留めることはもっとも難しいが、かならず成功してみせると彼に宣言する。

雨が降り出した。この雨はしばらく続くだろう。アフリカのキャンプで雨に見舞われた時にはジョルジュ・シムノンの作品を読むのが一番だ。所詮、小説家はみな自分や他人の知識から作品をでっち上げる嘘つきみたいなものだ。だた、私は真実以上の真実を作り上げようとしているし、それが腕のいい作家と悪い作家の分かれ道だ。そんなことをメアリーと話していると、突如私にデッバに会いに村へ行ってはどうかと言いだす。デッバはあなたの理想的な第二妻になると思うわよ、と。メアリーは白人女性で他に好きな人なんかいないわよね？　と私に訊く。私は「白い肌も、黒い肌も、赤い肌もぜんぶ入れて、君以外の女は誰ひとり愛していない」と答える。

オリジナル原稿12～13章（『夜明けの真実』5章）

寒い朝、雨が断続的に降っていた。私はケイティに、マチャコス方面にも大雨が降った夢を見たと嘘を口にした。予言をする時には、なるべく当たりそうなことを言った方がいい。ケイティはそれを傾聴するふりをしていた。

メアリーとハンティングに出かけ、二頭の雌ライオンの足跡を見つけた。雨が降り始めたためキャンプに戻ると、彼女は「あのライオンがすべてなの」と口にする。あのライオンを愛していて、仕留められればすべてが報われるという。メアリーが狙っているのは足跡が他のライオンの二倍もある大きなライオンで、私自身あんなに大きな足跡を見たことがない。

オリジナル原稿13～14章（『夜明けの真実』6章）

デッバの住む村を訪問し、病床に伏している彼女の父親を診察した。診察を終えて車でキャンプに戻る道中、ングイと私は暇つぶしをかねて村の征服を目論み、あれこれと作戦を練り始めた。デッバは私のものにする。狩りも順調で、うまい肉が食えて、酒だってたっぷり飲めるようにする。さらに私は、メアリーが今週あのライオンを仕留めるだろうと予言をした。

メアリーが狙っているライオンはいま、盛りのついた雌ライオンと一緒に行動していて、我々のことは眼中にないようだった。巨大で美しいライオンで、メアリーが仕留めるにはあまりにも危険な相手に思えた。G・Cは特に問題を起こしていないライオンを撃ち殺すことに消極的で、私もその考えに賛同していた。

明朝、ケイティやメアリーらとともにライオンの足跡を追跡する。どうやらライオンは夜のうちに高い茂みに入り込んでしまったようだ。いつライオンを殺せるかと尋ねるメアリーに対し、私はケイティも聞いていることを意識して「ここ三日だろうな」と英語で答えた。キャンプに戻ると、アラブ・メイナが、ヒョウが村を襲ってヤギを殺したとの情報を知らせてくれた。

オリジナル原稿14~15章（『夜明けの真実』7章）

G・Cがキャンプに戻ってきた。今回は三日間ほど滞在できるという。彼は、私がヒョウ狩りを本格始動すれば、それに合わせていつでも帰ってきますよと言ってくれた。

ケイティは私のことを「ライオンの魔術師」と呼んでいるらしい。私はちょっとしたまじないでライオンが三日以内に死ぬと分かっているだけだとムウィンディに言った。ケイティも同じく、三日以内に片がつくと考えているようだ。

村でデッバに会った時のことを思い返していた。そばで「未亡人」が見張っている間は、彼女の顔や頭を撫でてやることくらいしかできないが、未亡人がいなくなると私たちはそっとキスを交わした。カンバ語には「愛」と「すまない」を意味する言葉がない。代わりに私はスペイン語で君のすべてを愛していると伝えた。二人で木陰に横たわっていると、ヒヒの群れが目に飛び込んできた。私は寝そべったままライフルでヒヒを撃ち殺し、デッバにもそのライフルを握らせてやった。

メアリーが食中毒に見舞われた。G・Cと私は食中毒だけでなく赤痢にもかかった可能性が高いとみている。私たちはメアリーを残して車で草原の様子を見に行き、ほんの一時間前に通ったとみられるライオンの足跡を発見する。G・Cはメアリーが狙うライオンの他に、抹殺すべきライオンがもう数頭いると言った。メアリーのライオン狩りは通常の狩りとは完全に一線を画していて、まるで責任感を伴わない休暇のようなものだ。

オリジナル原稿16~18章（『夜明けの真実』8章）

私は今回の旅行にバルサムの針葉入りの枕を持参している。その枕は、少年時代を過ごしたミシガン州のにおいがするからだ。

メアリーがライオンを撃ったのは、よく晴れた日であった。いまだ復調しきっていないメアリーをおいて、私はまずG・Cらとライオンの居場所を確認しに出かけた。ライオンは丘の上で横になり、私たちから目をそらしていた。彫刻をほどこしたかのような傷が見えた。G・Cはあのライオンには自信がみなぎっている――ここは彼の王国だからと言った。

昼寝をしていたメアリーを起こし、日が暮れる前にふたたび出発。到着すると私は左側から回り込んで、ライオンの退路をふさいだ。メアリーはG・Cと一緒に一歩ずつライオンに近づいているはず。私はライオンを見据えたまま銃声が響くのを待った。とうとうメアリーがライフルを放った。二発目を打つ音が聞こえたが、ライオンは大きな頭を振りながら一目散に走っている。私も引き金を二度引いたが、ライオンの後ろで土煙が上がっただけであった。G・Cも同じ。このままだとライオンはいつもの隠れ場に着いてしまうと思った私は、ふたたびライオンめがけて引き金を引いた。するとライオンが前のめりになるのが目に入った。そこへ銃弾が命中する音が聞こえ、最後にG・Cがとどめの一発を撃ち込んだ。

メアリーはうれしそうだったが、私が最初にライオンを仕留めてしまったと不満をもらした。そんな彼女に、私とG・Cは君が最初に撃ったのだと繰り返し、チャロも彼女の手柄であることを強調した。メアリーはキャンプのメンバーが祝杯をあげる頃にはすっかり機嫌を取り戻していて、いまや自分がライオンを仕留めたと喜んでいる。そんな彼女を横目にライオンの死体に近づいてみると、彼女の銃弾は足と尻に当たっていて、私の銃弾は背中に命中していたことが判った。

夜、眠りにつく前に今日のことを振り返ってみた。G・Cがいる今日までにライオンを撃ち落とすことができて本当によかった。そしてこの重責から解放されて本当にうれしい。午前三時、なかなか寝付けない私はたき火の方へ行くと、G・Cがすでに椅子に腰かけていた。彼はあのライオンを仕留めたのは私だと断言し、私の腕前を最高の奇跡だと賞賛してくれた。さらに、ヒョウも難なく仕留められますよと言ってくれた。

オリジナル原稿18章（『夜明けの真実』9～10章）

祭の準備が進んでいる。メアリーの具合はずいぶん良くなっていて、「ライオンの体からあなたの銃弾は見つからなかったわ」と言った。狩猟管理局のチャンゴと祭に行くと嘘をつくメアリーに向かって、私は「メアリーはいまだにメムサヒブ（社会的地位を有する白人の婦人、西洋人の既婚夫人に対して用いた敬称）だからな」と言った。祭ではデッバが踊っていた。私はングイを見つけると、明朝一番にヒョウ狩りに行くことを伝えた。

オリジナル原稿19～23章（『夜明けの真実』11章）

早朝、私とングイはヒョウ撃ちに出た。私たちが到着した時にはすでに立ち去った後だったが、夕方には餌を求めに戻ってくるだろう。私は父親がポップで、母親がソマリ人かカンバ人だったらいいのにと考えていた。私自身は、混血といっても差し支えないほど日に焼けていた。

その日の夜、メアリーは飛行機でナイロビへ行くことを提案する。医者に診てもらったり、クリスマスの贈り物を買いたいとのこと。クリスマスの呼称に関して私が「我々は『幼子イエスの誕生日』と呼んでいるんだがね」と言うと、すかさず彼女は「私はまだ『クリスマス』と呼ぶわ」と返す。

ングイとヒョウ狩りへ出た。ヒョウは単なる動物ではない。王室指定保護動物に指定されていて、最高・最速・最強の動物である。加えて、手負いになると非常に危険な存在でもある。オスのライオンはネコ科の動物には見えないが、ヒョウは真のネコ科の動物で素晴らしい。私はお告げをした上で、罠となる餌を使わずにヒョウを仕留めることができれば、イスラム教徒に自身の力を見せつけることができると考えた。そこで、ングイに向かって、餌を使わずにヒョウを捕まえた夢を三度も見たと言ってみた。私はある種の嘘は真実以上に真実で、宗教には必要不可欠であると考えているし、もしそういう夢を見ることができなければ仕立て上げればいい。アフリカで成功した者はみな、夢をつくり上げて、それを実現させることができているに違いないのだ。

オリジナル原稿23~25章（『夜明けの真実』12章）

メアリーがナイロビへ発った。私はとても寂しくなったが、手紙などを読んで気持ちを紛らわせようとした。「アイオワ婦人」から届いた手紙には、私が書いた『河を渡って木立の中へ』への酷評が綴られていた。ばかばかしい。「死ぬ前に、何か価値のあるものをお書きになってはいかがですか」だと？　そんなことを言われなくてもとうにやっているし、これから何度もやるつもりだ。

アラブ・メイナがやってきた。私は彼に大きな象牙をもつ象を知っているか尋ねてみた。彼は知っていると答え、私にライセンスを取って殺すといいと言った。その象はこれまで少なくとも三度、怪我を負わされているという。私は彼が去った後も一人で象のことを考えていた。これまで多くの人間が巨大で立派な象牙を求めて、その象の命を狙っている。つまり、象牙が象にとって大きなデメリットとなっているのだ。私はいまその象がどこにいて、何を考えているのかを想像してみた。

デッバのことを考えはじめた。私は、彼女と未亡人を買い物に連れていく約束をしていた。デッバとの間では、耳に穴を開けるかどうかで揉めていた。彼女は二ヵ月前に部族の慣習にならって耳に穴を開けることになっていたが、メアリーが開けるまではそうしたくないと拒んでいた。私も耳に穴を開けていないと指摘するデッバに、私の部族では男性は耳に穴を開けないのだと説明した。

オリジナル原稿26~27章（『夜明けの真実』13章）

翌朝、ムウィンディから、夜中にかなり大きなライオンの咆哮が聞こえたと聞かされた。正午近く、私はングイやムスカ、チャロらとともに、一晩でデッバの家のヤギを含む計十六頭ものヤギを殺したヒョウを仕留めに出かけた。まもなくして木の上にいるヒョウを発見、私が狙いを定めて撃つと、二発目がヒョウに命中して木から落ちた。周囲の者は喜び、雑誌のカメラマンもカラーで写真を撮っていたが、ヒョウが落ちたと思われる場所に辿り着くと、そこにヒョウの死骸はなかった。

手負いのヒョウを追い、茂みに入る。何発もの銃声を響かせ、どうにか私が仕留めた。見事なヒョウだった。私たちは白人ハンターも狩猟監視官も監視員もいない状況で、兄弟だけでヒョウを撃ち殺したのだ。死骸を見てみると、予想した通りの場所に銃弾が撃ち込まれていた。キャンプに戻るとケイティが笑顔で迎えてくれたが、私はヒョウの写真を撮るのを拒否した。

みなで祝杯をあげた。ビールを飲み干し、私は新しい宗教をもっとも崇高なものへと高めていくために必要なプログラムの用意にとりかかろうとした。ビールが切れてしまったことを知り、私はデッパを伴ってライトキトクの町まで調達しに行くことになった。

オリジナル原稿27~28章（『夜明けの真実』14章）
メアリーがナイロビへ発った後、私は頭を剃っていた。デッパと一緒にライトキトクへ行く途中、私は「おまえはとても物わかりのいい妻になるだろうな」と軽い調子で言った。すると彼女は、私の革の拳銃ホルスターに体を押しつけながら「今も、これからと同じくらいいい妻です」と答えた。
メアリーのライオン狩りにはずいぶんと時間がかかったが、みなはとっくの昔にうんざりしていた。彼女の銃持ちのチャロでさえ私に向かって、「メアリーが撃つ前にあなたがやつを仕留めて、おしまいにしてはどうですか」と言ったほどだった。

オリジナル原稿29章（『夜明けの真実』15章）

夜、テントの中でデッバと時を過ごしていた。見張り役の未亡人も加えて三人で食事をしようとするとケイティがやってきて、彼女らを家族の元へ帰すよう私を諭した。私はすぐに首を縦に振り、村に送り届けることにした。私とベッドを共にすることを期待していたデッバには気の毒なことをした。私の人生におけるもっとも輝かしい時が、こうして終わりを迎えようとしていた。

オリジナル原稿30章（『夜明けの真実』16章）

私はデッバと夜を過ごす機会を逸したことを心から残念に思っていた。ケイティはこの情報をどこから入手したのだろう。そんなことを考えながらふと、夜中に月が昇ったら槍で狩りをしに行こうと思い立った。夜中に槍を手にひとりででかけ、恐怖を味わうのは最高の贅沢であり、それだけの価値があるものだった。ケイティのこと、デッバのこと、今夜彼女とベッドで過ごすはずだった一夜も、すべてが些細なことに思えてきた。

オリジナル原稿31~33章（『夜明けの真実』17章）

翌朝、私はケイティのもとに向かい、長老として私にとってくれた言動に礼を述べた。彼もいつか私と一緒に槍狩りをしたいと言ってくれ、私たちはふたたび友人の関係に戻った。

密告屋がやってきた。デッバがかなり落ち込んでいるという。彼女に会いに村へ行くと、はじめの方こそぎこちない様子だったが、すぐに笑顔を見せてくれた。その後ングイと一緒に食用のエランドを捕まえにいくも見つけられず、かわりにシマウマを仕留めた。そしてングイの勧めで、シマウマを槍で刺してみた。キャンプに戻ってひと休み。みな幸せそうだった。そんな中、私は新宗教の説明を始めた。

新宗教の主要メンバーは私とングイとムスカの三人。死後は男だけが「狩りをするものの楽園」に行ける。男はそれぞれ五人の妻——カンバ族で、若くて美人、そして手のかたい女性——を持つことができる。税もなければ、政府もない。あるのは宗教のみで、白人もなし。ビールを製造するのに必要な砂糖もタダにしようか。この楽園にいる人間はカードを提示すれば、好きな酒をいつでも手に入れられる……というのが主な内容である。

メアリーはこの宗教をよく思っていなかった。私の宗教仲間がメアリーに加わってほしいと願っているかどうかも疑問だが。そもそも彼女は部族外の人間だ。部族外の人間が信者になるには仲間の承認が必要なため、たとえ彼女が望んだとしてもうまくいくかどうかはわからない。

デッバを連れて、狩りに出かける。トムソンガゼルを見つけると、私はデッバと一緒に銃を構え、一緒に撃ち落とした。その日の夜、ケイティとデッバのことについて語り合った際、私はカンバ族の戒律と習慣に従って彼女とのつきあいを続けていくが、馬鹿げたアメリカの法律のせいで彼女と結婚してアメリカに連れて帰ることはできないと伝えた。

私は最初の妻のことを考えていた。長男の母親でもある最初の妻は最高の女性で、寒い夜はよくベッドで寄り添って温め合ったものだ。また、遠い昔にアフリカへ連れてきた（二番目の妻）ポーリーンのことはここにいるみなが敬愛していた。彼女が亡くなったことは、まだ知らせていない。メアリーは小柄ながらも果敢にライオンに攻めていった。しかし我々はみなうんざりしていて、チャロですら私に向かって「どうかあなたがライオンを仕留めて、終わりにしてください。女がライオンを撃つなんて聞いたことがありません」と言う始末だった。

オリジナル原稿34～37章（『夜明けの真実』18章）

メアリーがナイロビから戻ってきた。デッバへのお土産も買ってきたという。両脇を短く刈り込み、カンバ風の髪型になっていた。彼女が以前見つけたクリスマスツリーをとりに出かけ、キャンプに持ち帰った。

オリジナル原稿37～39章（『夜明けの真実』19章）

アラブ・メイナが集落の状況を伝えてくれた。二頭のライオンが住民や家畜に被害を与えているという。より詳しい情報を得るために、私はライトキトクへ行くことにした。そこで得た情報によれば、雌ライオンはすでに死んでいるが、雄ライオンは四日前にマサイ族に襲われて傷を負っているとのこと。私たちはそのライオンと、さらに二頭のライオンを殺す計画を立てる。

オリジナル原稿39章（『夜明けの真実』20章）

ベッドでメアリーと会話をする。二人ともアフリカを離れたくない気持ちが強い。眠りに落ちる瞬間、ライオンの唸り声が聞こえた。翌朝、ニシキヘビの写真を撮りたいというメアリーの要望もあって、ハンティングカーで巡回することにした。途中、大きなライオンの足跡を目にしたり、メアリーがオリックスを撃ったりした。うまく仕留めた彼女は大喜びで、私も誇らしく思った。

なお、それぞれの版の内容を表にまとめたのが次ページに掲載した図表6である。またこの先の議論に備えて、そのポイントになるキーワード（「ヒョウ狩り」や「デッパ」など）が出てくる箇所に、◎や☆などの印を付してある。

図表6　オリジナル原稿、『スポーツ・イラストレイティッド』、『夜明けの真実』の章構成比較

■：『スポーツ』で使われている場面
▒：『夜明け』で使われている場面
◎：ヒョウ狩り　☆：回想(reminiscence)
★：デッバ　▲：第二のライオン

章	時	静／動	出来事		『スポーツ』構成	『夜明け』構成
1	——	静	ポップとケイティについて。ヘミングウェイとポップの会話			1章
	朝	動	ハンティング・パトロール	☆ ★		[朝-昼-夜]
2		静	メアリーと会話。アフリカ・宗教についての考察	★		
3	昼	静	ヘミングウェイとデッバ、その後密告屋との会話	◎ ★		
4	夜	静	ベッドでメアリーと会話。メアリー：「私は戦士なの」			
	早朝	静	テントでングイらと会話（メアリーのライオンについて）			2章
5	朝	静	警察官から脱獄犯がでたことを相談され、指揮をとる			[朝-夕刻]
6	昼頃	静	アフリカについての考察	★		
7	夕刻	動	メアリーのヌー撃ち、ヘミングウェイのトムソンガゼル撃ち	★		
8	朝	静	マウマウ団（？）の怪しい男現る。村が象に荒らされたとのこと	★		3章
9	朝	静	メアリーとの会話。メアリー：「デッバに冷たくしないで」	★		[朝]
	朝-昼	動	ウィリー到着。怪しい男と飛行機巡回。村が荒らされた形跡なし			4章
10	夜	静	テントの外で見張りをしながら考えごと			[朝-夜]
	朝	静	ヘミングウェイとG.C.の会話	◎ ★		
		動	ヘミングウェイとメアリー、サイに遭遇			
11	昼-夜	静	<大雨>読書や考えごと。メアリーとの会話	◎ ☆		
12	朝	静	ケイティと予言についての会話。カンバ族の特徴について	★		5章
	夕刻	動	ライオンの足跡を発見した時の回想。メアリーと狩りへ	◎		[朝-夕刻-夜]
13	夜	静	テントの中でヘミングウェイとメアリーとの会話			
	早朝	動	メアリーらとライオン巡回			6章
		静	若い警官、密告屋、ヘミングウェイの会話			[朝-夜]

14	午後	静		ヘミングウェイ、薬を届けに村へ行く			
		静		デッパの父親の治療	★		
	早朝		動	メアリーやケイティらとライオンの足跡を見にいく	◎		
	午後		動	ヘミングウェイはヒヒの個体調整、メアリーはヌー撃ち	◎		7章
		静		G.C.について。デッパに自身の銃を握らせる	☆ ★		[朝-午後-夜-朝]
	夜	静		ヘミングウェイ、G.C.、メアリーの会話。パリ時代の回想	☆		
	朝	静		メアリー食中毒			
15	昼頃		動	G.C.とライオンの足跡発見。狩りの作戦をたてる	▲		
		静		メアリー病床	☆ ★		
16	朝		動	メアリーのライオン狩り→引き返す			8章
		静		ハリーとヒョウについての会話	◎		[朝-昼-夕刻-深夜]
	昼	静		昼食	◎ ☆		
17	夕刻		動	メアリー抜きでライオン探し→ライオン発見			
			動	メアリーを連れてライオン狩り→仕留める			
	夜	静		ライオン狩りが成功、キャンプで祝杯をあげる			
18	深夜	静		魂についての考察。G.C.との会話	◎ ☆		
	朝	静		ライトキトクの町へ買い出し、コーラやビール等を調達する	★		9章
	昼		動	食料用のヌーなどを撃つ			
		静		祭り見学	★		10章
	夜	静		ライオンのカツレツを皆で食す	◎		
19	早朝		動	ヒョウ狩りに出発するが収穫なし	◎		11章
	朝		動	ヘミングウェイとG.C.、メアリーのライオン狩りの計測	◎		
20	朝	静		スペインや闘牛などの回想	☆		
21	午後	静		メアリーたちと村へ行く	★		
	夜	静		メアリーと思い出話を語り合う（宗教の話）	☆		
22	夜	静		メアリーとの会話	◎		

23	朝		動	ングイとヒョウ狩り		◎				
		静		ヘミングウェイ考えごと（子供時代&ヒョウ）			☆			
		静		メアリー起床、写真を撮りに出かけるが具合が悪くなる						12章
	夕刻	静		夕食、メアリー回復		◎		★		
	夜	静		就寝			▲			
24	早朝		動	雨の中ングイとヒョウ狩り、メアリーはトミー撃ち		◎		★		
	朝	静		ウィリー到着				★		
			動	ウィリーと飛行機巡回、上空から象を誘導する						
25	午後	静		メアリー、ナイロビへ出発	↑					
		静		ヘミングウェイ、手紙を読んだり、考えごとをする			☆			
		静		アラブ・メイナとの会話						
	夜	静		ヘミングウェイ、考えごと（象&象牙）			☆	★		
26	朝		動	ハンティング・パトロール		◎	▲	★		13章
	昼		動	ヘミングウェイのヒョウ狩り、失敗		◎				
27	昼		動	ヘミングウェイのヒョウ狩り成功→祝いのパーティ		◎				
		静		ライトキトクへ買い出し、ミスター・シンとの会話		◎		★		14章
28	夕刻	静		ライトキトクでデッパに着物を買う	Mary不在			★		
29	夜	静		デッパとの別れ				★		15章
30	深夜	静		考えごと（デッパ&槍での狩猟）		◎		★		16章
			動	ヘミングウェイ、槍を手にひとりで出かける				★		
31	朝	静		ケイティと和解						17章
		静		デッパと再会			☆	★		
			動	シマウマを撃ち、槍でさす						
		静		新宗教についての考察				★		
32	昼	静		近所に住む感染症患者たちに治療を行う			▲			
	夕刻		動	デッパに銃を構えさせ一緒に獲物を撃つ				★		

33	深夜	静		過去の回想（妻たち＆パリ時代の作家仲間）		☆ ★		
34	朝	静		密告屋やってくる	Mary不在			18章
			動	インパラ撃ち		★		
	昼	静		メアリー帰る。ヘミングウェイ、メアリー、 ウィリーの会話		★		
35	昼		動	ウィリーと飛行機巡回		★		
	夕刻	静		入浴、メアリーのお土産話を聞く				
36	早朝	静		密告屋との朝食				
	朝		動	クリスマスツリーをとりにいく		★		
		静		デッバがキャンプにやってくる		★		
37		静		デッバを送って帰る		★		
	午前	静		メアリーとの会話				19章
38	午後	静		ライトキトクへ買い出し		▲ ★		
			動	メアリー、ハーテビーストを撃つ				
39	午前		動	ワイルドビーストを撃ちデッバ家へ		▲ ★		
	昼		動	メアリーらと草原巡回		▲		
	夜	静		ベッドでメアリーと会話		▲		20章
	早朝		動	メアリーらと狩猟、オリックスを撃つ		▲		

「パパ／父」ヘミングウェイを創造する
――パトリック・ヘミングウェイの編纂方法とその問題点

はじめに

ヘミングウェイの生誕百周年にあたる一九九九年七月、彼の二度目のケニア・サファリ体験をフィクション化した未完の原稿が、次男パトリックの編纂によって『夜明けの真実』と形を変え刊行された。この作品は、ヘミングウェイの遺作小説としては『海流の中の島々』、『エデンの園』に続いて三冊目となるが、他の二作の例にもれず大幅なカットが行われた。ヘミングウェイは生前、編集者たちから原稿の加筆・修正・削除等を勧められても、本人がノーと言えばそのまま出版されたとのいきさつがある。にもかかわらず、膨大な量と全体を通じて一貫性の欠けるプロット展開が、打算的な出版を前にして大幅な編纂に拍車をかけたようだ。

本項では、『夜明けの真実』におけるパトリックの編纂方法とその問題点を、『スポーツ・イラストレイティッド』やオリジナル原稿との比較を交えて論じていく。まずは『夜明けの真実』編纂の経緯を略述し、その編纂方法をオリジナル原稿と比較することによって紹介しながら、彼が編纂時にポイントとした点を列挙する。そしてそのポイントがオリジナル原稿自体に及ぼした影響を検証し、編纂の問題点を探る。最後にパトリックの編纂の意図を明確にすることによって、へミングウェイの作品がパトリックの作品へと変容していくさまを追う。なおへミングウェイの呼称については、これ以降、混乱を避けるため、作者へミングェイを「へミングウェイ」、そして作中人物としてのへミングウェイを「パパ」とする。

『夜明けの真実』の編纂方法——オリジナル原稿との比較を通じて

〈語数〉

まずは語数を比較する。図表7はオリジナル原稿を『夜明けの真実』の章分け（全二十章）に準じて区切り、各章の語数を一とした場合の編纂本の語数を比率で表したものである。平均値は0.56、つまりパトリックは、十九万六八八六語から十一万二一一〇語へと全体の四十四％をカットしたことになる。このような図表で表すと、章によって大きくカットされた章（十一章～十三章、十七章～二十章）と、逆にほとんどカットされなかった章（五章、十章、十四章～十六章）に大別できる。具体的にそれらの章がどの場面に対応するかは、図表6が示す通りである。大きくカットされた章については、十一章から十三章までが「パパのヒョウ狩りの場面（◎）」、十七章はカットの大半が「新宗教に関するパパの考察の場面」、また十九章から二十章までは「パパが第二のライオンを狩る場面（▲）」である。▲の第二のライオンの話は、おそらくへミングウェイがこの辺りから展開しようとした新たなプロットであったと推測できるが、未完で展開が中途半端なためパトリックが丸ごと削除したようだ。

図表7　『夜明けの真実』とオリジナル原稿の語数比較

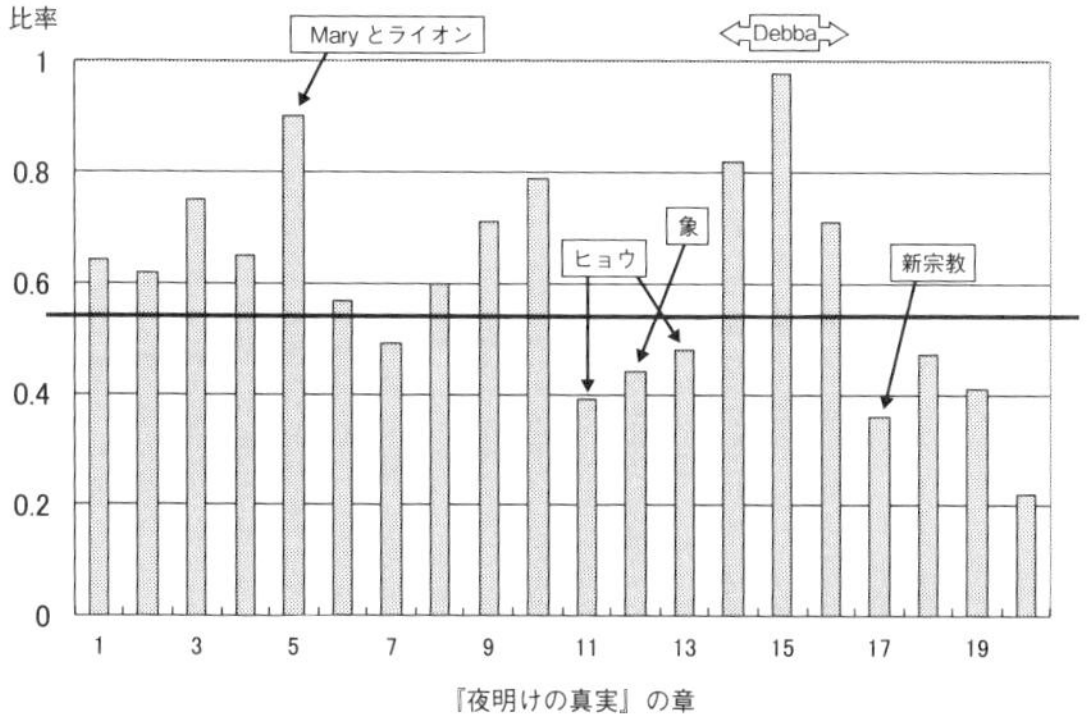

	オリジナル	編纂本	比率*
1章	17,337	11,153	0.64
2章	14,205	8,878	0.62
3章	5,197	3,908	0.75
4章	14,337	9,402	0.65
5章	7,158	6,471	0.90
6章	8,987	5,142	0.57
7章	17,059	8,497	0.49
8章	14,249	8,571	0.60
9章	6,504	4,653	0.71
10章	6,128	4,873	0.79
11章	17,015	6,798	0.39
12章	14,470	6,421	0.44
13章	8,183	3,981	0.48
14章	7,282	6,016	0.82
15章	1,145	1,132	0.98
16章	3,335	2,381	0.71
17章	12,018	4,381	0.36
18章	11,672	5,523	0.47
19章	8,282	3,405	0.41
20章	2,323	524	0.22
計	196,886	112,110	0.56

*：編纂本の語数／オリジナル原稿の語数

またほとんどカットされなかった章をみると、五章は「メアリーと彼女が追うライオンについての場面」、十四章から十六章は「メアリーの不在中に繰り広げられるアフリカ女性デッバとの恋と別れの場面」、そして十章はパトリックがタイトルとしてオリジナル原稿より引用した“True at First Light”のことばを含む章となっている。これによりパトリックが場面によって意図的に比重の置き方を変えていたことがうかがえる。

〈章構成〉

次に章構成を比較する。ヘミングウェイは、当作品の原稿を執筆していた当時は細かく章番号を設定していた訳ではなく、“New Chapter”と書くことによって新たな章を区別していたに過ぎなかった。全体を概観すれば章の区切りに特に規則性は見られないが、前半に限っていえば、ベイカーが『アーネスト・ヘミングウェイ』の中で、ヘミングウェイが二度目のサファリ体験後に「アフリカ生活をもとにした一連の短編を手がけた[3]」と記した通り、オリジナル原稿九章までの各章では以下のキーワードが柱となっており、その切り替わりが次章への橋渡しになっている。

一章　ポップとケイティの師弟関係について
二章　アフリカ、特にさまざまな宗教について
三章　デッバ登場、彼女とパパの結婚を望む密告屋

四章　メアリーのライオン狩り
五章　脱獄犯がでたことに関する警察からの相談
六章　アフリカ、特に人種の違いについて
七章　メアリーの下手なヌー撃ちとパパの完璧なガゼル撃ち
八章　アフリカ、特に部族について
九章　ウィリーのつかの間の滞在

オリジナル原稿九章の最終ページは、すでに一五四頁目にあたる。その後メアリーのライオン狩りから始まる一連のエピソードが複数章をまたいで展開されることから、ヘミングウェイはこの九章以降早い時期に短編から長編小説へと切り替えたのではないだろうか。また一方のパトリックは、結果的に全二十章にまとめあげ、特にメアリーのライオン狩りが完結する八章までは朝から夜までの一日単位で章を区切っていったが（図表6を参照のこと）、それ以降の章に何ら規則性は見受けられない。

〈作品構成〉

最後に作品構成を比較する（図表8を参照のこと）。もともとヘミングウェイがこの作品で展開しようとした作品世界は、詳細に描かれるジャーナル（狩りの日常やアフリカの描写）の枠の中に、フィクションの要素（その中でも二大狩猟として「メアリーのライオン狩り」と「ヘミングウェイのヒョウ狩り」を並列し、その脇にデッバとの関係を添えるもの）と、回想場面（パリやスペインでの思い出や、過去の人間関係等）を組み込んだものであった。二大狩猟である狩りがそれぞれ順に終わった後は、新たに第二のライオンの話を展開させようとした形跡が見受けられるが、未完のため状況の提示のみで終わる。

次に『スポーツ・イラストレイティッド』の編集者による「アフリカ日記」だが、これはタイトルをヘミングウェイの仮題を踏襲したのに伴って、純粋に二大狩猟だけを並列した構成となっている。デッバに関しては簡単な人物紹介がなされるだけで、その後のヘミングウェイとの接触は完全に削除されている。

そして最後にパトリックの『夜明けの真実』だが、これは彼がダスト・ジャケットに“A Fictional Memoir”、イントロダクションに「ヘミングウェイの原稿は（中略）間違ってもジャーナルではない[4]」と断言していることからも明らかなように、フィクションの枠をジャーナルのそれと並列させんばかりにまで押し上げている。そして「パパのヒョウ狩り」の場面を大幅に削除し、単なる日常の狩りのひとつとしてジャーナルに移行させてしまっている。しかし編纂後も、ヒョウ狩り実行に至るまでの細かな伏線（◎）がいくつか残されており、単に日常の狩りのひとつとして解釈するには不自然さが残る。これに対し、デッバやメアリーが登場する場面は作品全体を通じてほとんど削除されることなく残され、作品全体の大きな位置を占める。またメアリーのラ

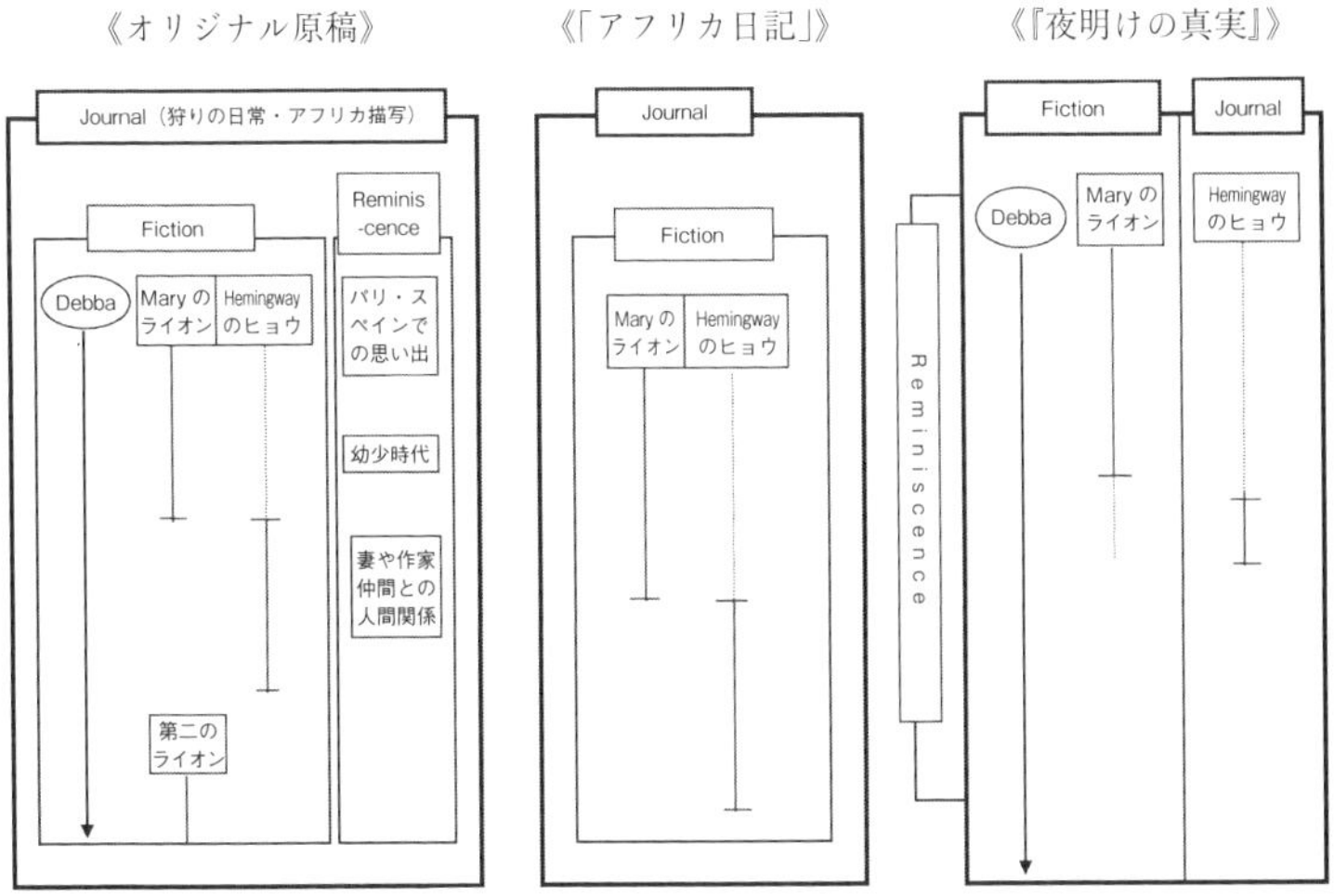

図表8　オリジナル原稿、「アフリカ日記」、『夜明けの真実』の構成比較

イオン狩りについては、ライオンにとどめの一発を命中させたのは誰かということの真相が、狩りに携わった人物の見解（間違いなくパパがとどめを指したという見解）のカットによって曖昧さを増した感がある。

こうして三つの視点からオリジナル原稿と両編纂本を比較していくと、オリジナル原稿を素材に『スポーツ・イラストレイティッド』の編集者とパトリックがそれぞれ独自の見解をもって編纂したことがうかがえる。が、同時にそのどちらもがオリジナル原稿とは異なる様相を呈しており、「単に削除しただけで、新たに独自の文章を付け足してはいない」という編纂者の注釈が、オリジナルの本質を損ねていないことの表れに必ずしもなっていないことが明らかとなる。

『夜明けの真実』編纂の問題点

さて、以上のように編纂された『夜明けの真実』だが、パトリックは『スポーツ・イラストレイティッド』の編纂よりはオリジナル原稿の作品構成に近い形で物語を展開させた。しかしデッバの場面をカットせずに引用しても、それ以外のポイントとなる場面（「パパのヒョウ狩り」「独自の新宗教」「メアリーのライオン狩り」）が上述通りどれも大幅にカットされるか、半端な形で終わっているため、結果的に作品全体の主題を曖昧にさせている。あわせてこれらとは別に、パトリックが全体を通じて細かく丁寧に削除した項目――「象と象牙についての考察」と「対ケイティとの関係」――も無視できない。そこでここではパトリック編纂の問題点として、まず大きくカットされた場面、「パパのヒョウ狩り」と「独自の新宗教」の接点と、逆にほとんどカットされなかったデッバとパパ、メアリーの関係をそれぞれ述べる。その後パトリックにより完全に削除されたオリジナル原稿の冒頭場面に焦点を移し、その冒頭場面の根底に流れている主題と「対ケイティとの関係」とが上記のポイントとして挙げた各場面にいかに繋がっているかを検証する。そして最後に他の遺作との関連から「象と象牙についての考察」の場面が持つ意味を考えていきたい。

〈「パパのヒョウ狩り」と「独自の新宗教」の接点〉

まずは「パパのヒョウ狩り」と「独自の新宗教」の接点を取り上げる。ヒョウ狩りは、実際には編纂本『夜明けの真実』の十三章（オリジナル原稿では二十六章と二十七章）で行われるが、実際には、その伏線は物語の前半から細かく張られている（図表6の◎を参照のこと）。これはパパにとってヒョウ狩りが重要な「儀式」[5]であることと、メアリーのライオン狩り以上の価値があることを強調するための伏線だ。パパの解釈では、王室指定保護動物に指定されているヒョウこそがもっとも敏速で強い、真のネコ科の動物であり、それに比べればメアリーが仕留めたオスのライオンなど本当はネコ科の動物とはいえないのだ。[6]またこうした伏線のみならず、この「儀式」を遂行するにあたって彼はヒョウ狩りの夢を見たといっていくつかの予言めいた嘘を語る。この種の予言は『夜明けの真実』[7]でも、パパがマチャコスに大雨が降る夢や密告屋を処刑する夢を見たとケイティに語る場面として出てくるが、彼の予言の意図がどこにあるのかはパトリックの削除により表出しない。が、パパにとってこうしたある種の嘘は真実以上の真実味を帯びることから宗教には必要不可欠であり、たとえ予言めいた夢を見ることができなくとも、自らそれをでっちあげて実行すればいいのだという。[8]すなわちヒョウ狩りとそれを実行するまでの諸々のプロセスは、このときすでに彼の中で芽生えていた新宗教誕生を見据えており、そのために必要な「儀式」として大きな意味を持っていたのである。

またパパが始めた新宗教は、特にケイティやチャロが信仰するイスラム教を強く意識したものとして描かれる。イスラム教よりも優れた楽園を創造してみせると意気込む[9]だけでなく、ヒョウ狩りを成功させれば何よりもムスリムにこの新宗教の威力を見せつけることができると考えているからだ。[10]メアリーのライオン狩りにG・Cなど、白人やハンティングのプロが同行して万全の状況で臨んだのとは対照的に、ヒョウ狩りではパパが先頭に立ち、ングイやムスカらが後に続く。そしてどうにかヒョウを仕留めると、今度は「新しい宗教をもっとも高邁かつ崇高なものへと高めていく[11]」段階へと移行する。その後オリジナル原稿の三十一章（編纂本ではカット）にて、新宗教の内容――死後は男だけが「狩りをするものの楽園」に行けるとか、男は若くて美人で手のかたい妻を五人持つことができ、法も自由に定めることができる――が明らかにされ、肥沃な土地や自然だけでなく、ビールや女に恵まれ、税や政府もなければ白人もいないという世界構想が長々と披露される。[12]そしてヒョウ狩りに参加したングイやムスカがその宗教にそのままメンバーとして名を連ねることになる。こうしてヒョウ狩りは結果的に、パパが彼らの指導者としての権威を確立する格好の場となったのである。

ところが以上のような意味を持つヒョウ狩りと新宗教誕生の大半が、パトリックの編纂により損なわれてしまった。ヒョウ狩りは単なる日常の狩りのひとつとして片付けられ、新宗教については設立までのプロセスはおろか、その内容までもが丸ごと削除されてしまったのである。

〈ヘミングウェイ、メアリー、デッバの相関関係〉

パトリックはデッバの登場場面だけでなく、パパとメアリーの夫婦愛を喚起させる場面もほとんどカットすることなく使用した。そのためパパとメアリーとデッバという三人の関係はとかく愛憎の三角関係でもって解釈される傾向にあるが、はたしてヘミングウェイの意図もそこにあったのか。新宗教設立の話とは逆にほとんど残された二人の女性を通じてヘミングウェイが描こうとしたものを、カットされた数少ない場面も視野に入れて考察する。

まずは、メアリーとパパの夫婦関係からみていこう。表面的にはパパは妻をいとおしく思う夫に終始し、一方のメアリーもそんな夫のみならず、彼の「フィアンセ」と称されたデッバの存在をも受け入れる心の広い妻として描かれている。しかしいったん狩りの場面になると、一変して師弟関係を意識するパパの言動が顕著になり、ふたりの間で口論が始まる。この言動は、ヘミングウェイが一九三三年から三四年にかけて行った一度目のアフリカ滞在の際に、彼をさまざまな面で導いたフィリップ・パーシヴァル、通称ポップを意識したもので、かつてのポップを自分に、そして彼を師と仰いだ過去の自分を今度はメアリーに置き換えたからに他ならない。この時点でヘミングウェイ／パパにとってメアリーは、自分がポップの位置にまで登りつめるための道具と化し、また同じ「アフリカにやってきた白人・西洋人」でも「脱西洋・脱白人」を図る自分とは対極にある存在となる。それぞれを順に追っていこう。

まず師弟関係におけるパパとメアリーに関しては、彼がライオン狩りの際に、かつてポップが口にした「ライオンを油断させるんだ[13]」という助言を繰り返し、「戦士（a warrior）[14]」と自らを称するメアリーを成功に導く立役者に徹しようと努める場面に代表される。そこに見え隠れするのは夫婦というよりむしろ師弟の構図だ。にもかかわらずパパは土壇場で、彼女の目の前でライオンにとどめを刺してしまう。憤慨するメアリーには彼女自身が撃ったと納得させつつ、影ではプロハンターであるG・Cやケイティがパパの功績を称え[15]、彼女の銃持ちのチャロまでもが実はパパに「どうかあなたがライオンを仕留めて終わりにしてください。女がライオンを撃つなんて聞いたことがありません[16]」と懇願していたことが判明する。こうしてメアリーの知らぬところで、彼女以外に彼女がライオンを命中させたと信じる者、もしくはそもそも彼女の成功を望んでいた者などいない状況を作り出してしまう。

また「アフリカにやってきた白人・西洋人」でも「脱西洋・脱白人」を図るパパとは対極にある存在としてのメアリーは、クリスマスを強く意識し行動する彼女（ひいては西洋）の宗教が、カンバ族などのアフリカ人には理解不能なものとしか映らないことに端を発する。そんな彼女を横目にパパは「なにしろメアリーはメンサヒブだからな[17]」といって早々に一線を画す。クリスマスの呼称についても、パパはメアリーのいう「クリスマス」ではなく現地の人間に合わせて「幼子イエスの誕生日[18]」を用いる。またメアリーは彼が創設した新宗教のメンバーに名を連ねることさえできない。「部族外の者が信者になるにはメンバーの承認が必要だ[19]」とパパが考えているかららで、いまや彼にとってメアリーは、完全に異なる部族・宗教の人間として位置づけられていることが明らかとなる。それはかりか彼が一度目のサファリに同行した二番目の妻ポーリーンを回想する場面でも、「ポーリーンが死んだということは知らせていなかった。まして、彼らの気に入りそうにない別の女と結婚していたこともあって[20]」と、メアリーひとりが蚊帳の外へ追いやられてしまう。パパにとってポイントとなる場面——「デッバとの恋と別れ」、「新宗教についての考察」、「ヒョウ狩り」、「デッバに銃を構えさせる」——がすべてメアリーのナイロビ旅行中、つまり留守中に行なわれるのも何ら不自然なことではないのだ。

一方のデッバに対しては、パパは自らが握る銃に彼女の手を重ね合わさせ、二人一緒に獲物を狙うという普段メアリーには決してしないことを敢行する。そして「カンバ語には『愛』と『すまない』という言葉はない[21]」ことを都合よく利用してデッバとつきあい、都合よく別れた後もせっせと会い続ける。彼女は若くて美人[22]、そして何よりも作家という職業がどんなものかを知らず、彼に対して何の不平不満もこぼさないというヘミングウェイが描く「理想的な非アメリカ人女性」の典型として設定されている。しかしこれはあくまで、いまや弟分と化した妻メアリーには期待できない女性の領域——パパを無条件に敬愛し、ホルスターを握る仕草で求愛する——を担う人物に限られている。だからこそ図表6で★が作品全体を通じて満遍なく出てくるにもかかわらず、二大狩猟に肩を並べるほどの筋を備えてはいないのだ。

しかしパパがメアリーを道具にして成しえようとした「脱西洋・脱白人」の試みは、デッバとの関係が進み、次の二つの問題に直面する段になってその浅はかさが露呈してしまう。まずデッバが部族の慣習に従って耳に穴をあけようとする際、彼女がパパに耳に穴を開けない理由を尋ねると、それまではデッバと同じカンバ族の人間だと豪語していた彼が突然、アメリカで自分が属している部族ではそのような慣習はないからだと答える。[23] また同様にデッバがパパとの結婚を本気で望むようになると、今度は重婚を認めないアメリカの法を持ち出してきて結婚はできないと言う。[24] これらの言動はメアリーに「アメリカ（西洋）人・白人」の衣をかぶせ、それとは対極にある自分を強く打ち出そうとするそれまでの意図と大きく矛盾する。しかしそもそもデッバがパパを好きになったきっかけや尊敬し続けた理由を探っていくと、それらもすべて「アメリカ（西洋）人・白人の成せる技」の範疇にしか存在していないことが分かる。たとえばデッバが最初にパパを好きになったきっかけを追っていくと、彼が村の雄鶏を捕まえて魔法で眠らせたエピソードにたどり着くが[25]、これは実際のところ魔法でも何でもなく、雄鶏の頭を羽の下にもっていき、押さえたまま前後に揺すると自然と眠ってしまうという習性を利用しただけのことである。[26] また彼女の尊敬の念を維持できたのも『ライフ』の切り抜きに掲載された写真や薬品を使った医療行為、そして何よりも豊富な財力があったからに過ぎない。所詮パパとデッバの恋も、矛盾とまやかしでその大半が説明できるのだ。オリジナル原稿三十四章において、パパが夜にデッバと狩りに出かけようと思い立つものの、すぐに取りやめる場面がある。そうすることによってケイティやチャロに対して自分と新宗教の威厳を損ねる恐れがあると考えたからだが、やはりここでもデッバ以上にケイティを意識し、新宗教を第一に考える彼の姿が垣間見える。

〈オリジナル原稿の冒頭場面の完全削除と「対ケイティとの関係」について〉

ここまでパパのングイやムスカたちに対する地位確立と、パパとメアリーの師弟関係の構図を述べていったが、オリジナル原稿を読んでいくと、その原点がパトリックによって完全に削除された冒頭の場面にあることが分かる。これはポップとケイティの師弟関係についての描写で、『夜明けの真実』の冒頭に先立って七〇二語、約一頁半にわたって描かれている。ここでは二人の名前は言及されず、「偉大な白人ハンター」（ポップ）と「老人」（ケイティ）が長年にわたっていかに互いに信頼し賞賛し、尊敬し合ってきたかが述べられ、『老人と海』のサンチャゴとマノーリンの関係を彷彿とさせる。その後引き続いてサファリをしに渡ってくるアメリカ人が冷ややかな視点から語られるのだが、この冒頭場面にはメアリーやデッバはおろかパパすら登場しない。そしてようやく編纂本の『夜明けの真実』が始まるものの、すぐにまた削除の場面を迎える（ポップがハンティングの助言を欲するパパに向かって、たとえ自分が不在でもケイティがいるから心配ないと言いきかせる場面[27]）。

先述のように、当初へミングウェイがこの作品を短編として書き始めたことを考慮すると、この冒頭の場面がもつ意味は軽視できず、その後長編へと姿を変えてからもこの場面が軸となってさまざまな形に展開されたと推測できるし、現にそのような作品構成になっている。その軸とは「アフリカへサファリ・ツアーにやってきたアメリカ人」から、自身も敬愛するポップの位置にまで登りつめようとするパパの奮闘である。そしてその過程がアフリカの日常を通じて、二つの方向性――「ポップ対ケイティ＝パパ対ングイ&ムスカ」、と「ポップ対パパ＝パパ対メアリー」の図式――をもって実行に移されたのだ。事実、パパがケイティを意識していることは明らかで、オリジナル原稿にもパパがポップの絶大な信頼を得ているケイティに対してライバル心を露にする場面が所どころに描かれているが、その大半がパトリックにより丁寧に削除されている。ヒョウ狩りや新宗教設立にングイやムスカを従え、一見黒人に対する支配力の固持を目指した行動に映るが、むしろ対白人、特に目標とするポップやライバルのケイティを強く意識した結果生み出された言動といえよう。

『エデンの園』との関連性

『エデンの園』はヘミングウェイ文学にはそれまで全くの無縁だった編集者トム・ジェンクスの手によって全体の約六割が削除された遺作であるが、その杜撰な編纂が及ぼした弊害はすでに本書の第三章で明らかにしている。ヘミングウェイはこの作品において、現在進行中の男女の愛の物語に作中人物である作家ディヴィットの創作という設定で、別のいくつかの短編を平行して書き継ぐ、いわゆる劇中劇の仕組みを取り入れた。その短編の一つが巨象狩りの話で、老いた巨象の居場所を父やハンターに教え、はじめは得意気だった少年が次第に象殺しに対する罪の意識を感じて悩み始める――そしてその過程を経て大人になることの意味を掴んでいく少年の姿を描いたものである。この象が『エデンの園』のディヴィットと『夜明けの真実』のパパをつなぐ掛け橋になっているという指摘が『夜明けの真実』出版から遡ること三年、一九九六年にバーウェルによってなされている。

バーウェルは著書『ヘミングウェイ――戦後と遺作』の中で「象は、読者の作家ヘミングウェイに対する期待やパブリックイメージに添おうとすることで生じる重圧のメタファーとなっている[28]」と述べ、その象の場面が『夜明けの真実』のオリジナル原稿でも、パパがメアリーの留守中にひとりベッドに横たわって象について考えを巡らす場面となって再現されていると指摘した。ここでパパは巨象の牙に関して、象牙が見事であればあるほど象にとって大きな武器となり魅力となるが、その反面それがゆえに人間に象牙を狙われ命を奪われる危険性も増すため、象牙も結果的には最大の欠点になると考える。この長所や魅力に対する周囲の賞賛・期待が、最後には自身の破滅をもたらすことになるといった状況は、ヘミングウェイ自身に置き換えてみれば、サファリの最中に二度の飛行機事故に遭い、メアリーの日記に自ら「耐えがたいほどの苦痛[29]」と記すほど健康を害したことで今まで以上に周囲の期待やパブリックイメージに添うことに必死にならざるを得なくなったヘミングウェイの焦りを示唆していると考えられる。実際メアリーの自伝『実際のところは』にも、ヘミングウェイが象を「非常に大きくて、偉く、気高い[30]」と表現し、殺すことを頑なに拒んだと記されている。

また『夜明けの真実』のオリジナル原稿を執筆中の一九五五年にはアドリアーナに手紙を送り、

アフリカについての物語を「単なる楽しみのため、そして苦痛で気が狂ってしまわないために書いている」[31]と記した。さらにこの作品に関しては、「自分が死ぬまで出版を待った方がいいのではないかと思っている」[32]とヘミングウェイが語ったという記録がある。これらからヘミングウェイが作家としての限界と逃避を、遠いアフリカを舞台に、さらに「作家」という職業の意味をほとんど知らないアフリカ人との交流を通じて吐露したとも考えられる。ところが、パトリックはこの象と象牙についてのヘミングウェイの考察場面（図表6のオリジナル原稿の二十五章に該当）の大半をことごとく削除した。もともと『エデンの園』の中の巨象物語も、全体の作品から抜き出されて新たに「アフリカ物語」というタイトルを付けられ、同じく死後出版の『ヘミングウェイ短編全集』に収録されたいきさつがある。[33]これに追随するかのように今回も同じようなことが繰り返されたといえよう。

『夜明けの真実』編纂の意図

以上のことを含めてパトリックの編纂意図を考えていくと、主に四点ほど浮かび上がってくる。まず一つ目は彼が『スポーツ・イラストレイティッド』の編集者による「アフリカ日記」に反発、ヘミングウェイや編集者とは別のタイトルを新たに考案し、オリジナル以上にフィクション色を強くすることによって、広い読者層に受け入れられることを狙いとしたことである。そしてそのフィクション色の強化は、『スポーツ・イラストレイティッド』の編集者が意図的に削除したデッバを執拗に登場させることで成し得ようとしたと思われる。

また二つ目はパトリックのメアリーに対する同情の念である。彼はヘミングウェイの二番目の妻、ポーリーンの子であるが、父ヘミングウェイの、後妻メアリーに対する辛辣で乱暴な言動を幾度となく目の当たりにしており、「ふたりの夫婦関係の残忍性」[34]にとうに気づいていた。そしてメアリーが実は見かけほどタフではないとの懸念を強めていたようである。だからこそ亡き母のポジションにいるメアリーのことを、『夜明けの真実』のイントロダクションにおいて「妻として真の一流であった」[35]と記し、作品においても「ライオン狩りの成功を村の皆から祝福され、夫にも愛される妻」の印象を強めるとともに、「テディベア」[36]の雰囲気を喚起させるような編纂を施したといえる。これは同時にデッバの場面を多用しながら、実際には同じイントロダクションで彼女のことを「一種のdark-matterで（中略）メアリーとは正反対の人物」[37]と位置づけ、デッバに対する愛着の薄さを露にしたのとは対照的である。

三つ目はタフガイ・ヘミングウェイの復活である。ヘミングウェイのアフリカ滞在中に彼と対面したパトリックは、二度の飛行機事故の後、父の容態が明らかに悪化したことを見てとった。事実この作品の執筆中も左眼の視力が弱かったり、左耳が聞こえなくなるなどの症状が出ており、[38]そんな現状が、意図的であったかどうかは別にして作品に象や象牙などの場面となって吐露されていた。しかしパトリックはヘミングウェイの作家として・人間として衰えつつある姿、逃避する姿はいずれも削除した。息子パトリックも父に劣らずパブリックイメージに固執していたようだ。

そして四つ目の意図は、パトリック自身が長年抱いていたフィクションを書きたいという思いである。彼はジェイムズ・プラスとのインタビューで以下のように語っている。

ジェイムズ・プラス——なぜあなたは伝記を書かないのですか？　ご兄弟はお二人とも伝記を書いておられますし、メアリーも一冊書いていらっしゃいますね。

パトリック——私もぜひ何かを書いてみたいとは思うのですが、作家としてのヘミングウェイで傑出していたのは、やはりフィクション作家だったという点だと感じています。（中略）私自身がフィクションを書けると感じるようになるまでは、書くべきではないと思っています。回想録にもさほど関心がありませんし……。(39)

すなわちヘミングウェイのオリジナル原稿をフィクションだと確信しながらも、『スポーツ・イラストレイティッド』の編集者がフィクションの要素をすべて削除し、ジャーナル色に終始したことを逆に利用して、パトリックがヘミングウェイの原稿をモチーフに、長年自らが夢見たフィクションを仕立ててあげたと考えられる。そうであるとすれば、テーマがヘミングウェイのものと異なった様相を呈しても不思議ではないが、その時点でこの『夜明けの真実』はヘミングウェイの作品ではなく、パトリックの作品として世に送り出されなければならない。

『スポーツ・イラストレイティッド』の編纂はオリジナル原稿を四分の一に縮小せざるを得なかった事情を考慮すれば、二大狩猟に絞ることによってプロットを簡潔にし、「アフリカ日記」として必要最低限の責務は果たしたと考えられる。しかし図表6の「静／動」からも分かるように、実際オリジナル原稿には「静」の場面が多く、そういった会話や思索にふける場面がこの作品を単なる「日記」に限定させていないため、その大半を削除してしまった編纂は作品全体を無味乾燥なものにさせている。一方、パトリックの編纂は「静」の要素を残しながらも実はその本質を削ぎ落としており、かつ「動」の二大柱であるはずの狩猟話も中途半端な形で片付けてしまったため、『スポーツ・イラストレイティッド』の編集者以上に深刻な問題を抱えているといえる。パトリックのフィクション色を強く打ち出した今回の編纂は、タンガニーカでの長年の経験を生かして平淡なアフリカ描写にメリハリを生み出したまではよかったが、逆にヘミングウェイ自身が生み出そうとしていた別のフィクション面を損ねてしまったことは以上のことから十分に指摘できるところである。

結語として――Fictional Hemingway の様相

そもそも『夜明けの真実』がフィクションたる所以は、実際には心身ともに追いつめられた執筆当時のヘミングウェイが、敬愛するポップやケイティに近づくことによって「一九五〇年代のヘミングウェイ像」を構築・発信する試みにあるのであって、フィクション化の対象はあくまでヘミングウェイ自身なのである。サファリをした時のヘミングウェイと『夜明けの真実』の執筆を開始した時のヘミングウェイとの間にはわずか一年半の隔たりしかないが、この間は公私ともに波乱の連続であった。二度にわたる飛行機事故、世界中に誤って配信された自身の死亡記事、そしてノーベル文学賞の受賞――。特に、死亡記事やサファリを特集した雑誌『ルック』を通じて世間に流布している自身のパブリックイメージが、人生初のサファリで獲物に堂々と対峙し、華麗に仕留めた「一九三〇年代のヘミングウェイ」への回帰を謳ったものであることを眼前にしたことは、『夜明けの真実』を書くにあたって少なからず影響を及ぼしたに違いない。サファリ時のヘミングウェイ（想起される客体）と執筆時のヘミングウェイ（想起する主体）との間には、はじめから肉体・精神の両面で大きな開きがあった。つまり、この作品を通じて再構築される「パパ」は、ヘミングウェイにとっては何ら真実でなく、あくまでモデルモグのいう「できるかぎり『ありのまま、あるいは〝真実〟で』ありながら虚構のままの『想像上のヘミングウェイ』[40]」に過ぎなかったのである。

当作品におけるパパの言動が、狩猟の名手かつサファリの統率者であるポップを多分に意識したものであることはすでに述べた（実際サファリに同行した『ルック』誌のカメラマン、アール・タイゼンは、ヘミングウェイのことをポップと呼んでいたという[41]）。しかしヘミングウェイの意図は、パパをポップのような存在にさせると同時に、老齢になっても人望・精力ともに健在なケイティ的要素を持たせることにもあった。夢のお告げを口にし、ヒョウ狩りの成功を通じて新宗教を設立しようとするのは、パパがケイティのような部族と宗教の統率者としての側面を強く意識していたからに他ならない。つまりヘミングウェイが構築しようとした「一九五〇年代のヘミングウェイ像」の一端は、傷病を繰り返す「偉大な白人ハンター」ポップと「老人」ケイティという、執筆時のヘミングウェイが自身を重ね合わせながら想起するのに自然なこの二人が持つ各々のリーダーシップを兼ね備えたものといえよう。

ジョン・レイバーンによれば、ヘミングウェイは作家経歴の早い段階で、「世間受けの人格を作り始め（中略）その公的な人格をノンフィクションの中で宣伝し続けた」[42]という。またベイカーは、この作品における自伝的な描写・内容があまりに乏しいことを知って落胆したメアリーに対し、ヘミングウェイが「特別な技法」[43]を使ったと説明したエピソードを紹介している。この技法こそが、実際のサファリ体験をもとに実名を用いることでノンフィクションの形式を踏襲しつつも、過去の事実や出来事を操作したり、「パパ」というもうひとつの自己をポップとケイティを柱にそなえて構築することによって、読者に「一九五〇年代のヘミングウェイ像」を喚起させるものだったと考えることができる。

しかしその過程には二つの矛盾が潜んでいた。一つは『ルック』誌や死亡記事が発信した「一九三〇年代への回帰としてのヘミングウェイ像」とは別の側面をヘミングウェイが打ち出そうとしながらも、実際には自身の健康状態や狩猟の腕前の衰えを実感していたためにその枠組みから外れることに極めて消極的だったことである。そしてもう一つは『アフリカの緑の丘』に倣って、読者向けの「一九五〇年代のヘミングウェイ像」を成就させようと自伝的事実に固執し過ぎたことが、逆に作品内で再構築しようとした自己内の矛盾を生み、その結果、想起する自己と想起される自己との均衡を保てず、彼自身にとっての「虚構のヘミングウェイ」を作り上げることができなかったことである。執筆中断直後に彼が記した「原稿をひとつにまとめてセロハンで閉じた。私はこれからの三ヵ月間を、自分を含め誰も殺さずに過ごしてみようと思う[44]」という文が暗に示すのは、時間の推移に沿ってそのまま執筆を続けていけば飛行機事故に言及しなければならないというよりも、すでに狩猟、恋愛の両場面で統一感を欠き、融合する術を見出せないままでいる「狩猟・部族・宗教の統率者」としての自己と、パブリックイメージを保持した自己を最後の「第二のライオン」の場面で挽回させることがもはや不可能であったことを示唆していると考えるほうが妥当であろう。

一九五六年四月に『夜明けの真実』の執筆を中断したヘミングウェイは、『老人と海』の映画撮影隊とともにペルーへ向かうが、それが終了した後も執筆を再開させることなく、翌年に新たな長編に着手する。この作品が、公的なヘミングウェイ像が確立される前の二〇年代のパリ時代を題材にした（いわゆる）ノンフィクション、『移動祝祭日』であったことを思うと、なお一層、『夜明けの真実』においてヘミングウェイが目指した手法と執筆中断の理由が明確になるように感じられる。なぜなら『移動祝祭日』においてヘミングウェイは、自伝とフィクションを意識的に融合させる手法から離れたため、ノンフィクションとして「できるかぎり『ありのまま、ある

い は〝真実〟で』」あることにのみ専心し、もはや「虚構のままの『想像上のヘミングウェイ』」を作り上げて、自身との均衡を持たせることに苦慮する必要がなくなったからである。また想起する主体、想起される客体ともに五十歳代であった『夜明けの真実』とは異なり、『移動祝祭日』では、想起される客体として描かれる二十歳代前半の無名作家へミングウェイに対する読者のイメージが、想起する主体である五十歳代後半のノーベル賞作家ヘミングウェイに対するイメージに直接影響を及ぼす心配が少ないことも大きな要因であろう。『移動祝祭日』にみられるこうした特徴も、『夜明けの真実』の執筆中断の理由を物語っているといっても過言ではない。

第五章　第二次世界大戦を題材にした生前未出版の短編

――「庭に面した部屋」「インディアン地帯と白人の軍隊」「十字路で憂鬱な気持が」「記念碑」

執筆・編纂の経緯

一九五六年四月、ヘミングウェイは『夜明けの真実』の執筆をいったん止めて『老人と海』の映画撮影のためにペルーへ赴く。小説さながらに巨大マカジキを釣り上げるシーンを撮影したいと意気込んだものの叶わず、翌月フィンカに戻った後もヘミングウェイは『夜明けの真実』の執筆を再開できずにいた。その状況を打破すべく書き始めたのが、第二次世界大戦での体験をもとにした短編であった。『ニューヨーク・タイムズ・ブック・レビュー』の編集者ハーヴィー・ブライトに宛てた手紙（七月二十三日付）では、ヘミングウェイが組織したフランスの非正規軍と過ごした「これまでの人生の中でもっとも幸福かつ最悪だった」[1]日々についての物語を二編書き終えたことが報告されている。そしてその三週間後には、チャールズ・スクリブナー・ジュニアに「盲導犬を飼え」、「庭に面した部屋」、「十字路」、「インディアン地帯と白人の軍隊」、「記念碑」、「あぶくの功名」の六編が完成したと報告、男女の一幕を描いた「盲導犬を飼え」以外の五作品は戦闘や殺人にまつわるショッキングな内容を扱っているため、出版するのであれば自分が死んだ後にして欲しいと付記している（八月十四日付）[2]。

ヘミングウェイが生前出版を拒んだ第二次大戦ものの五作品のうち、現在までに出版されているのは「十字路」しかない（「十字路で憂鬱な気持が」という題目で『ヘミングウェイ短編全集』

に所収)。ただし、それ以外に関しては「あぶくの功名」を除く三作品がヘミングウェイ・コレクションで公開されている。「あぶくの功名」の内容を窺い知ることはできないが、他の四作品については、第二次大戦を舞台に共通の登場人物を配していることから、スーザン・F・ビーゲルも指摘する通り、一つの物語群として読むことができる。以下、順に物語を追っていこう。

各短編の作品世界

「庭に面した部屋」

「庭に面した部屋」の時代設定は、パリ奪還直後の一九四四年八月。舞台はリッツホテルである。語り手の「私」はアメリカ人作家でありながら、今は小規模のフランス非正規軍を指揮している。名前はロバートで、周囲からは「パパ」の愛称で呼ばれている。フランス人パルチザンのオネシムとマルセル、同じくフランス人でレジスタンス兵のクロード(戦時中、ゲシュタポに二度逮捕され、拷問を受けた経歴を持つジャン・デカンが原型だと考えられる。ヘミングウェイの私設ボディガードでもあった)、アメリカ人ドライバーの「レッド」・ペルキーらがロバートの指揮下にいる他、リッツホテルの経営者であるチャールズ・リッツや第二次大戦に大佐として参戦したフランス人作家アンドレ・マルロー(3)がそれぞれ実名で登場する。

私は今、リッツホテルの庭に面した部屋にあるツインベッドの一つに横になり、チャールズ・

リッツが差し入れてくれた本とシャンペンを手にのんびり寛いでいる。私の部下やチャールズも一緒だ。もう一つのベッドには不要になったボロボロの地図が敷かれ、その上には殺した敵兵から奪った武器が分解・洗浄され、新たに組み立てられるべく並べられている。私に庭に面した部屋があてがわれたのは、作家としての名声あってのこと。庭の木々に日差しが当たるのを窓越しに見るのが私のお気に入りである。

いま私が読んでいるのは、シャルル・ボードレールの詩集『悪の華』（初版一八五七）、テオフィル・ゴーティエ(4)の序文が掲載された第三版である。そばではクロードたちがチャールズに聞かせるために、その日私を訪ねてきたマルロー大佐と私の会話を再現している。ピカピカの軍服と靴で身を固めたマルロー大佐は私に、何名の兵士を指揮しているかと訊く。私が「多くて二〇〇人」と控えめに答えると、マルローは嘘つきがよくするように顔面を引き攣らせながら「僕は二〇〇〇人だ」と言う。それでも私が何食わぬ調子で「我々がこのちっぽけなパリの町としがないリッツホテルを奪還した時、二〇〇〇人もの勇敢な軍隊を擁する君の援助が得られなくて残念だ(5)」とからかい気味に言うと、マルローはそそくさと部屋を後にする――という話である。

クロードたちの士気は高い。チャールズが、ワインを分けてくれている友人が所有するブドウ園が戦争で閉鎖されているために、手持ちのワインも残り少なくなっていると言うと、クロードは「今週中には取り戻せるよ(6)」と断言する。新たにワインが運びこまれると、彼らはそれを手に歌を歌い始める。何百年も前からある古い歌から、私のプライベートを歌にした「ゴブラン通り十の二」（ヘミングウェイの幼い息子ジョンがパリで迷子になっても乳母の家に辿りつけるよう、ハドリーと作った歌）まで。私はそれを聴きながら幸せを実感し、ベッドで横になったまま、引き続きボードレールの詩「パリ光景」をフランス語の原文で読む。私はこの詩をみなに向かって読み上げたい衝動に駆られるが、すぐに思いとどまる。我々に必要なのはこのような詩よりも楽しい世間話だし、常に敵にマークされているクロードにとってもこの詩はよくないだろうと判断したからである。

私はここ三ヵ月の間に四通しか手紙をもらっていない。しかも四通目は手元に届いた時点ですでにボロボロになっていた。そんな私を哀れに思ったのか、レッドはいつも彼宛ての手紙を私にも見せてくれる。差出人は、レッドがパリに到着した日の夜に出会った東洋人の女性ダンサー。彼曰く、印象的なスタイルをした女性で、レッドのことをとても愛しているらしい。ところがレッドは「大きな丘のどこか(7)」という以外、具体的にどこで彼女に会ったのかがどうしても思い出せず、クロードと一緒に探しても一向に見つからない。レッドはつぶやく――これも戦争の一コマみたいなものかな。

我々は明日の朝一番にここを出てヴィレ・コトレへ向かい、「アメリカ軍第四」歩兵師団に追いつく予定だ。夕方になり、街中を散歩したくなってきた。私はベッドから起き上がって靴を履き、部下たちに明日の集合時間と場所を伝えると、チャールズと一緒に部屋を出て、レッドカーペットが敷かれている廊下を歩いた。彼は情の厚い人だ――まるで、我々がスイス人として生まれたという分別を持たないまま戦争に巻き込まれてしまった迷い子であるかのように接してくれる。どうして私がここでこのようなことをしているのか、チャールズは決して訊かない。彼には言えないが、その理由は、戦争に直接関係のない人たちの命を救うためだ。私は歩兵師団と知り合い、彼らのためにできる限りのことをしたいと思うようになった。私は自国アメリカの次に、フランスとスペインが好きだ。他の国も好きだが、すでにそれらの国への借りは返し、口座も解約済みだと思っていた——口座が解約されることなど決してないのに。私はチャールズに別れを告げ、夕暮れ時のパリの舗道を歩いた。この三年間、私はこの光景を再び目にするとは思いもしなかった。今や自分たちの自由意志でここを去ろうとしている。そうすることはたぶん、愚かで、非現実的で、間違ったことなのだ。

テュイルリー方面に向かって歩きながら、私は思った。それは間違いでも愚かでもない。しかるべき時に去らないと、パリは再び同じようには見えないものなのだ、と。

「十字路で憂鬱な気持が」

「十字路で憂鬱な気持が」の舞台はフランスの農村、時は晩夏の昼である。「私」と非正規軍の一行は、アーヘンを目指して撤退路を通りかかるドイツ兵を待ち伏せて殲滅するという単純な仕事をしている。十字路からかなり離れたところに待ち伏せ場所を二つ設け、ドイツ軍から奪った武器を手に、腹ばいになりながら敵兵が来るのをひたすら待つのだ。

まず、フォルクスワーゲンが十字路に侵入してくる。私の命令に従ってレッドが運転手を狙撃すると、すぐさまマシンガンの掃射が続き、車は兵士たちを振り落としながら溝に突っ込んでいった。八人全員を射殺。私は部下に急いで死体を片付けるよう指示するが、その作業自体は見ない。精神的に良くないからだ。

続いて十字路にやってきたのは、盗んだ自転車にまたがった四人のドイツ兵。先頭を走る兵士が路上についた鮮血とフォルクスワーゲンに気づき、右のペダルに全体重をかけようとする。その瞬間、我々は四人に銃火を浴びせた。自転車に乗った男が至近距離で撃ち落とされる様はあまりに生々しく、いつ見ても悲哀を誘う。

ふたたび我々は草むらに横たわる。本当の夏の匂いがする。ハエが死体にたかり始め、蝶も死体が引きずられた血の跡に止まっていた。次に近づいてきたのはドイツの装甲車。SS（ナチス親衛隊）の戦闘部隊の兵士がめいっぱい乗り込んでいる。私の胸の内はいつも通り虚ろだった。装甲車に乗った兵士が路上の血やフォルクスワーゲンに気づくと、ドイツ語で何か叫びだした。我々が仕掛けた地雷も目に入ったのだろう。装甲車は急停車し、後退を始める。その時、こちらが放ったバズーカの砲弾が装甲車に命中した。雑多な破片が火柱とともに降りかかり、我々の背中や首筋までも襲う。一方、敵兵の誰かが装甲車から手榴弾を投げ、ドイツ兵の死体が横たわる路肩のすぐ横で爆発する。「やつら、味方の死人を殺してやがるぜ」とクロード。最後に彼が装甲車にバズーカ砲を直撃し、すべては終わった。この連中が退却軍の最後尾に違いない――そう私は確信していた。
我々の側の犠牲者は誰ひとりいなかった。みな、すこぶる機嫌がいい。農家の庭にある井戸で体を洗い、ジョークを交わしながら傷の手当てをしていた。するとドイツ兵が二人、自転車で近づいてくるのが目に入った。銃弾を向ける私。一度は外れたものの、そのあと放った弾が二人のうちの一人に命中する。路上に倒れた姿を見に行くと、その兵士は両肺を撃ち抜かれて死にかけていた。その顔はとうてい十七歳以上には見えない。クロードと私は少年の傷口を消毒した。彼は口こそきけないものの、一度もクロードから目をそらそうとしない。クロードは少年の額にキスし、息絶えるまでそばに付き添うという。
私はひどく憂鬱な気持ちになって農家の庭に戻ってきた。しばらくすると、クロードも戻ってきた。彼も私と同じように「黒く」て憂鬱な気持ちを抱えていたようだ。我々はその気持ちを同じくらい分かち合っていて、どちらもそれが気に入らないでいる。

「インディアン地帯と白人の軍隊」

「インディアン地帯と白人の軍隊」の時代設定は一九四四年九月上旬。リッツホテルを出発したロバート／「私」の一行が、フランスとベルギーにまたがるアルデンヌの森林地帯を抜け、ヴェストヴァル（ジークフリード線のドイツ側の呼称）でドイツ軍と砲撃戦を展開する話である。この時点でクロードは私のもとを離れており、「庭に面した部屋」に登場したオネシム、マルセル、

「レッド」・ペルキーが引き続いて登場する他、正規の特派員が二人加わる。一人はイギリス人のピーター・ローレス、(8)もう一人は「ブラジリウス」と呼ばれるブラジル人の軍事専門家である。(9)またマーカス・O・スティーヴンソン大尉と、私たちと行動を共にすることになる第二十二連隊のバック・ラナム大佐も主要人物の一人として登場する。

アルデンヌの森(10)は、インディアン地帯（Indian country）そのものだ。心地いいが入り組んだ場所で、砂利道が所どころにあって蕨や下生えも敷きつめられている。土地の起伏が激しく、やせ細った木々があちらこちらに散らばっている。小川も多い。でも、この森は克服できない障害という訳ではない。四車線のハイウェイを運転する時のように、勝手が分かれば何てことはない。

我々非正規軍の状況は、人員・物資輸送が減って以降、激変してしまった。大将（The General）と私は地図を広げて次の攻撃手順を確認する。大将はたびたび私のことを非正規軍の大将だと言った。彼に別れを告げた後、私はレッドが運転する車にピーターとブラジリウスを同乗させ、他の一台とともにウッファリーズ（ベルギーとルクセンブルグの国境に接する町）へと向かう。歩兵隊の列の邪魔にならぬよう脇道を走る一行。すると、歩兵らが前かがみになって本を読みながら行進している姿が目に飛び込んでくる。知り合いの軍曹に本のタイトルを尋ねると、シンクレア・ルイスの『アロースミスの生涯』(11)（一九二五）と答えてくれた。読書をしながら行進する理由がわからないブラジリウスに対し、私は戦闘を頭から追いやるためだと説明する。

ウッファリーズ近くの主要幹線道路に到達した。我々はここで車を止め、周辺の状況を確認することにする。私がオネシムとマルセルに状況確認を命じると、二人はインディアンのようにさっと去っていく。まもなくすると一発の銃弾が発せられた音が鳴り響き、マルセルが近くのロードハウス（街道筋にある酒場）から手を振る姿が見える。一行はマルセルが何を仕留めたのかを予想する。豚かガチョウか、はたまた内部告発者か――。盛り上がる私たちを見て、ピーターは（対象を確認しないで）いきなり撃ったことに驚くが、私はそれが戦争なのだと説く。

再び車を走らせ、マルセルらがいるロードハウスに向かうと、息絶えたガチョウがテーブルの下で横たわっていた。オネシムによると、ドイツ軍はすでに退却したという。一行はロードハウスの主人とブランデーで乾杯し、しばしの間興じる。と、そこに突然ドスンという大きな音が二回響き渡る。ドイツ軍が橋を爆破したのだ。我々一行も手榴弾などを手に反撃を開始する。戦闘は十分ほどで終わった。ドイツ人がなぜ橋を爆破したのか、私には分からない。せいぜい五人くらいしかいなかっただろうに。包帯で身を包んだ人が多すぎて、見るのに嫌気がさしたのだろうか。ユーモアのセンスがあったのかもしれない。

「十二分十四秒」と口にするブラジリウス。彼は戦闘を観察しようとしたが、何も見えなかったようだ。そんな彼に、汗びっしょりになったレッドとオネシムは、最後の一人まで全滅させたと報告する。そこにラナム大佐の車が山の背にある道路を上がってくる音が飛び込んできた。陽のあたる場所に座るのは気持ちがいい。ガチョウを取りにいったレッドが戻ってきたら、町へ行くとしよう。

「記念碑」

「記念碑」の時代設定は「インディアン地帯と白人の軍隊」と同じく一九四四年の九月、ウッファリーズでの戦闘があった日の夕刻である。この作品にはもはや「ロバート」という名は登場せず、「私」はラナム大佐から何度も「ヘミングスタイン（Hemingstein）」と呼ばれる。

みなが夕食をとっている間、ブラジリウスは書き仕事をしている。彼はいつ何時でも決してヘルメットを取らない。マルセルらは、やつは女と寝る時もヘルメットをつけたままなんだろうなとからかう。ブラジリウスの存在が癇に障って仕方のないスティーヴンソン大尉は、彼が何を書いているのかを見てきてほしいと私に依頼する。私はブラジリウスのもとに行き、原稿を何枚か取り上げた。目を通してみると、テルモピュライの戦い[12]に匹敵する戦闘でゲリラ部隊が破壊された場面に居合わせた時のこと、ウッファリーズでの戦いで敵を最後の一人までやっつけた時のこと、そしてチェコの有名な批評家・理論家、F・O・ミクシェが書いた戦争本[13]からの引用が書かれてあった。ブラジリウスは毎日、この本から引用した文章を新聞社に送っている。彼が祖国ブラジルのクラウゼヴィッツ[14]と呼ばれていても、何ら不思議ではない。

町へと続く急な下り坂で、作業服を着た男二人に出くわした。彼らはドイツ人はすべていなくなったと言った。私はスティーヴンソン大尉やピーターと一緒にワイヤーなどを探したが、爆発で倒れた木と沈黙しかなかった。戦争において沈黙はもっとも恐ろしいものだ。倒れた木々の間を入念かつゆっくりと歩きながら、私は戦争や社会生活においてもっとも悲しいことは、立派な老木が無慈悲に倒され、道に横たわっているのを目にすることだと思った。

道路に横たわった木々を片付けるために、近くの住人たちがやってきた。作業は一時間ほどで終了。ピーターが、ここは第一次世界大戦でドイツ軍に占領された最初のベルギーの町で、ベルギー兵の最初の犠牲者が出た場所だと言った。記念碑もあるという。ある町の人が親切にも我々に酒をすすめてくれ、四人で酒を飲むことになった。

石垣に腰掛け、眼鏡を拭きながら考え込んでいるバック・ラナム大佐を見つけた。彼は乱暴な言葉ながらも親しみを込めて私に挨拶をし、私は道路が片付けられている様子を彼に説明した。そこへ作業中の男たちが橋の復元工事を始める許可を取りにやって来た。彼らはプロのエンジニアではないが、全員、橋建設に携わった経験があるという。橋の方へ行ってみると、確かに作業は順調に進んでいた。私とバックは石垣に戻った。バックは、我々は歴史的人物だと言い、作業員に対する多少の不安を口にする。私は彼に向かって、彼らを信じよう――そうすれば我々はより偉大な歴史的人物になるかもしれないと返す。バックは「君が歴史を書けばいい」と言うが、私は「やめてくれ」と一蹴する。

当時、バックと私は仲のいい友人だった。その後二人の関係はより密になり、最後には会話をしなくても互いが何を考えているか分かるほどになった。我々はともに話好き、バックは毎晩奥さんに手紙を書いている。私は妻が好きではなかったから、一度たりとも手紙を書かなかった。

海軍や事業、かつての不動産の維持等で忙しい前妻にはときどき書いていたが……。前妻が下す判断にはもう賛同できないが、戦争の只中にいて誰かを憎む時間はないし、くるみのファッジを箱ごと食べて喜ぶのと同じように、妻をこよなく愛する人を見て喜びを見出すことにしよう。私が当時信仰していた宗教ではくるみのファッジを食べることが禁止されていたが、無神論者の真の恩恵を受けた私は、我々が殺したドイツ人も含めてすべての人が元気であることを望んだ。これは、人を殺した経験がない人には理解できないかもしれない。宗教の一つの形なのだ。

再び橋へ向かった。橋の建設は思ったよりも早く進んでいた。バックと私は「また明日」と別れを告げた。彼の髪には白髪が混じり、わずか二ヵ月で四年分も老けてしまったようだ。本当の意味で最悪な時はまだ始まってもいないのに。十二月にドイツ人が戻ってきた時、橋はまだ残っていた。その時は空軍が反撃を援護しようとして、町を壊滅状態に追いやった。だから私がもうその町に行くことはない。バックが手紙をよこし、橋と我々、日付が書かれたものを記念する碑があると知らせてきたが、よく分からない。ピーターは殺され、スティーヴンソン大尉は現在、テキサスで働いている。バルジの戦い以降のレッドの動向を知る者はおらず、オネシムとマルセルも刑務所にいる。そして記念碑に出向き、何が書かれているかを教えてくれたあいつは、現在、オレゴン州ポートランドの投資会社で働いている。

第二次世界大戦版『われらの時代に』に向けて
――未出版短編と五〇年代のヘミングウェイ

第二次世界大戦とヘミングウェイ

ヘミングウェイが『コリアーズ』誌の特派員として第二次世界大戦に「参戦」したのは一九四四年のことであった。ノルマンディー上陸作戦を眼前にし、英国空軍機の爆撃作戦に同行したのをはじめ、ラナム大佐が率いる第二十二連隊と行動を共にしたり、自身もフランスの非正規軍を組織するなど精力的に活動を行った。同年八月にはパリ奪還に立ち会い、リッツホテルとシェイクスピア書店を「解放」したが、そうしたヘミングウェイの行動は明らかに従軍記者の枠を超えたものであった。ジュネーブ条約違反の嫌疑で軍当局の調べを受けたのも、こうした行動が引き金になったからである。

第二次世界大戦におけるこれらの経験は、『コリアーズ』誌に寄せた六編の記事や、小説『河を渡って木立の中へ』および『海流の中の島々』で披露される。加えて、それから遡ること一九四一年には『PM』紙の特派員として日中戦争只中の中国に赴いており、そこでの取材をもとに中国の国内情勢や日中ソの関係、さらには日米開戦の可能性などに触れた計七編の記事も寄稿している。また『PM』紙の記事同様、『コリアーズ』誌に寄せた記事でもヘミングウェイの戦争体験が生々しく綴られている。特にノルマンディー上陸作戦の模様を記した「勝利への航海」では、棺桶の形をした上陸用舟艇が海水のうねりを受けてヘルメットが濡れる様子や、駆逐艦が放った砲弾を受けてドイツ兵の片腕が空中に舞い上がる瞬間など、生と死が臨場感と緊張感をもって提示されている。一方、小説に関しては、『河を渡って木立の中へ』において、主人公キャントウェルが十九歳のレナータに回想録を語って聞かせたり、心の中で語るという設定で、パリ奪還やヒュルトゲンの森の戦いが再現される。本書の第二章で取り上げた『海流の中の島々』でも、ヘミングウェイの長男でOSS（戦略諜報局）に在籍していたジョンが戦闘中にドイツ軍の捕虜となり、一時行方不明になったエピソードが、主人公ハドソンが元妻に息子の戦死を知らせる場面として描かれている。

第二次世界大戦での体験をフィクション、ノンフィクション問わずこれだけ多くの媒体に書き残したヘミングウェイだが、彼の第二次大戦記はこれで終わった訳ではなかった。『海流の中の島々』の執筆から五年余りが経った一九五六年の夏に突如、計五つの短編小説を書き上げたのである。先に引用した通り、ヘミングウェイはチャールズ・スクリブナー・ジュニアに宛てた手紙の中で、これらの作品を「非正規軍や戦闘、殺戮者たちを扱っているので、少しショッキングだと思う」と表現、「出版するのであれば自分が死んだ後にして欲しい」[15]とまで言った。ヘミングウェイ本人による「ショッキング」という言葉、彼が軍当局の取調べを受けたという事実、さらに四二年に『戦う男たち——戦記物語傑作選』の序論で書いた「戦時中、作家がアメリカ合衆国に害を及ぼすという理由で真実を出版できないのなら、書いて出版してはならないのだ[16]」との一節から、これらの短編に記事以上の戦慄な場面や国家を揺るがしかねない〝何か〟が潜んでいるのではという憶測が生まれても何ら不思議ではないだろう。ヘミングウェイが亡くなってなお「十字路で憂鬱な気持が」以外の作品が出版されていないことも、その憶測を強固なものにしている。

しかし、筆者がヘミングウェイ・コレクションに所蔵されている短編の原稿調査を行った結果、殺戮の場面を描いたいわゆる「ショッキング」な物語は「十字路で憂鬱な気持が」だけで、それ以外の「庭に面した部屋」、「インディアン地帯と白人の軍隊」および「記念碑」には直接的な戦闘シーンや殺戮場面は一切ないことが判明している。ヘミングウェイが短編で披露したのは、自身や非正規軍の仲間らが戦時下にいかなる場所で、どのような日常を送っていたか――これにほぼ尽きるのである。

では、ヘミングウェイがこれらの短編を執筆した意図は何だったのだろうか。彼がチャールズ・スクリブナー・ジュニアに語ったように「書く訓練のため[17]」という側面があったことは確かであろう。また短編のひとつ「記念碑」というタイトルが示しているように、第二次大戦に対してひとつの区切りをつけたいという思いもあったのかもしれない。実際、ヘミングウェイは第一次世界大戦においても、負傷から約三十年が経った一九四八年にイタリアのフォッサルタを訪れ、負傷を負った場所に紙幣を埋めることで一区切りをつけている。しかし第二次大戦の短編群をひとつの物語として捉え、『海流の中の島々』の後、つまり五〇年代に執筆された他の死後出版作品群との関連の中で位置づけると、単なる習作、駄作と片付けられない側面が浮かび上がってくる。第二次大戦の短編群は大半が未出版作品のため、ベイカーが「すべて粗雑で未完成、しばしば散漫で焦点のぼやけたもの[18]」と評した以外、これまでほとんど論じられることはなかったが、本項ではヘミングウェイの第二次大戦の短編群の作品世界を明らかにするとともに、その執筆意図を探りたい。

未出版短編の執筆動機とその世界――ミシガンの原風景とボードレール

第二次世界大戦の短編群は一九四四年八月から九月、パリ奪還直後からヒュルトゲンの森の激戦前という比較的穏やかな「休戦中」を時代設定としている。戦時中のヘミングウェイの行動をもとに短編を並べると、「庭に面した部屋」→「十字路で憂鬱な気持が」→「インディアン地帯と白人の軍隊」→「記念碑」の順に物語が展開される。リッツホテルで幕が開き、アルデンヌの森林地帯からヴェストヴァルに向けて移動、ベルギーの村ウッファリーズで終幕する。

移動中の情景描写が多い短編群において目を引くのは、ヘミングウェイがアルデンヌの森やウッファリーズ周辺をたびたび「インディアン地帯[19]」と形容している点である。「私」に周囲の状況確認を命じられたフランス人パルチザンのオネシムとマルセルがその場を去る様子も「インディアンのよう[20]」と表現される。ロバート・W・ルイスは短編「インディアン地帯と白人の軍隊」に関して、ジークフリード線近くで繰り広げられるヨーロッパ各国とドイツとの戦闘を、ヘミングウェイがアメリカ原住民と白人入植者との戦争になぞらえていると指摘した。[21] ヘミングウェイの意図もそうした現状と史実の符合性を指摘することにあったのだろうか。

アルデンヌの森を「インディアン地帯」と形容した理由の一つには、アルデンヌの森がミシガンを連想させ、ヘミングウェイ自身のミシガン郷愁を呼び起こしたことが挙げられるだろう。事実、彼は小説の時代設定と同じ一九四四年九月にベルギーからメアリーに宛てた手紙の中で、風が松の木の先を揺らす様子が幼い頃にミシガンで見た光景とまったく同じだったと述べている。[22] インディアンの血が八分の一混ざっていると主張し、「白人インディアン(a white Indian)」[23] かのような振る舞いや話し方をすることもあったというヘミングウェイにとって、インディアン地帯は身近なもの、特に幼少期に親しんだミシガンの森を喚起させるものであった。

また当短編群を執筆する四年前に短編「最後の良き故郷」を執筆し、十五年ぶりにニック・アダムズ物語を復活させたことも、ヘミングウェイの脳裏に過去、特に一九二〇年代への郷愁があったことをうかがわせるだろう。そのような状況にあって、ちょうど第一次世界大戦の惨劇を短編集『われらの時代に』に収めたように、第二次世界大戦の記憶を短編の形でまとめ、第二次大戦版の『われらの時代に』に仕立てようとしたのではないだろうか。今村楯夫は『われらの時代に』の構成に関して、「ミシガンの森を背景とした作品を冒頭と最後に配し、全体のほぼ半分を占め、その中に戦争のさまざまな惨劇と悲劇が点在[24]」していると述べているが、ミシガンの森を思わせるアルデンヌの森を舞台とし、戦争にまつわるスケッチを並べるという構成は、確かに『われらの時代に』に通じているといえる。

では、第二次大戦版『われらの時代に』を通じてヘミングウェイは何を表そうとしたのか。記事や小説を通じてすでに数々の記憶や体験をしたためている彼が、一九五六年の段階で示そうとしたものは何だったのだろうか。結論を先んずれば、それは「庭に面した部屋」および「記念碑」を中心とする短編群に通底する死（者）の眼差し、換言すれば現実の生の喧騒の陰に偏在する虚無感や死の認識だと思われる。たとえば、パリ奪還直後のリッツホテルを舞台に、ヘミングウェイが指揮するフランス非正規軍のメンバーらとの穏やかなひとときが描かれる「庭に面した部屋」には、ワインを片手に興じる部下たちを横目に、「パパ」ことロバートがベッドに横たわりながらボードレールの詩集『悪の華』を読む場面がある。作中には第二部「パリ情景」の一〇〇番が引用されており、死者たちが抱く「暗黒な思い（de noires songeries）」が提示されている。

死者たち、哀れな死者たちは、大変な苦痛をなめている、
そして、老いた木々の枝を払う〈十月〉が、その沈鬱な風を、
死者たちの大理石のまわりに、吹きつける時が来れば、
きっと彼らは、いつものように夜具にくるまり温かく
眠っている生者たちを、恩知らずだと思うでしょう、

死者たちはといえば、暗黒な物思いに身をさいなまれて、
臥床をともにする伴侶もなく、楽しい語らいもなしに、
蛆虫に責め立てられる、凍てついた古い骸骨となって、
冬の雪がしずくなして滴るのや、（傍点は引用者による）[25]

「パリ情景」の九十九番と一〇〇番の詩には題目が付されていない。ヴァルター・ベンヤミンによれば、この二編はボードレールの母にまつわるもので、彼自身がプライベートを公にすることを拒んだために題目が付けられなかったという[26]。ベンヤミンはこれらの詩から「死を思わせる牧歌的雰囲気」と「父親のいない家庭のイメージ[27]」を読み取っており、母の死、父の不在、そして自身のプライベートをありのまま公にすることに消極的であった点がこの当時のヘミングウェイに共通している。加えて、後述する通り、この詩で描かれる「暗黒な」思いは、同時期に書かれた「十字路で憂鬱な気持が」の“Black Ass”に直結している。

また一九四四年の九月、ベルギーのウッファリーズで戦闘があった日の夕刻の一幕を描いた「記念碑」では、戦闘後の様子を見に外に出るヘミングウェイの足取りが描かれる。爆発で倒された木と沈黙を前にした彼は、「戦争や社会生活においてもっとも悲しいことは、立派な老木が無慈悲に倒され、道に横たわっているのを目にすることだ」、「戦争において沈黙はもっとも恐ろしいものだ[28]」と痛感する。名もない一本の木（一人の兵士）が無意味／無慈悲に命を落とす様を

目の当たりにし、「我々が殺したドイツ人も含めて、すべての人が元気であることを望む」[29]のである。「立派な老木」という表現にヘミングウェイ自身の姿が重ね合わされていることは明白で、彼にとって戦争がもはや敵味方のせめぎ合いではないことが示唆されている。

ヘミングウェイが短編群を執筆した意図は、激しい戦火の裏側にある死や虚無感を後世に遺し、それによって戦争が生む沈黙を公にすることであったと思われる。「記念碑」の作中、バック・ラナム大佐に「君が歴史を書けばいい」[30]と提案され、ヘミングウェイがそれを一蹴する場面がある。ヘミングウェイにとってより重要なのは、前景化された「表の」出来事を残すことよりも、老い行くもの、名もなきものといった〝小さな〟生と死を書き遺すこと、そして「書く」という行為を通じて彼ら／それらの「記念碑（monument）」をつくり上げることだったと考えられる。この頃のヘミングウェイは、ケニアでの飛行機事故で自身の死亡記事が出回ったり、『マッコールズ』誌のインタビューでも心身ともにかなり弱っていた様子が確認されている。[31]第二次大戦への参戦から十年以上が経過しているが、こうした自身の状況がヘミングウェイに死（者）の眼差しを強化させたといえるだろう。

結語として――一九五〇年代作品における「記念碑」の意味

ここまで、ヘミングウェイの第二次世界大戦にまつわる短編群が「書く」行為を通じて名もなきものたちの記念碑をつくり上げることを意図していると述べた。ヘミングウェイ作品においてこの「記念碑（monument）」という言葉が頻出するようになったのは、第二次大戦以降である。そして奇しくも、執筆を始めたものの未完のまま作品が放り出されるようになったのも同じ戦後であった。そんなヘミングウェイにとって記念碑はどのような意味合いをもったのだろうか。

戦後のヘミングウェイ作品において記念碑という単語が最初に登場するのは、第二章で取り上げた『海流の中の島々』の「ビミニ」セクションである。当作品は一九五一年に大幅な修正が施されているが、その際、主人公トマス・ハドソンの長男トムが、交通事故死した次男と三男の記念碑をつくって欲しいと父に懇願する場面が足された。画家である父に対して、次男が釣りでサメと対峙した瞬間を絵の形で残して欲しいという長男の願いには「絵画（painting）」ではなく、一貫して「記念碑（monument）」が使われている。「サメと対峙しているデイヴィの記念碑をつくってよ。父さんなら素晴らしい記念碑をつくれる[32]」。

また『河を渡って木立の中へ』の冒頭では、主人公キャントウェルがイタリアの戦功銀勲章の年金二十年分にあたる一万リラ紙幣を埋めて排便することにより記念碑[33]を完成させている。さらに、短編「記念碑」においてもいくつかの記念碑が登場する。まずは、第一次世界大戦でドイツ軍に占領された最初のベルギーの町で、ベルギー兵の最初の犠牲者が出た場所に記念碑があるというイギリス人特派員の話。そしてヘミングウェイと親交があった地元の人たちがドイツ軍によって爆破された橋を復旧する場面において、その場所に橋やヘミングウェイら一行を記念する記念碑があると、後でラナムから手紙で知らされるという話である。

これらの作品に登場する記念碑には主に三つの側面がある。一つ目はかつてあったが無くなってしまった／忘れ去られてしまったものを有形化したものであること、二つ目は喪の儀式を通じてあえて過去化し、もはや現在を脅かす存在ではない状況にすること、そして三つ目はいずれの記念碑も（実存するか否かに関係なく）最終的には「書く／描く」ことによって永続性を付されているということである。つまり、記念碑は有と無、生と死、過去と現在という二項対立の接点に位置し、後者が前者と接続することを可能にする〝回帰のシンボル〟の役割を担っていると考えられる。これが色濃く打ち出されているのが、唯一出版されている短編「十字路で憂鬱な気持が」である。ドイツの少年兵を射殺してしまった「私」が、部下クロードとともに筆舌に尽くし難い「黒く」憂鬱な（Black Ass）気持ちに苛まれるという話であるが、「私」が息絶えていく少年兵を前に抱く感情は、ボードレールの詩における「暗黒な思い」とほぼ同一である。生と死の間をさまよう敵兵を見つめる十字路も、生と死、敵と味方が交差する場所という点において記念碑に通じているといえるだろう。

第二次大戦後に頻出するようになった記念碑の存在は、ヘミングウェイに、過去／かつてあったものへの回帰を容易にさせた。『エデンの園』では結婚後まもない作家デイヴィッド・ボーンを、そして『海流の中の島々』では三人の男の子を持つ画家トマス・ハドソンを生み出し、それぞれに若き日の自身を投影させながら物語を展開したのである。「最後の良き故郷」を執筆し、ニック・アダムズ物語を復活させたのも同様であろう。一九五〇年代のヘミングウェイは、小説において過去の一時期を設定しながらも、執筆当時の心情を吐露することが少なからずあった。これは、心身の状態が悪化の一途を辿っていた五〇年代にあって、正の過去／記憶を経由させることによって負の現状を乗り切ろうとしたためではないだろうか。第二次大戦にまつわる短編群に関して言えば、二〇年代における正の過去、つまり華やかなパリ時代の成果のひとつである『われらの時代に』を下敷きにすることで、第二次大戦という負の記憶を払拭しようとしたと考えられる。

ヘミングウェイがこれらの短編小説を執筆したことによって、第二次世界大戦、特にヒュルトゲンの森の戦いで負った心の傷を完全に払拭できたかどうかは断定できない。断定には、ヘミングウェイ・コレクションですら公開されていない「あぶくの功名」の考察も必要であろう。しかし、『PM』紙や『コリアーズ』誌に寄せた記事とは異なり、(自身を含めた)〝小さな〟個人の生と死を表出させることに終始した当作品群は、第二次大戦後の「われらの時代」を提示しようとするヘミングウェイにとって大きな突破口になったのではないだろうか。その証左に、彼はこの短編群をもって戦争物語の執筆にようやく終止符を打った。このあとヘミングウェイは『移動祝祭日』の執筆を始める――戦争に区切りをつけて、みたび一九二〇年代に回帰するのである。

第六章

『移動祝祭日』／『移動祝祭日——修復版』

執筆・編纂の経緯

『移動祝祭日』はヘミングウェイが一九五七年から六一年にかけて断続的に執筆、彼の死後、メアリーによって編纂された最初の死後出版作品である。当作品は、一九六〇年および六一年にスクリブナーズ社が公表した出版予定リストに掲載されており、他の死後出版作品の中でも生前に出版される可能性がきわめて高い作品であった。

『移動祝祭日』の執筆が開始されたのは、一九五七年の七月。ヘミングウェイの筆は着々と進み、実質的には翌五八年の七月三十一日に初稿が完成している（各章の執筆日は図表9を参照のこと）。その後は、本編や「イントロダクション」の改稿および各スケッチの順番決めなどを入念に行い、時には『エデンの園』や『危険な夏』の執筆と交互に行うこともあった。さらに『移動祝祭日』の改稿作業は、六〇年十一月にメイヨークリニックに入院してからも続けられた。ヘミングウェイがこの作品の原稿に手を加え、スクリブナーズ社への提出を躊躇し続けた理由の一つには、原稿で取り上げている人物から訴えられる危険性をことさら強く感じていたからだとされている。六一年三月、彼はその不安な気持ちを静めるためだったのか、『移動祝祭日』の舞台でもある二〇年代のパリを共に過ごした最初の妻、ハドリーに電話をかけている。

そもそもヘミングウェイがなぜ晩年になって突然、若き日のパリ時代を素材にした回想録に着手したのか、その直接的な動機は明らかになっていない。批評家の多くは『移動祝祭日』について考察する際、しばしば、彼が生前、回想録執筆の位置づけについて言及した以下の二点に注目する。ひとつは、一九三三年にガートルード・スタインが『アリス・B・トクラスの自伝』を雑誌『アトランティック』に連載していた頃、ヘミングウェイがパーキンズに送った手紙である。ヘミングウェイはここで、「僕が回想録（memoir）を書いたら、すごくいいものが書けるよ。だって僕は誰にも嫉妬していないし、過去の記憶も色褪せていないからね」[1]と述べている。そしてもうひとつは、『トランスアトランティック・レビュー』誌に掲載した次の一文である。「人が回想録を書くのは、自分の功績を信じられなくなった時だけです」[2]。

しかしその一方、『移動祝祭日』の編纂を手掛けたメアリーは、当作品の執筆を、一九二七年にヘミングウェイがパリのリッツホテルの金庫室に預けたトランクが五六年十一月に同ホテルで発見されたことと結びつけようとした。彼女は『移動祝祭日』の出版に際して、その時の様子を次のように再現している。

布で覆われた長方形の小さな箱が二つ、いずれも縫い目がほころんでいる。（中略）荷物係の男たちは錆びついた鍵をこじ開け、アーネストは青と黄色のカバーがかかった鉛筆書きのノートとタイプ原稿の束、昔の新聞の切り抜き、旧友からもらった下手な水彩画、破れて色褪せた本、かび臭いスウェットシャツ、よれよれのサンダルと向き合った。一九二七年にそれらをトランクに詰め、キーウエストに発つ前にホテルに預けて以来、アーネストは一度も目にしていなかった。（傍点はタヴェルニエ＝クルバンによる）(3)

作家の修業時代に書いた原稿が三十年という長い時を経て発見され、それがヘミングウェイに当時の記憶を呼び起こしたというドラマティックな話は、記念すべき最初の死後出版作品を彩る恰好の宣伝文句になったはずである。

しかし、このいわゆる「リッツ原稿」の発見エピソードについては、『アーネスト・ヘミングウェイの『移動祝祭日』――神話の構造』（一九九一）を執筆したジャクリーヌ・タヴェルニエ＝クルバンが真っ向から反論している。タヴェルニエ＝クルバンは特に、先の引用の最終文に着目、実際には一九二八年三月まで彼がキーウエストに行った事実はないとメアリーの誤りを指摘した。さらに彼女は、メアリーの著書『実際のところは』で紹介されている同じエピソード(4)の内容が、その引用の内容と異なっていることから、「リッツ原稿」の存在自体を疑問視している。

「リッツ原稿」の有無について、また（「リッツ原稿」が存在したとして）ヘミングウェイがその原稿からどれほどのインスピレーションを得たかについては、原稿自体がヘミングウェイ・コレクションに所蔵されていないため、明らかにするのはほぼ不可能である。しかしいずれにせよ、『移動祝祭日』の中のいくつかの章には執筆日がメモ書きされており、晩年のヘミングウェイが実際に筆をとっていたことは間違いない。重要なのは、彼がいかなる思いを込めて一九二〇年代

図表9 『移動祝祭日』の章立ておよび執筆日

章のタイトル	執筆日	オリジナル原稿の章	編纂本の章	オリジナル原稿の語数	編纂本の語数	比率
サン・ミシェル広場の居心地のよいカフェ			1	1,619	1,636	1.01
ミス・スタインの教え		2	2	3,308	3,259	0.99
シェイクスピア書店		3	4	914	915	1.00
セーヌの人々		4	5	1,388	1,393	1.00
偽りの春(1)	1/26-30	5	6	2,719	2679	0.99
偽りの春(2)		5		2,518		1.06
副業との訣別(1)	1/27-30	6	7	1,531	1483	0.97
副業との訣別(2)		6		1,515		0.98
〈失われた世代〉		7	3	2,000	1905	0.95
飢えは良い修行だった	1/24-30	8	8	2,539	2510	0.99
フォード・マドックス・フォードと悪魔の使徒		9	9	2,017	2007	1.00
新しい文学の誕生(1)		9	10	1,270	1510	1.19
新しい文学の誕生(2)		9		1,392		1.08
カフェ・ドームでパスキンと		10	11	1,727	1642	0.95
エズラ・パウンドとベル・エスプリ		10or11	12	1,073	1926	1.79
実に奇妙な結末		12	13	962	904	0.94
死の刻印を押された男	1/25-3/18	13	14	1,801	1722	0.96
リラでのエヴァン・シップマン	1/25.	14	15	2,047	2028	0.99
悪魔の使い		14or before	16	1,131	1080	0.95
パリに終わりなし	12/16-17	16	20	3,506	4760	1.36
スコット・フィッツジェラルド	late May 1958	17	17	9,029	8888	0.98
鷹は与えず		18	18	2,491	2407	0.97
サイズの問題		19	19	1,285	1265	0.98

エンディング

エンディング(K124)--19の断片	2/7, 3/20	
エンディング(K124a)	4/1-4/3	

編纂本に入れられなかった章

一人称で書くということ(K179)		
フォード(K181)		
フィッツジェラルド/フットボール試合(K183)		
ラリー・ゲインズ(K185)		
長男バンビと僕は……(K185a)		after 17

(注)1. 章の欄が空白の箇所は、ヘミングウェイによる仮章の指定がないことを示す。
2. 執筆日は、オリジナル原稿にメモ書きされた日付を転記したもの。
3. 章タイトルの後ろに書かれた数字[例:(K124)]は、ヘミングウェイ・コレクションのファイル番号を指す。

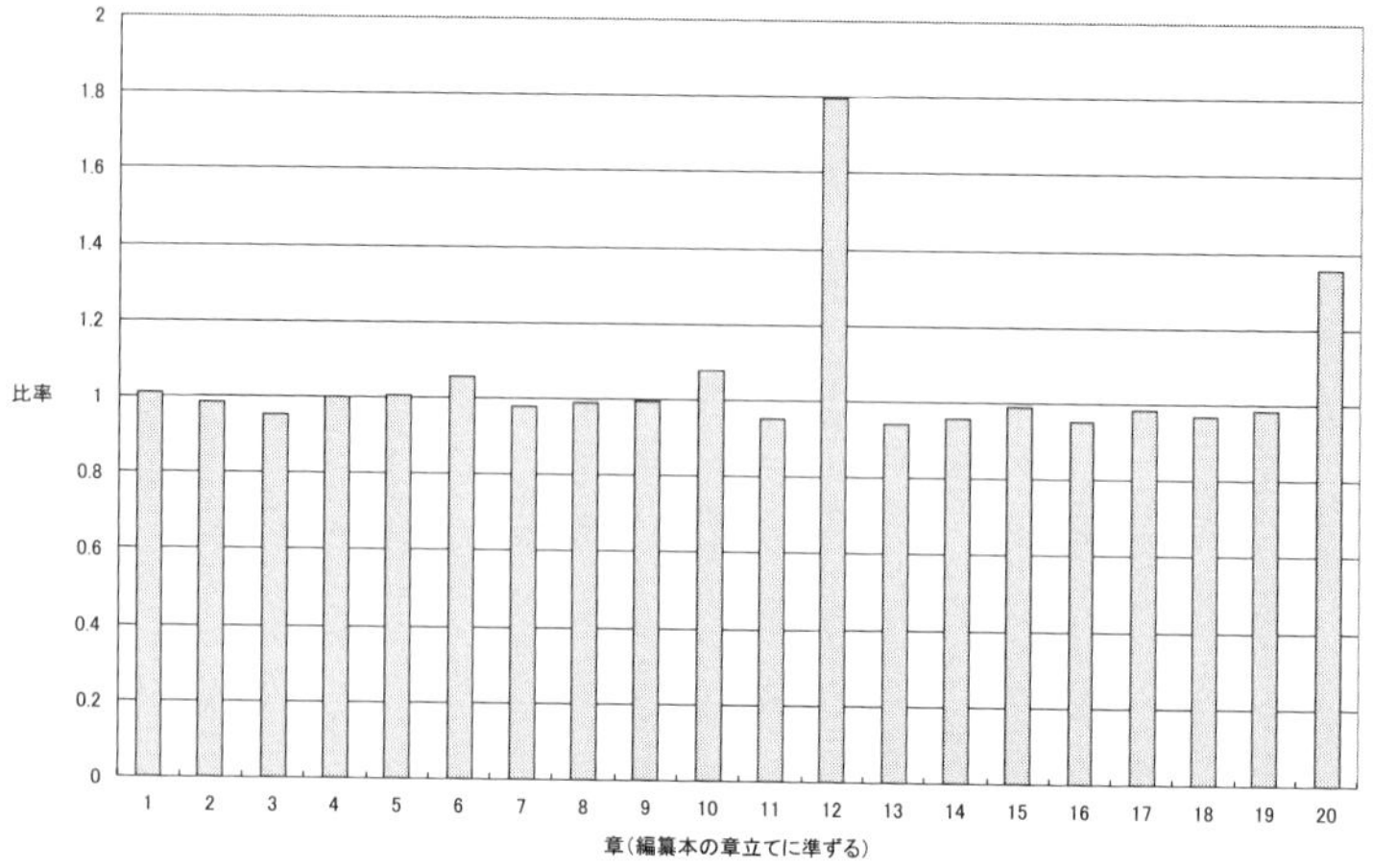

図表10　『移動祝祭日』の語数比率(5)
（オリジナル原稿の語数を1.00とした場合の、編纂本の語数比率）

の自身を回想し、それを原稿にしたためたかなのである。

『移動祝祭日』の作品世界
――編纂本に組み入れられなかったスケッチを中心に

『移動祝祭日』は、他の死後出版作品に比べると、編纂者による文章の削除・加筆が最終章を除いて極めて少ない作品である。実際、編纂を担当したメアリーも、スクリブナーズ社で最後にヘミングウェイを担当したハリー・ブレイグ宛ての手紙の中で、自身の編集作業を「軽く、ほんのちょっとだけ（lightly, slightly）」と表現している。

これがパリ本です。パパが初稿を改訂

し、私が軽く、ほんのちょっとだけ編集しました。これこそが唯一の修正版です。彼が題目をつけた章もありますし、私が仮につけたものもあります。

序文に関しては、彼が遺したメモを頼りに私が書き上げました。もし彼が序文で書こうとしたこととの整合性を確認なさりたいなら、いつでもそのメモをお見せします。(6)

メアリーのこの主張は、編纂本に組み入れた計二十章に限っていえばおおよそ正しいと言えるかもしれない。しかしヘミングウェイがこの作品のために残したのは、メアリーが編纂を手掛けた章だけではない。彼は「一人称で書くということ」や「フォード」など、他に五つのスケッチを書いていたし、当作品の締めくくりとしてエンディングも二つ用意していた。つまりメアリーがいう「編纂作業」とは、計二十五のスケッチを取捨選択し、二十にまで絞った後の作業を意味しているのである。また、最終章の「パリに終わりなし」に関しても、後述するように、六つの原稿からメアリーがつくり上げた章になっている。

そこでまずは、メアリーの編纂に組み入れられなかったスケッチを中心に、その解説と概要をまとめていく。またあわせて、「パリに終わりなし」の原型となった六つの原稿――「シュルンス」という原題を持つ三つの原稿（K121, 126, 127）および「シュルンスと結末」（K123）、そして二つの「エンディング」（K124, K124a）――についても、それぞれの特色を略述する。

（傍線はメアリー編纂の過程でカットされた箇所を指す）

編纂本に組み入れられなかったスケッチ

「一人称で書くということ」

このスケッチは一人称を使って作品を書くことの意義に言及しており、その点では注目に値する。しかし、第二段落以降は話題がフィッツジェラルドとの会食やパリ生活についての話に逸れており（しかもいずれの話も中断されている）、全体としてはまとまりに欠けている。

［内容］もし作家が、一人称を使って物語をリアルに書くことができれば、読者はその物語が実際に作者自身に起こったことだと考えるだろう。それがさらに上手くいけば、読者に、その物語が読者自身の身にも起きたと思わせることができる。物語が無意識に読者の経験や記憶に入っていき、彼らの人生の一部になることだってあるはずだ。

パリで執筆していた頃は、よく友人・知人の経験からヒントを得て、物語を書いていた。第一次世界大戦中も、ミラノの病院で知り合ったイタリア人の友人や、英国軍に従事する知り合いから話を聞き、後々それをもとに物語を書いたものである。

「フォード」

このスケッチは、『移動祝祭日』第九章の「フォード・マドックス・フォードと悪魔の使徒」との関連性が強く、フォードの口臭や虚言癖の話はそれぞれに共通してみられる。

［内容］人は誰しも嘘をつくが、たいていの場合はたわいないものだ。しかしフォードは金など重要なことで嘘をつくことが多く、後々にまで傷跡を残してしまう。フォードのことを正確に書いてみようとしたこともあったが、それは彼に対して何らかの判断を下すよりも残酷なことだ。

エズラ・パウンドのスタジオではじめてフォードに会った後、パウンドは僕に、フォードには優しく接し、嘘をつかれても気にしないようにと言った。フォードが嘘をつくのは、疲れが溜まったときなのだ、彼は最初の妻との離婚騒動などで大変だったのだ、と。

僕はフォードの口臭以外に、毛嫌いしているところがあった。口臭とは違う、とてつもなく強烈な臭いが彼から発せられるのだ。嘘をつくと、それに甘くえぐい臭いが加わる。フォードが店に入ってくると、僕はいつもすぐさま外に出なければならなかった。

「フィッツジェラルド／フットボール試合」

このスケッチは、ヘミングウェイが二番目の妻ポーリーン、フィッツジェラルド夫妻、画家で友人のマイク・ストレーターと一緒にプリンストン大学のフットボールの試合を観戦した後、列車でフィラデルフィアまで帰ったときの様子を綴ったものである。正確な時期が思い出せなかったのか、年を入れる場所は空欄になっている。

［内容］フットボールの試合中、フィッツジェラルドはどうにか落ち着きを保っていたが、帰りの列車ではとたんに手に負えなくなった。見知らぬ人に声を掛けたり、医学書を読んでいる男

性から本を取り上げ「性病医がいるぞ!」と大声で叫んだり――。僕は必死にフィッツジェラルドを押さえつけ、マイクは周囲の人々に謝っている。それでも妻のゼルダは完全たる貴婦人の体《てい》で、夫の失態にも知らん振りしている。

フィラデルフィア駅に着くと、我々はフィッツジェラルドのお抱え運転手の車に乗った。ところが、やつの邸宅があるウィルミントンまでの道すがら、車が突如ヒートアップしてしまった。僕は運転手にオイルを交換するよう助言したが、彼はそんなことをしたらフィッツジェラルド夫妻に怒られると言ってきかない。また運転手が邸宅へ続く脇道に入ろうとすると、夫妻がそろって文句を言い出す。しまいには夫妻で喧嘩を始める始末。まさに悪夢のようなドライブだった。

「ラリー・ゲインズ」

[内容] ラリー・ゲインズは黒人のヘビー級ボクサー。カナダではアマチュアのチャンピオンだった。パリではアナスタジーという名のマネージャーについているが、このマネージャーは、ラリーを「カナダのヘビー級チャンピオン」だと偽って宣伝している。

ある日、『トロント・スター』紙のスポーツ部の編集者、ルー・マーシュから手紙が届き、ラリーの面倒をみて欲しいと依頼された。翌週の土曜日、ラリーが試合をするらしい。彼の練習を間近で見てみると、左のジャブが良く、フットワークもいい。真のアマチュアボクサーといったところだ。僕はトレーナーに、ラリーに自己防衛の仕方を教えないのかと尋ねた。すると彼は、ラリーのスタイルを壊したくないから教えるつもりはない、とのこと。トレーナーがラリーにたき込んだのは、「ガードを固めろ」と「下唇を噛むな」ということだけ。僕がリング上のラリーに別のアドバイスをすると、トレーナーは即座に余計なことをするなと叱責してきた。

試合当日、ラリーはジャブを執拗に繰り返した。観客も熱狂している。しかしまもなく彼は覚えたことをすべて忘れてしまったようで、前後に体が揺れはじめ、ばったりと倒れてしまった。

試合直後、ラリーは僕に謝りに来た。僕たちは、翌週会う約束をして別れた。後に、アナスタジーのクラブジムは非常に奇妙なジムだということが判明した。


「長男バンビと僕は……」


このスケッチは、ヘミングウェイの長男ジョン（愛称バンビ）が、当時、彼の子守を担当していた女性の夫タンタンとのふれあいを通じて成長する様を軸に、フィッツジェラルドとのカフェでの会話や、親子二人の会話の様子が描かれている。もともとヘミングウェイはこのスケッチを「十七章よりも後」に置く予定であった。そのため、他のスケッチと比べてもっとも完成度が高い。ちなみに、ヘミングウェイの息子がバーでビールを注文して周囲の大人を驚かせる場面は、『海流の中の島々』にも描かれている。

［内容］パリには二種類のカフェがある。一つは自分だけの空間と時間を持つことができる「プライベートカフェ」、そしてもう一つは妻以外の女性などを連れて手軽に料理を楽しめる

「ニュートラルカフェ」である。

バンビはずいぶん大きくなり、フランス語も流暢に話すようになった。彼の精神面での成長にはタンタンの存在が大きく、言葉の端々にタンタンから受けた影響が見られる。

僕たち親子はフィッツジェラルドと「ニュートラルカフェ」で会うことになった。バンビは僕にフィッツジェラルドは病気かと尋ねる。僕は首を縦にふり、酒の飲み過ぎで執筆ができないこと、ゼルダが彼の執筆活動に嫉妬していることが原因だと答える。フィッツジェラルドが二人に合流すると、大人二人が水を注文したにもかかわらず、バンビはビールを注文する。驚くフィッツジェラルド。バンビはタンタンから自制心を持つことの大切さを教えられており、それがフィッツジェラルドにもあるかどうかを、ビールを注文することで試そうとしたという。僕は「そんなに単純なものではない」と口にする。

次に僕ら親子は、戦争の話に移る。バンビは、ふたたびタンタンから聞いた話として、戦争で精神的ダメージを負うことは不名誉なことではないと言う。僕もそれに同意、フィッツジェラルドは違うが、多くの友人はひどい精神的ダメージを負ったと話す。そしてバンビに向かって、戦争も単純なものではないこと、いつか大人になったら自分の力でいろいろなことが解るようになるだろうと言う。

「パリに終わりなし」の原型となったスケッチ（１）——「シュルンス」と「シュルンスと結末」

「パリに終わりなし」の前半部分は、以下の四つの原稿が土台となっている。これらの原稿は最後の数行を除いて、いずれも内容は同じである。まずは共通部分の概略を述べ、その後、各原稿の結末部分を違いが分かるようにまとめていく。なお、この前半部分は図表11の◎印に該当する。

共通部分の内容

舞台は一九二五年、冬のパリ。僕はカフェへ行き、一杯のカフェオレを手に午前中いっぱい執筆をする。妻のハドリーはピアノを弾く仕事へ。二年前に生まれた長男ジョンはめったに泣かず、F・プスという名の大きなネコと楽しそうにしている。夫妻や家政婦が不在のときは、F・プスがバンビの子守役だ。

新聞記者の仕事を辞め、物語が売れない頃はひどく貧乏であった。一家は電車でオーストリアのシュルンスへ向かい、タウベというホテルに滞在することにした。宿泊費は親子三人で一日約二ドル。オーストリア通貨がインフレで下落していたため、僕らには好都合であった。そこにはスキー場や、ヴァルター・レント氏が開校したアルプススキーの学校などもあった。

僕とハドリーが最初にスキーをしたのは、スイスだった。イタリア北部のコルティナ・ダンペッツォでスキーをしたとき、ハドリーは妊娠中で、ミラノの医者から彼女がスキーで転ばないと約束するなら……という条件付きでどうにか許可をもらった。もちろん、ハドリーのスキーさばきは見事で、一度も転んだりはしなかった。

僕たち一家はつねに空腹であった。だから食事のときはいつも大騒ぎであった。時間があるときには、シルヴィア・ビーチが貸してくれた本を読んだり、ホテルの主人やレント氏らとこっそりポーカーに興じたりすることもあった。当時のオーストリアでは賭博が禁じられていたため、憲兵が巡回に来るとみなで息を潜めた。さらに、僕は『日はまた昇る』の推敲にも取りかかった。シュルンスは執筆活動にはうってつけの場所であった。

僕は今でも覚えている。僕とハドリーがスキー板を肩にかついでホテルに戻るとき、踏みしめる雪が夜の闇の中でぎしぎしと音を立てていたことを。また、ふたりでマドレネール＝ハウスを目指して登山に出たときのことを……。夜、宿で僕らは窓を開け、星が近くできらきら輝くのを見ながら、大きなベッドで羽毛布団をかけてくっついて眠ったものだった。そしてまだ空が暗いうちに星を間近に感じながら、ふたたびスキー板を肩にかついで登山を始めたのだった。

僕は今でも覚えている。ハドリーと一緒にアルプス高地の小屋にいたときに、大吹雪が襲ってきたことを……。周りの景色は一変し、ふたりで注意してルートを探さなければならなかった。また春が近づくころ、氷河の上を大滑走したことも覚えている。自分たちの足元さえしっかりしていれば、どこまでもまっすぐに滑らかに下りていくことができた。そういう能力を養うことができた。こういうツアーは、お金を出してもけっして買うことができないものだ。

「シュルンス」(K121)――最終部分

翌年は金持ち連中がやって来て、すべてが変わってしまった。僕とハドリーは互いに対して自信を持ちすぎ、その自信とプライドの中でのんびり構え過ぎていたがために、相手に入る隙を与えてしまった。ふたりの幸せが冷酷な人間によっていかに壊されるかということを知るには、この物語はとても有益である。この件について、僕は責任を他になすりつけるようなことは一切しなかった。それだけは明らかである。何の罪もない「唯一の人」であるあの人は、その後うまく立ち直ってくれた。それだけがその年に起きたことにまつわることで、唯一良かったことである。

「シュルンスと結末」(K123)――最終部分

僕とハドリーは互いに対して自信を持ちすぎ、その自信とプライドの中でのんびり構え過ぎていた。僕はこの件について、他に責任をなすりつけるようなことは一度もしたことがない。すべての責任は僕にあるのだ。三人の間で巻き起こったこと――幸せがひとつ壊れて別の幸せが生まれたこと、愛や仕事について、これらの一連の出来事がもたらしたこと――は、この本には書かれていない。実際には書いたのだが、省いてしまった。複雑だが価値があり、ためになる話だ。事の顛末がどうなったのかも、最終的には関係のないことだ。ただ何の罪もない「唯一の人」の存在、ハドリーが、その後うまく立ち直ってくれて、僕なんかよりもずっと立派な人と結婚し、今も幸せに暮らしている。それだけが、その年に起きて今だに続いていることのなかで唯一良かったことである。

「シュルンス」（K126）の「第二タイプ原稿」――最終部分

「シュルンス」（K121）の内容とまったく同じ。

「シュルンス」（K127）――最終部分

翌年は金持ち連中がやって来て、すべてが変わってしまった。僕とハドリーは互いに対して自信を持ちすぎ、その自信とプライドの中でのんびり構え過ぎていたがために、相手に入る隙を与えてしまった。ふたりの幸せが冷酷な人間によっていかに壊されるか、そして新たな幸せがいかにしてでっち上げられるかを知るには、この物語はとても有益である。この件について、僕は責任を他になすりつけるようなことは一切しなかった。それだけは明らかである。何の罪もない「唯一の人」であるあの人は、最後にはうまく立ち直ってくれた。それだけが、その年に起きたことにまつわることで、唯一良かったことであった。僕は二人の女性を同時に心底愛することがいかに複雑なことであるかを学ばなければならなかった。それこそ、人が学ぶことができるものの中で、もっともためになるが解りにくいものでもある。

「パリに終わりなし」の原型となったスケッチ（2）――「エンディング」

「パリに終わりなし」の後半部分は、「シュルンス」（K126）の第一タイプ原稿の一部に、「エンディング」（K124）の断片を足して作られている。もう一つの「エンディング」（K124a）を含め、それぞれの内容を略述する。ただし「エンディング」（K124）については、多数ある断片の中から主なものだけを取り上げる。なお、この後半部分は、図表11の★印に該当する。

「シュルンス」（K126）の「第一タイプ原稿」

フォアアールベルク（オーストリア西部のスイスと接する州）での最初の一年は無邪気なものだった。翌年の冬は一見もっとも愉快な時のように仮装していたが、実際には悪夢のような冬であった。金持ち連中が顔を出したのも、その年だった。

今となっては思い出すだけでもぞっとする。愚かしいことに、僕は金持ち連中の魅力にかかって、彼らをすぐに信用するようになっていた。僕は、自分の小説の書き直した部分を朗読するということまでした。そして連中が喜ぶと、さらにその気を引くにはどうすればいいかを考えた。もしそのころ自分の職業に徹していたら、こんなことは決してしなかったはずだ。

その年の冬は、ぞっとするような冬であった。未婚の若い金持ち女が、僕たちの間に割って入ってきたのだ。その女は妻の一時的な親友となって夫婦との同居に成功すると、無邪気だが容赦なく、その夫と結婚しようとしだした。夫は執筆というハードな仕事を終えると、二人の魅力的な女性に囲まれることになる。そして運が悪いと、夫は両方の女を愛することになる。こうして冷酷な方が勝ちを収めていくのだ。

この話、極めて単純な話に聞こえるが、二人の女性を同時に愛するというのは、特にそのうちの一人が未婚の場合、もっとも破壊的で恐ろしいことである。妻は夫を信じている。これまでふたりでさまざまな困難を乗り越えてきたからだ。しかしその一方で、女は私だけを愛して欲しいと言う。この勝負、冷酷な方が勝ちを収めた。しかし最終的に勝利を手にしたのは、この勝負の敗者だった。僕の人生の中で、これほど幸運だったことはない。

僕は二人とも愛していた。しかし、新しい方の女にはそれが不満だった。彼女は妻との友人関係を損なわず、無邪気な様子で、徐々に結婚に向けて動き出した。そして彼女は結婚を決意した。出版社との打合せでニューヨークに行った後、ふたたびパリへ戻ってきた。僕は東駅から妻の待つオーストリアへ行く電車に乗るべきであったが、そうはしなかった。その時、僕の愛する女がパリにいたのだ。信じがたいほどの心の痛み、身勝手、裏切り――僕らがしたことはすべて、僕の心にひどい後悔の念となって残った。その後、駅まで迎えにきた妻に再会した時、僕は、他の女を愛したりする前に死ねばよかったと思った。

女が友人を裏切ったのはひどいことだが、それも僕が犯した過ちだ。後悔の念は、僕の妻が僕なんかよりもずっといい男性と結婚し、幸せに暮らしていると知るまで昼夜問わず消え去ることはなかった。

僕は今でも、シュルンスでの楽しいひとときをすべて覚えている。そして僕がどれだけ妻を愛したか、またふたりがどれだけ互いに尊敬し合い、幸せだったかを覚えている。僕はふたりが“invulnerable”になったと思ったが、実際にはそうではなかった。それがパリ生活の第一部の終わりだ。

今では、足を骨折することをおそれて誰もスキー板をはいて山を登ることはしない。しかし結局のところ、心を痛める（break）よりも足を骨折（break）する方がずっとましだ。折れた部位が、折れる前よりも強固になる場合が多いからだ。誰がそう言ったか、僕は覚えているが、本当かどうかはよくわからない。これは、僕たちがとても貧乏で幸せだった若き日のパリのことである。

「エンディング」（K124）

・パリには決して終わりがない。そこに住んだ人たちの思い出は、他のどんな人たちの思い出とも違う。僕たちは自分らが誰であったにせよ、どんなにパリが変化しようとも、またどんなに苦労して／容易にパリへ戻れたとしても、常にパリに戻った。パリにはそれだけの価値があった。何をパリに持っていったとしても、そのお返しを受ける場所なのである。［同じ内容の文章が四つ、それぞれ文章の長さや表現に違いあり］

・ポーリーンについて書いた。終わりというよりも始まりではあるが、当時について書いた本の締めくくりにはいいだろう。しかしいずれにせよ、この部分は書いたが削除した。これは

また別の作品になるだろう。［同じ内容の文書が五つ、それぞれ文章の長さや表現に違いあり］

「エンディング」（K124a）
ハドリーと僕は、ふたりが “invulnerable” だと信じていた。しかし、実際にはそうではなく、それがパリ生活の第一部の終わりである。スキーについて言えば、結局のところ、心を痛めるよりも足を骨折する方がずっとましだ。折れた部位が、折れる前よりも強固になる場合が多いからだ。それについては今朝の時点ではよくわからないが、誰がそう言ったかは覚えている。

最期のラブレター
──メアリーおよびショーン・ヘミングウェイの編纂方法とその問題点

はじめに──『移動祝祭日』（一九六四）から『移動祝祭日──修復版』（二〇〇九）へ

メアリーによって編纂された最初の死後出版作品、『移動祝祭日』。一九二〇年代前半を舞台にした計二十章からなるこの作品では、作家として駆け出しだったヘミングウェイの、貧しいながらもフィッツジェラルドやガートルード・スタインといった先輩作家との親交に満ちたパリ時代が鮮やかに再現されている。特に第三章で紹介されるスタインのセリフ「あなたたちは失われた世代です（You are a lost generation）[7]」は、ヘミングウェイの最初の長編小説『日はまた昇る』にも用いられ、第一次世界大戦時に青年期を迎えた世代を象徴する言葉として普及されるまでになった。発表当初はおおむね好評で「ヘミングウェイ芸術の真骨頂[8]」等の賛辞が並んだ。

『移動祝祭日』は、晩年のヘミングウェイが若かりし日の自身を回想して綴ったものであることから、これまでフィクション／ノンフィクションといったジャンルを巡る議論や、作者ヘミングウェイがいかに作中の「ヘミングウェイ」を構築していったかについての考察が盛んに行われてきた。一方、ヘミングウェイ・コレクションに所蔵されている当作品のオリジナル原稿と、その編纂本を子細に比較したタヴェルニエ＝クルバンやゲリー・ブレンナーを筆頭に、バーウェルらによってマニュスクリプト研究も行われ、メアリーの編纂方法やその問題点が明らかにされてきた。タヴェルニエ＝クルバンはメアリーのフランス語の修正ミスやタイプミス、形容詞・副詞の変更等の指摘をはじめ、ヘミングウェイ自身を指す“you”が彼女によって軒並み〝I〟に統一されたことに触れ、不定代名詞的に用いられているyouがIに変更されたことにより、ヘミングウェイと読者との間の「心理的な繋がり[9]」が断ち切られたと主張した。またバーウェルは、youからIへの変更についてはその言及にとどめ、もとは第七章にあった「〈失われた世代〉」が第三章に移動された点に着目、これによりヘミングウェイが意図した「母のように支配的なスタイン」と「親切で寛容なシルヴィア・ビーチ」の対称性が薄れたと指摘した[10]。

メアリーによるこうした「操作」を是正すべく当作品の再編纂に立ちあがったのが、ヘミングウェイと二番目の妻ポーリーンとの間の長男パトリックと孫ショーン・ヘミングウェイである。「修復版（The Restored Edition）」と銘打たれたこの新バージョンは、ショーンによる単独作業を経て、二〇〇九年七月にスクリブナーズ社から出版された。「祖父が出版する予定だった本の形により近い」[11]と自負する彼は、メアリー編纂の主な問題点として、①ヘミングウェイ自身を指す人称（Iとyou）をIに統一したこと、②第十七章「スコット・フィッツジェラルド」のエピグラフを書き換えたこと、③複数の原稿を組み合わせて最終章を構成したこと、の三つを挙げた。そしてショーンは、これらの箇所を、ヘミングウェイが遺したオリジナル原稿に戻すことによって解決しようとした。この「テキスト奪回」によって、ショーン曰く、①の人称については「意図的かつ巧みに練られたナラティブ・デバイス」[12]であるyouが復活、タヴェルニエ＝クルバンの主張に倣って読者と作品との繋がりが取り戻された。また、②の第十七章ではヘミングウェイのフィッツジェラルドに対する辛辣な態度が和らぎ、③の最終章ではパリ時代の苦楽を共にした最初の妻ハドリーと、愛人ポーリーンの二人を同時に愛して苦悩するヘミングウェイの姿をより鮮明に打ち出すことができたのである。

ショーン編纂の目的の一つが「ポーリーンの復権」であったことは、比較的容易に推測できるだろう。ヘミングウェイとハドリーの離別に際して祖母ポーリーンが加害者として関与していたという、メアリー版『移動祝祭日』におけるポーリーンの負のイメージを緩和したかったのだ。ところが、ショーンが特に変更を加えた人称や最終章から浮かび上がるのは、ヘミングウェイのポーリーンに対する想いというよりも、むしろ一九二七年に離婚したハドリーに向けて巧妙に織り込んでいた愛のメッセージである。ヘミングウェイが晩年を迎えてなお、ハドリーとの復縁を視野に入れていたというのは的外れに聞こえるかもしれない。しかしヘミングウェイは四〇年代に、少なくとも二度にわたってハドリーにパリでの再会や「パリ時代のふたり」の再現を願う手紙をしたためている。[13] また、『移動祝祭日』としては生前最後に書かれた「エンディング」原稿（K124a）でも次のように述べている。「本書には、私の記憶と心のルミーズから生まれた素材が含まれている」[14]。ルミーズはフェンシング用語で、最初の突きが相手の剣に払われた時、そのままの姿勢で剣先を戻して再度突きをすることを意味する。つまり、当作品の執筆中にヘミングウェイが思い描いていたのは、ハドリーへの贖罪だけでなく、たとえばIとyouを巧妙に使い分けることによって未だに想い続けるハドリーの気を引き寄せ、二〇年代のパリの記憶を共有した上で、彼女に向かって最後のルミーズを試みることではなかっただろうか。

そこで本章では、メアリー版『移動祝祭日』とショーン版『移動祝祭日——修復版』の比較を通じて、メアリー編纂の何が問題だったのかを具体的に指摘するとともに、ショーンが変更した人称と最終章の検証を通じて、ヘミングウェイがハドリーに発したメッセージの様相を明らかにする。

メアリー編纂の問題点——人称の統一

メアリーがヘミングウェイ本人を指すyouをIに変更した箇所は、『移動祝祭日』全二十章のうち十一章に及ぶ。このyouの使用は彼の単純な表記ミスなのだろうか。それともタヴェルニエ=クルバンやショーンが指摘する通り、読者に向けられた作者と読者との間の「心理的な繋がり」を表すものだったのだろうか。ここではyouとIの関係性を、それらが現れる時制（過去時制と現在時制）に分けて再定義し、ヘミングウェイがyouの表記に「ハドリーと一緒にいた、至福だった頃の自分」と「彼女に対して強い罪悪感をもつ現在の自分」の姿を込めていたことを示す。

（1）過去時制

『移動祝祭日』で用いられている（つまり過去時制で現れる）youの中でも、特にメアリーによってIに変更されたyouは、「喪失してしまったかつての自分」を、「執筆現在の自分」や「過去から継続している自分」を指すIから切り離して、真空パックのように閉じこめておく狙いがあったと思われる。もともとヘミングウェイは当作品のオリジナル原稿において、パリに身を置いた一九二〇年代前半の自分と執筆時の五〇年代終盤の自分との違いを明確に意識している。彼は「イントロダクション」の原稿において、「回想録で真の事実を書ける者はいない[15]」や「過去に起きた出来事の記憶はフィクションである[16]」と繰り返している。これらの文が示すのは、ヘミングウェイにとって事実をフィクションたらしめる要因が、記憶している事柄の真正（authenticity）の度合いというよりも、むしろ時の経過と記憶の操作・取捨選択性であるということ、換言すれば三十五年余の時の流れと自身の変化を実感し、かつ過去の記憶を操る「現在の視点」が『移動祝祭日』に底流しているということである。この現在の視点からIを用いて過去の自分を描くことにより、読者に二〇年代の「ヘミングウェイ」と五〇年代の「ヘミングウェイ」との継続性を印象づけようとする一方、真空パックにしたい自分のみを秘密裏にyouと表し、Iのみならず読者からも切り離そうとしたと考えられる。

この真空パックに閉じこめたyouは複数の場面で使われているが、特に頻出しているのは①「ベッドでハドリーと寄り添っている僕」と②「シュルンスでハドリーとスキーをしている僕」においてである。一例を挙げよう。

①僕が覚えているのはシュルンスに住んでいた頃、渓谷を登ったところにある宿まで長旅をしたことだ。マドレネール＝ハウスに登る前は、その宿に泊まった。（中略）僕たちは窓を開け、羽毛布団にくるまれながら、大きなベッドで寄り添って寝た。星は近くに感じられ、強く輝いていた。[17]

（When we lived in Schruns ~~I remember the~~ **we used to make a** long trip up the valley to the inn where we slept before setting out on the climb to the Madlener-Haus. [...] ~~You~~ **We** slept close together in the big bed under the feather quilt with the window open and the stars close and very bright.)

②朝食後、僕たちはみな荷物を担いで、まだ暗い中を登り始めた。星が近くで強い輝きを放つ中、僕たちはスキー板を肩に担いで運んだ。[18]

(In the morning after breakfast ~~you~~ **we** all loaded to go up the road and started the climb in the dark with the stars close and very bright, carrying ~~your~~ **our** skis on ~~your~~ **our** shoulders.)

(二重線はメアリーによって削除された語句、ボールドは彼女によって変更・加筆された部分を指す)

「ベッドでハドリーと寄り添っている僕」がヘミングウェイにとって特別なのは、パリ時代の彼にとってそれが至福のひとときだったからであろう。実際彼は、一九二三年五月二十一日付のエドワード・オブライエン宛ての手紙に、「ハドリーと僕はベッドの中にいる時がもっとも幸せだった。(中略)そこでは何ひとつ問題がなかった[19]」と記している。また、ヘミングウェイは他の作品でもこの描写を繰り返している。本書の第四章で取り上げた『夜明けの真実』/『キリマンジャロの麓で』にも、ハドリーを回想する場面で以下のような描写がある。

> 僕の最初かつ最愛の妻で、長男の母親でもあった妻は僕と一緒にいた。そして僕たちは寄り添って眠り、体を温め合った。互いに愛し合っていて、しかも寒い夜ならば、そうするのが最善の方法だったからだ。[20]

さらに、ヘミングウェイが書簡等でハドリーを「フェザーキャット（feather cat）[21]」と呼んでいたり、かつて一緒に口ずさんだ「フェザーキティ（A feather kitty）」の歌の話を何度も持ち出している点に着目すれば[22]、引用①の一行目の“we slept...”に“you”が使われず、“feather”の語を伴う二行目だけに使われた理由もより明確になるだろう。実際、「フェザーキティ」はヘミングウェイがハドリーに付けたニックネームの中でも、特にお気に入りのものだったと言われている[23]。

また、②「シュルンスでハドリーとスキーをしている僕」にyouが繰り返し使われ、ヘミングウェイにとってそれが特別な存在であっただろうことは、メアリーが最終章に置いた「パリに終わりなし」のオリジナル原稿と、彼が遺した二つの「エンディング」（K124, 124a）からうかがえる。この作品の終わり方を巡っては、ヘミングウェイがリー・サミュエルズに宛てた書簡で吐露しているように、メアリーと意見を大きく異にしている[24]。実際メアリーは、ヘミングウェイが執筆した「エンディング」のうちの一つ（K124a）に「最終章の可能性あり」とメモ書きをし、ここからヘミングウェイの結末イメージを汲み取っていたにも関わらず、それを編纂本には一切用いなかった。『移動祝祭日』の結末部分における編纂の問題点は次項にて扱うため、②「シュルンスでハドリーとスキーをしている僕」がヘミングウェイにとって特別な存在だった所以やyouに託した思いも、その問題点と絡めて後述する。

（2）現在時制

一方、現在時制で現れる「作者としてのI（晩年のヘミングウェイ）」に目を転ずると、このIを、感情移入を極力排した記憶の操作者・執筆者に徹しさせようとするヘミングウェイの思惑が見え隠れする。たとえば以下の引用ではハドリーに対して罪悪感を抱く自分（傍線部分の主語）をyouと表し、「彼女は僕のヒロイン（your heroine）」だとまで言っておきながら、波線部分では作者としての自分がIと表現されている。

> これらの回想はもちろんフィクションである。（中略）ハドリーに対して不当な扱いをしたり、彼女のことを誤って伝えていないか心配になって、夜でも冷や汗をかいて目が覚めてしまう。彼女は“your heroine”で、自分が知る中でその後の人生が好転した唯一の人である。私はあまりに多くの人を傷つけてしまうようなことは削除したり、変更したりした。（傍線・波線は引用者による）[25]

ヘミングウェイが「作者としてのI」に自身の胸中を投影させないのは、彼の「現在の自分」に対する拒絶反応に呼応しているからだと思われる。これは当作品を執筆中の一九六〇年九月に、「危険な夏」が掲載された『ライフ』誌の表紙に使われた自身の顔写真を見て驚愕し、強い拒否感を覚えたという逸話からもうかがえる。[26]この引用部分が編纂本に使われることはなかったものの、自身の本心をyouに託し、Iを傍観者的な立場に留めておこうとする姿勢は、上述した過去時制におけるyouとIの使い分けに通じている部分があると言えるだろう。

　ここまで、『移動祝祭日』においてIに統一されたyouが、タヴェルニエ＝クルバンらが主張するようなヘミングウェイと読者との繋がりを表すものというより、むしろ読者から切り離された存在であることを述べてきた。では当作品において、作者と読者の共有はいかにして果たされたのだろうか。ヘミングウェイはこの答えの一端を「一人称で書くということ[27]」と題した生前未発表の章の中に示している。彼はここで、一人称を使って物語をリアルに書くことができれば、読者はその物語が実際に作者自身に起こったことだと考えるだろうと述べた後、以下のように説明している。

> それは自然なことだ。なぜなら、物語を創り上げている間は、その物語が実際に語り手の身に起きているようにしないといけないからだ。これがうまくいけば、同じことが読み手にも起きているように思わせることができる。（傍点は引用者による）[28]

ここでまず着目すべきは、ヘミングウェイが読者との融合をyouではなく一人称、特に「作中人物としてのI」を介して図ろうとした点である。読者を引き込んで「I＝作者」をいっそう強く印象づけることにより、『移動祝祭日』が持つ自伝性を前景化させようとしていることが分かる。そしてもう一つ見落とせないのは、ヘミングウェイが作中のＩも作者によって「創り上げ」られるものと言及している点である。これは先述の通り、ヘミングウェイにとって時を隔てた過去の自分自体がもはやフィクショナルな存在であることにも通じている。

ちなみに「喪失してしまったかつての自分」を指すyouの使用は、決して恣意的なものではない。これは『移動祝祭日』の第六章「偽りの春」や第七章の「副業との訣別」など、後にヘミングウェイが書き直したために二種類の原稿が存在する章において、Ｉとyouの使用に揺らぎがないことからも明らかである。(29)

『移動祝祭日』の幕引きをめぐって

一九五七年の夏から死の三ヵ月前までおよそ四年間にわたって断続的に執筆された『移動祝祭日』は、六〇年十一月のメイヨークリニックでの入院を挟んで二期に区分できる。原稿に残された日付のメモから入院中・退院後に書かれたとされるのは、「偽りの春」の改稿版と「副業との訣別」の改稿版、そしてメアリー版の最終章にあたる「パリに終わりなし」の土台となる四つの「シュルンス」原稿（K121, 123, 126, 127）と二つの「エンディング」原稿（K124, 124a）である。(30) Ａ・Ｅ・ホッチナーに「［このパリ本を］書き終えることができない」(31)と漏らしたというヘミングウェイだが、「シュルンス」と「エンディング」の計六つの原稿には同じメッセージが繰り返し見受けられる（図表11の◎★を参照のこと）。当作品の幕引きをどうするかについて苦慮していた事

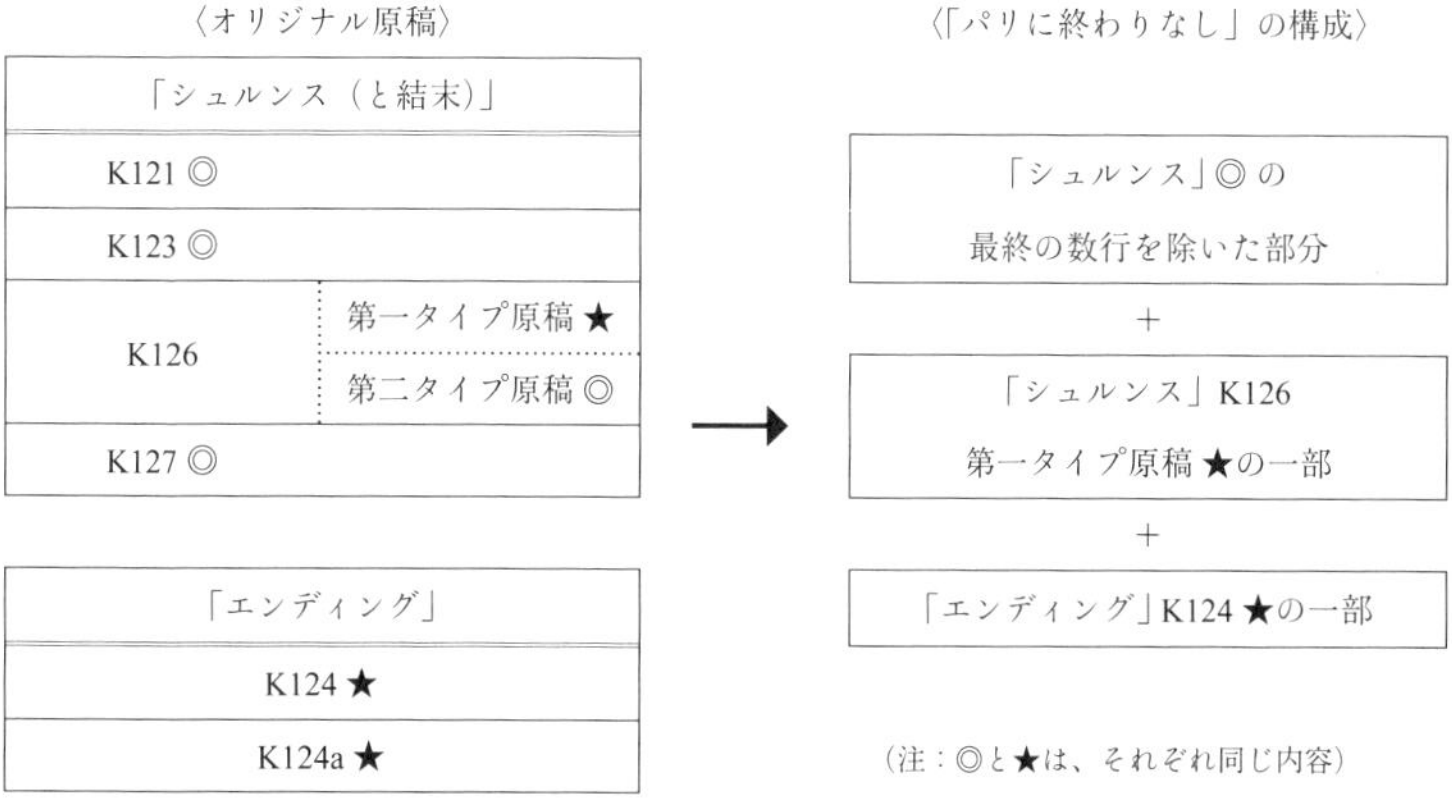

図表11 「パリに終わりなし」の編纂方法

実とは裏腹に、彼の中にはすでに明確な青写真ができあがっていたようだ。

ヘミングウェイは当初、「シュルンス」原稿を、最終章ではなく第十六章におく予定であった。しかしメアリーは「シュルンス」原稿の一部に「エンディング」の断片を組み入れ、「パリに終わりなし」とタイトルを変えて最終章に移動させた。この最終章の編纂はメアリー編纂の大きな特徴であり、実際にショーンもメアリー批判の一つとしている。しかし、これら六つの原稿にヘミングウェイがどのようなメッセージを込めたか、またそのメッセージがメアリーの編纂によってどのように失われたかまでは論考が及んでいない。

ヘミングウェイが「シュルンス」原稿を四つも書いたのは、ひとえにその章の最終段落の表現方法に苦心したからである。この最終段落で彼は、若き日のハドリーと自分が互いの関係に自信を持ち過ぎた（too confident）がゆえに別れに至ったことに触れ、未だに「唯一の存在」である彼女が、その後幸福な日々を送っていることだけが喜ばしいということを、さまざまな言葉で言い換えている（◎印に該当）。メアリーがこの「シュルンス」原稿を編纂本の締めくくりに相応しいと考えたのは、おそらくこの章の最終段落にヘミングウェイの「今」を感じ取り、それを同じ現在視点から書かれている「エンディング」の内容と結びつけやすかったからであろう。

「シュルンス」章の最終段落に見られるハドリーへの思慕の情は、ヘミングウェイが「シュルンス」原稿のK126だけに書いた「第一タイプ原稿」（二七五一語、一月二十六日執筆）と二つの「エンディング」にも色濃く滲み出ている。特にこの三つの原稿には、共通して以下の五つの事柄がそれぞれ順不同で書かれている（★印に該当）。

①ヘミングウェイとハドリーは当時、自分たちを「傷つくことのない、不死身の（invulnerable）」存在だと信じていたが、実際はそうでなかったこと

②ふたりがinvulnerableではないと気づいた時が「パリ第一部」の終焉だったこと

③スキーで足を骨折（break）する方が、心を傷つける（break）よりも気が楽であること

④一度折れた部分は折れる前よりも強くなっている場合がある、との台詞

⑤ヘミングウェイは④の台詞を誰が言ったかを、今でも覚えていること

ここで繰り返される、ふたりを破局に導いた形容詞“invulnerable”は、先述の“too confident”の同義語と考えてよいだろう。またこのinvulnerableの概念を③〜⑤のスキーでの骨折話と結びつけてみると、ヘミングウェイとハドリーのinvulnerableな関係は一九二〇年代に一度は破綻してしまったものの、今や破局する前以上に強固な関係になるかもしれないという、彼の彼女に向けた復縁のメッセージにも読み取れる。ヘミングウェイは三つある★原稿のいずれにおいても、「誰がそう言ったか、僕は知っている」[32]や「誰がそう言ったか、僕は覚えている」[33]としか書いておらず、④の台詞を発した人物名を一切明かしていない。フィッツジェラルドを筆頭に暴露話的要素が強い『移動祝祭日』において、ヘミングウェイにとっては思い入れが強いはずの④の話を匿名にしているのはなぜか。これは推測の域を出ないが、おそらく骨折話をしたのがハドリー本人か、あるいは名前を明らかにしなくてもヘミングウェイとハドリーだけは分かっているということではないだろうか

★印の三つの原稿で繰り返される①〜⑤はまた、前項の「メアリー編纂の問題点——人称の統一」で述べた、ヘミングウェイにとって「シュルンスでハドリーとスキーをしている僕」が特別な存在で、Iではなくyouを使った理由も明らかにする。彼にとってシュルンスでのスキー話は「足の骨折（break）」を連想させ、そこから「心が裂ける（break）→invulnerableではなかったふたり」の話を経て、再びinvulnerableな関係になる可能性に触れるための入り口なのである。つまりここで使われているyouは、ハドリーと自分だけが密に共有できる空間に彼女を導くための

コードだったと解釈できる。ヘミングウェイは作中スキー描写を何度もしているが、youを用いているのは、軒並みスキーと怪我との関連性を書いている時である。またこれら①〜⑤のエピソードが彼にとってハドリーを必要以上に強く喚起させるものであっただろうことは、ヘミングウェイがK126の「第一タイプ原稿」の冒頭に「私が死ぬまで［この原稿を］表に出すな。いや、死んでも！　ハドリーが生きている間はダメだ[34]」というメモを残したことからも分かる。

しかしメアリーは、「シュルンス」原稿や「エンディング」から作り出した最終章「パリに終わりなし」において、これまで述べてきたヘミングウェイのハドリーに対する想いをことごとく排除してしまった。メアリーがこの章を作り上げるために繋ぎ合せたオリジナル原稿は、「シュルンス」章の最終段落（◎）を除いた部分と、K126の「第一タイプ原稿」および「エンディング」K124から上記①〜⑤の話（★）を除いた部分であった。メアリーは、ヘミングウェイが繰り返し書いたハドリーにまつわる話（◎や★）を用いなかったばかりか、「ヘミングウェイがハドリーとの関係をinvulnerableではなかったと悟った時＝パリの第一部の終わり」というヘミングウェイの構図を無視して、「ハドリーとの関係が再びinvulnerableになったと感じた折に、ポーリーンとの関係が始まってしまったこと＝パリの第一部の終わり」という構図に作り変えてしまった。メイヨークリニックの入退院を経た最晩年のヘミングウェイが、何度も書き直した末、婉曲的だがどうにか表したハドリーとの復縁の願いが、こうしてメアリー編纂によってばっさり切られ、形を変えて世に送り出されてしまったのである。

繰り返される「パリ」――死後出版作品群におけるハドリーの記憶と最後の「ルミーズ」

一九二〇年代のパリ時代の思い出が綴られた『移動祝祭日』――。しかしヘミングウェイの遺作には、作品の舞台がどこであろうと、またジャンルが何であろうとも、二〇年代のパリ時代の記憶があちらこちらに散りばめられている。特にハドリーにまつわる記憶に関しては、長男を含めた親子三人の団欒と、二二年に起きたハドリーの原稿紛失事件がそれに当たる。たとえば、『海流の中の島々』の「ビミニ」セクションでは、幼少期をパリで過ごした長男トムの語りを通じて、また先に述べたように『夜明けの真実』／『キリマンジャロの麓で』でも、主人公「ヘミングウェイ」が深夜にパリ時代を回想する場面で、貧しくも仲睦まじい夫婦像・家族像が披露されている。

一方、原稿紛失事件に関しては、『海流の中の島々』の初期に執筆されながらも、後にヘミングウェイの意思で全編削除された「マイアミ」セクション／「異郷」において、その時の様子が作家ロジャー・ハンコックの口から苦々しく再現される。「もう一度書き直すのは不可能だった」[35]と言い切るロジャーの証言からは、この出来事で生じた傷が癒されないまま彼の中で疼いているのがよく伝わってくる。また、妻が原稿を失くしてしまうというモチーフは『エデンの園』にも引き継がれ、作家であるデイヴィッド・ボーンの不在中、彼がスーツケースに入れておいた短編小説を妻のキャサリンが燃やしてしまう場面として登場する。ところがデイヴィッドの場合、彼女に対して強い怒りを覚えるも、焼失した作品を再び書き始めようとすると、「失われたはずの文章や場面は以前と変わらぬ姿で彼の元に戻ってくる」[36]。筆の進み具合も以前に比べてずっとよく、この一件が結果的にプラスに作用したような印象を読者に与える。『海流の中の島々』の原稿紛失場面が一九四五～四六年、そして『エデンの園』の同場面が五八年以降に執筆されたことを考慮すると、この間にヘミングウェイの当事件に関するトラウマの記憶がいくぶんか融解したと解釈できるだろう。『海流の中の島々』、『エデンの園』ともに出版の見込みが立たない中、ヘミングウェイは『エデンの園』とほぼ同時期に書いた『移動祝祭日』において、ハドリーに「初期の作品を失くしたことは、たぶん良いことだった」[37]ということを伝えたかったのではないだろうか。

ヘミングウェイは『移動祝祭日』において、ハドリーへの贖罪だけでなく、原稿紛失に対する執筆現在の心情を伝え、彼女に最後のルミーズを試みようとしたのではないか。実際、ヘミングウェイが当作品の執筆をしていたことはハドリーも知っていたようである[38]。彼女に影響が及ぶことを懸念して、当作品がフィクションであることを執拗に繰り返し[39]、人称や「シュルンス」原稿の幕引きの表現を変えながら、彼女だけが海面下にある氷山の八分の七[40]にアクセスできる方法を模索した『移動祝祭日』――この一冊は、「移動祝祭日」という言葉が示す通り、パリのように生涯ヘミングウェイについて回ったハドリーに宛てた最期のラブレターなのである。

第七章　『危険な夏』

執筆・編纂の経緯

『危険な夏』は、一九五九年の春から夏にかけてヘミングウェイが密着取材したスペインでの闘牛が素材となっている。『ライフ』誌の依頼を受けてスペイン闘牛ツアーへ赴いたヘミングウェイは、ツアー後まもない同年十月に執筆を開始した。その時に書かれた原稿は、二度編纂されている。一度目の編纂は一九六〇年五月に原稿が完成した後もはや自力で編集することができなくなっていた彼が、スペイン旅行に同行した友人A・E・ホッチナーの手を借りて、約三万九〇〇〇語にまで削除した『ライフ』誌版（六〇年九月五、十二、十九日号に掲載）。そして二度目はヘミングウェイの死後、スクリブナーズ社の編集者マイケル・ピーチの編纂によって新たに編み直されたスクリブナーズ社版（八五年出版、約五万二〇〇〇語）である。

『危険な夏』の取材を主とした一九五九年のスペイン旅行、およびその後の執筆過程については、本書第一章の「一九六〇年代—— "crack-up" と進まぬ筆」で触れた。ここでは『危険な夏』の内幕に視点を移し、ヘミングウェイが実生活において、主要登場人物であるアントニオ・オルドネスやルイス・ミゲル・ドミンギンとどのような関係を築いてきたかを整理する。あわせて、当作品が二人の闘牛士にいかなる影響を与えたのかを、ジェフリー・メイヤーズが一九八三年（スクリブナーズ社版が刊行される二年前）に行った二人へのインタビューの内容を交えて確認し、次項への橋渡しとしたい。

オルドネス一家とヘミングウェイの関係

ヘミングウェイとオルドネス一家との関係は、一九二〇年代にまで遡る。アントニオ・オルドネスの父、カイェターノ・オルドネスはかつてニーニョ・デ・ラ・パルマという名のマタドールとして活躍、ヘミングウェイとの親交も深かった。実際、カイェターノが『日はまた昇る』に登場する闘牛士ペドロ・ロメロのモデルであったということからも、ヘミングウェイの彼に対する強い思い入れを感じ取ることができるだろう。

ところが一九三二年に出版された『午後の死』では、カイェターノに対するヘミングウェイ評が一変、彼の闘牛に対する姿勢を「臆病」だと強く非難した。

ニーニョ・デ・ラ・パルマは最初の方こそ素晴らしかったものの、初めて牛に突かれて重傷を負って以降、臆病者になり下がってしまった。それはもはや闘牛場で危険を冒すのを避けようとする能力に等しい。（中略）ニーニョ・デ・ラ・パルマを見かけたら、おそらくもっとも魅力を感じない形の臆病者を目撃することになるだろう。腰から尻にかけて脂肪がつき、整髪料の使いすぎで若ハゲになり、早くももうろくしたヤツを。(1)

この一件により、ヘミングウェイとオルドネス一家との関係破綻は決定的かと思われた。しかし『午後の死』の出版と同じ年に誕生したアントニオが一九五一年にマタドールになると、ふたたび彼らを取り巻く状況に変化が訪れた。五三年にアントニオ（当時二十一歳）と初対面を果たしたヘミングウェイが、瞬く間に彼に魅せられたのだ。その理由は、メイヤーズが著書『ヘミングウェイ——人生を芸術に』の中で言及している通り、「ヘミングウェイがもっとも賞賛するものをアントニオはすべて持ち合わせている[2]」からであったと思われる。若くて、ハンサムで、思いやりがあり、男らしく、金持ちで、有名で、美しい妻[3]がいて、そして闘牛という芸術に対して極めて高い技術を有している。五十歳を過ぎたヘミングウェイにとって、アントニオは「ヘミングウェイ・ヒーロー[4]」としての資質を十分に備えていたのである。

ドミンギンとヘミングウェイの関係

アントニオ・オルドネスよりも六歳年上のドミンギンは、一九五三年にいったん闘牛界を引退したが、五八年に義理の弟でもあるオルドネスとの直接対決（mano-a-mano）の申し出を受け、闘牛界への復帰を果たした。この時の直接対決の模様が『危険な夏』の骨子となっている。

しかしヘミングウェイの中では、『危険な夏』の取材でスペイン入りした時点で、オルドネスとドミンギンとの間の勝敗はついていたようである。ヘミングウェイのオルドネスに対する賞賛の念が一九五三年の初対面で早々に芽生えたように、彼のドミンギンに対する強い嫌悪感も、二人が出会った同じ五三年にはすでに生じていたからである。稀代の闘牛士二人の明暗を分けたものは、ただ一つ、ヘミングウェイに対して従順な気持ちを持ち続けていたかどうかであった。

ドミンギンは、オルドネスとは対照的に、常にヘミングウェイと対等な関係であろうとした。ヘミングウェイのことを「パパ」と呼ぶのを拒否し、一貫して「エルネスト」を使い続けたのもその表れである。(5) またドミンギンは、メイヤーズとのインタビューでも、出会った頃のヘミングウェイの誇張癖に触れ、ヘミングウェイが狩猟の腕前について虚勢を張ったことや、奔放な女性関係や性生活について豪語していたことなどを暴露している。最終的に二人の仲は、ドミンギンがハバナに住むヘミングウェイを訪れた際に完全に決裂する。ヘミングウェイがキューバの記者に、ドミンギンがハバナへ来るのは、闘牛についてヘミングウェイから助言を得るためだと語ったのである。これに立腹したドミンギンは、仕返しに記者に向かって「ヘミングウェイはマーシャル・プラン・ノーベル賞を受賞したのだ(6)」と皮肉を言い、それがヘミングウェイの知るところとなったのである。

「危険な夏」後――アントニオとドミンギンの反応

最後に、「危険な夏」におけるヘミングウェイの「偏見（bias）」に対するオルドネスとドミンギンの反応を、それぞれのインタビューから確認していこう。インタビュアーのメイヤーズは、ヘミングウェイが偏見をもっていたかどうかについて二人に同じ質問を投げかけている。その結果、オルドネスは当作品のフィクション性を重視することで即答を避け、一方のドミンギンはヘミングウェイの誇張癖を強く非難することでヘミングウェイに偏向的態度があったと肯定した。

メイヤーズ――あなたはヘミングウェイが「危険な夏」の中でドミンギンに偏見を抱いていたと思いますか。

アントニオ――作家は常に真の友人を賞賛し、肩をもつものです。当時ヘミングウェイが強い絆を感じていたのは私でしたから、自然と対決を脚色し、三度の直接対決を描く際にもドミンギンをおとしめようとしたのだと思います。(7)

メイヤーズ――「危険な夏」において、ヘミングウェイはあなたに偏見を抱いていたと思いますか。

ドミンギン――もちろん。彼のアンフェアな態度はひどかったですよ。私には最良の牛があてがわれているのに、アントニオには貧弱な牛ばかりだとか、私には風を巧みに操ることができないとか、誤ったことばかり言っていました。彼は自分自身が公正（honest）でないと知っていたからこそ、これらの記事を一冊の本として出版したり、『午後の死』の増補版としてまとめたりしなかったのです。(8)

ここで留意すべきは、インタビューの時点では、両者ともに『ライフ』誌に掲載された「危険な夏」しか目にしていないという点である。つまり『危険な夏』という作品の全容を語り、評価するにはあまりにも判断材料が少なすぎるのである。『危険な夏』に取りかかる以前からヘミングウェイが二人に対して相反する感情を抱いていたのは確かであろう。しかしヘミングウェイが実際に当作品に込めたのは、そうした自身の感情や二人の直接対決だけではない。後に議論するように、ヘミングウェイは相も変わらず、さまざまな面の「ヘミングウェイ」を創作の過程でせっせと構築していたのである。

『危険な夏』の作品世界

ここでは、『危険な夏』のオリジナル原稿の概要を紹介する。傍線はスクリブナーズ社版による編纂でカットされた箇所を指す。

『ライフ』誌版（パート1）、スクリブナーズ社版（1〜5章）

一九五三年、祖国の次に愛しているスペインへ戻ってきた。スペイン内戦時、共和派のためにフランコと戦った自分がふたたびこの地に踏み入れるなど思いもよらなかった。今回の旅行の目的はメアリーとパンプローナのサンフェルミン祭に参加すること。しかし実際には私の闘牛への関心は薄らいでいた。闘牛士マノレーテ(9)が全盛の頃から、闘牛に悪評が立っていることを知っていたからである。牛の角に細工をするだけでなく、闘牛士も電話をかける仕草をするなど不要なポーズをとっていた。こんなサーカスまがいの見世物になり下がったにもかかわらず、闘牛の黄金時代が帰ってきたと思い込む観客もいたのである。

闘牛への情熱は失せてしまったが、新しい時代の闘牛士が成長するさまはぜひこの目で見てみたいと思っていた。そんな時にパンプローナで初対面したのが闘牛士のアントニオ・オルドネス。彼は完璧だった。巧みに牛を殺し、無理がない。そして重傷を負うたびに勇敢になっていく。オルドネスは闘牛士の三大必須条件である勇気・技能・優雅さをすべて兼ね備えていた。彼の父であるカイェターノは私が若い頃に『日はまた昇る』に書いた闘牛士だが、息子は父がもっていたものをすべて受け継いでいるようだった。

一方のルイス・ミゲル・ドミンギンは引退生活を送っていた。翌五四年にマドリードで会った時にはフランスの闘牛に出ることを考えていて、練習を再開していた。闘牛の技量は申し分なかったが、私は彼の闘牛にまったく感動を覚えなかった。

一九五四~五六年はメアリーとキューバに滞在した。アフリカでの飛行機事故で背骨を痛め、最悪の状態であるが、再起をかけてニューヨークやパリ、スペインと各地を回っている。スペインのログローニョではオルドネスの闘牛を観戦。彼は私を喜ばせるために、レシビエンドと呼ばれるもっとも華麗かつ危険な方法で牛の息の根を止めた。オルドネスは誰にもできないこと、やろうとしないことをやってのけることを自身の誇りとしていた。

一九五九年、メアリーとふたたびスペインへ。私は三十年以上の付き合いがあるファニート・キンタナと悪化の一途を辿る闘牛界について語り合った。かつては牛を疲れさせて頭を下げさせた後に、作法に従って死の準備を行うという方法をとっていた。しかし、今のピカドールは牛が息も絶え絶えになるまで血を流させ、背中や肋骨などを無節操に突くという有様である。オルドネスの闘いは見事で、ダメな牛でも正しく導いて自信を与える余裕がある。そして真に勇気のある人間がそうであるように、彼も根が明るい。一方、ドミンギンもスペイン闘牛に復帰、彼の腕も素晴らしかったが、牛の角に細工を施していた。ドミンギンの復活にともなってオルドネスとの対決ムードが高まり、スペイン内外からメディアが集結するようになった。

コルドバでの闘牛観戦。オルドネスが対峙した牛は巨体であったが、またも優雅な手さばきで牛を操った。オルドネスは自分がいかに勇敢で偉大な芸術家であるかを観客に披露していた。牛を仕留めると、彼は会長から牛の両耳を与えられ、観客に担ぎあげられていた。私はオルドネスに「闘牛士としての君の仕事と地位に関する真実を書きとめたい」と伝えた。時を越えた記録となるだろう。

アランフェスでの闘牛観戦。観戦直前に私は車の事故を目撃、不吉な予感がする。オルドネスは観客を沸かせようと見栄えのするケープさばきを披露する。見た目はいいが本物のパセ（闘牛士は動かずにカポーテやムレタを使って牛を動かすこと）ではなかった。会長から両耳を与えられず、不満を露わにするオルドネス。次の牛を相手にした時には、最後に牛のとどめをさす段階になって、マノレーテ流のまやかしのパセを始めた。まもなく角がオルドネスの左臀部に突き刺さる。十二度目の大けが。それでも大量の血を流しながら闘い抜き、今度は両耳と尻尾と蹄を与えられる。オルドネスはその後すぐに病院へ運ばれ、緊急手術を受ける。

『ライフ』誌版（パート2）、スクリブナーズ社版（6〜10章）

アルヘシラスの闘牛場でドミンギンの闘牛を観戦する。彼の闘牛は堂々としていて、落ち着きもある。偉大な芸術家よろしく、徹底した集中力を発揮していた。ムレタ（赤いフランネル製の布とそれを支える棒）を使った演技はひときわ印象強く、オルドネスにとって危険な競争相手になるに違いない。ドミンギンは二番目の牛を見事に仕留めた時、その死を私たち夫婦に捧げてくれた。私たちは大感激したが、同時に困ったことにもなった。私情を差し挟まず、オルドネスとドミンギンを中立に評価することが難しくなってきたのである。私が見るところでは、オルドネスの方に明らかに分がある。ドミンギンは角の先を細工した牛を相手にしているが、オルドネスはそうではないからだ。ドミンギンは当代一の闘牛士としての看板を背負っており、金持ち、そしてオルドネスよりも高い報酬を要求していた。一方のオルドネスはプライドの塊で、ドミンギンよりも一枚上だという自信があった。ドミンギンは自身の地位を守らねばならず、オルドネスはそれに向かっていかなければならない。私はオルドネスの側についているから、ドミンギンと友情関係を続けることが難しくなってきている。私は自問する。お前は何を心配しているのだ？　いや、何も心配することはない。でもドミンギンの闘牛はとても優れているし、同時に彼はとても危険だ。

七年ぶりとなるドミンギンとオルドネスの直接対決が、一九五九年六月にサラゴサで封切られた。政治家や官人、軍人らがドミンギンを取り巻いている。彼はバンデリリャ（飾りのついた短い槍）を二対、見事に牛に刺した。ムレタに持ちかえると、たちまち牛を支配した。その姿は確かに素晴らしいが、魔法のような演技という訳ではなかった。一方のオルドネスの闘牛は完璧で、怪我の影響を微塵も感じさせない。怪我のショックや苦痛が彼の内面になんら影響を及ぼしていなかったことを知り、私は心底ほっとした。

夜半過ぎ、私はビルと一緒にアリカンテへ向けて発った。車はかつての戦場をつぎつぎと通り過ぎた。私は実際の作戦行動などについてビルに話したりはしなかった。ただ、変化の多い地勢に触れただけだった。それだけ言えば、ビルは戦いの実相を心に描くことができるだろう。戦場の跡を眼前にして、当時を思い出した訳ではない。そもそも忘れたことがないのだ。砲火を浴びて右往左往した場所や、神経が痛めつけられ、知覚が歪められた場所もいずれは見に行くことになるだろう。記憶違いしているのであれば、正せばよい。

バレンシアでの二度目の直接対決。攻撃にためらいを見せる牛に対して、オルドネスは死をも恐れぬ様子で牛に対峙していた。私には彼が牛を愛していることが分かった（I knew）し、科学者のように牛を理解していることも分かった（I knew）。対決後、二人がいるホテルの前には群衆の人だかりができ、かつての光景を呼び起こさせた。オルドネスは私に「あなたは私のパートナーですよ」と言ってくれた。

オルドネスがアランフェスで重傷を負って以来、彼と私は死について語り合うようになった。決して不健康なことではない。私は彼に、死について何も知らないのだから思い煩っても意味がないと話した。しかし、オルドネスは私と違って自らの意志で危険に身をさらし、一日に少なくとも二回は死をもたらしている。自分らしい闘いをするために、完全無欠の精神状態でいなければならない――彼はそれを冷静かつ十全に理解していた。オルドネスは愛情を抱いている相手に向かって剣を刺し、自らの手で仕留めなければならない。単純に死と向かい合う以上に難しいことだ。彼に求められているのは優れた芸術家の演技であり、腕の立つ殺し屋の手際であった。

バレンシアでの闘牛対決。初日は、私の六十歳の誕生日パーティのためにスペイン入りしてくれたバック・ラナムとともにドミンギンの闘牛を見守った。ドミンギンは自分の持てる力をすべて出し切り、非の打ちどころもないほどであった。しかし彼の笑顔には少しずつ陰りが見え始め、考え込むような姿も見てとれた。闘牛場に空席があったのを苦にしたのだろうか（I wondered）。それともオルドネスとの対決の場で、この日以上の素晴らしさを見せることができるか否かを考えていたのだろうか（I wondered）。

バレンシアでの闘牛四日目。オルドネスとドミンギンはルエドで顔を合わせた。ドミンギンは踏み込みが足りず、最後の一撃を加えることができないでいる。異様に静まり返る観客。私は以前の闘牛で、観客の投げた瓶がドミンギンの体にあたったことを思い出した。そのことが無意識に災いして、彼の踏み込みを抑圧しているのかもしれない。

ドミンギンの最後の牛。三度目のパセの時、突風が吹いてムレタが舞い上がり、ドミンギンの体が無防備になった。そこに牛が突進してきた。ドミンギンは腹部の直撃を受け、三度突かれた末に仰向けに倒れた。すぐに手術が執り行われた。医務室をあとにして闘牛に戻ると、オルドネスが大きな赤牛にパセをしていた。彼の体は牛に極めて近く、ケープさばきも美しい。観客のどよめきが何度も起きている。牛を仕留め終えるとオルドネスは観客に担ぎあげられてしまった。

翌朝、私はオルドネスと別れた。彼にはパルマやマラガで闘いが待っていたのだ。まもなくして、オルドネスが右の股を負傷したとの知らせが届いた。古傷を刺されたらしい。私はすぐさま、彼が飛行機で運ばれたマドリードへ舞い戻った。

『ライフ』誌版（パート3）、スクリブナーズ社版（11〜13章）

ドミンギンは元気そうで、以前の自信を取り戻したようだった。オルドネスも退院した。ドミンギンは二人がそろって負傷したことを面白がっていた。彼らはふたたび敵であると同時に親友になった。

ドミンギンとオルドネスの直接対決が八月十四日にマラガで行われた。この闘いは間違いなく、これまで私が見た闘牛のなかで最高のものであった。ドミンギンはオルドネスに圧倒されて失いかけていた自信を、バレンシアの大怪我から立ち直ることで取り戻していた。幸い、彼はバレンシアで行われたオルドネスの闘牛を見ていなかった。もし見ていたら、オルドネスと張り合おうという気持ちを失くしていただろう。

オルドネスの最初の牛が入ってきた。ケープで牛を相手にする時の彼の動作は、まるで闘牛というものを創作しているようだった。ムレタに持ち替えると、今度は自らのパセを優雅に、緩やかに彫刻しながら形作っていった。その様子は、長いファエナを一編の詩に仕立てあげるかのようだった。

オルドネスのケープさばきはどうしてこんなにも美しいのだろう。牛に接近してゆっくりとした動きで行う演技が、一つひとつのパセを永遠のものにしていく。そして、死が自分の目の前を通り過ぎるのをみるとき、彼の姿勢は自然で偽りないものである。まるで死を監督（oversee）し、補佐（help）して自分のパートナーにし、次第に盛り上がるリズムに乗せているかのようである。それがこれほどの感動をもたらしてくれるのだ。闘いが終わった後、私はからっぽで真っ白な気分になった。素晴らしい闘牛を見た後はいつもこういう気分になる。

空路マドリードへ。ホッチナーとオルドネスはパンプローナで会って以来、アイデンティティを交換し合っていた。オルドネスは異なる二つのアイデンティティを持ち合わせていることを大きな誇りとしていた。一つはひとりの人間としてのアイデンティティ、そしてもう一つは闘牛士としてのそれである。彼はホッチナーに闘牛士の衣装を着せて、直接対決が行われる闘牛場に連れ出そうとした。

直接対決の直前。ドミンギンは調子もよさそうで、自信に満ち溢れていた。しかし、観客席に空席があることを見てとると悲しげな表情になった。いい滑り出しを見せたものの、最後の場面でなかなか牛の息の根を止めることができない。ひどく具合が悪そうだとドミンギンを心配するホッチナーが「彼は何に取り憑かれているのだろう」と口にする。私は「死だよ」と即答する。一方のオルドネスは、自身の才能と不死(immortality)に対して絶対的な自信をもっていた。

ビルバオでの闘牛。オルドネスはいつも通りの余裕を見せて、完璧に演じていた。観客は魔法にかけられたかのように心の底から感動していた。私は芸術家と一般人が闘牛場でこれほどまでに強い一体感を見せるのを目にしたことがなかった。一方のドミンギンは怪我の状態こそ良くなりつつあったものの、依然として物思いに耽っていた。その原因は、ちょうど一年前に彼の父親がガンで亡くなったことと関係があるだろう。ドミンギンが対峙したのは大きな黒牛で、ケープを手に悲しくなるようなベロニカ(カポーテを両手で持って行うパセのこと)を披露した。すると、ドミンギンの太股に角が深く刺さった。体が宙を舞い、砂の上に落ちる。そこに牛がさらに何度も突きを加える。誰もがもうドミンギンは助からないだろうと思った。

通常、人に重傷を負わせた牛は次に登場する闘牛士によってあっさり片付けられることが多いが、オルドネスはそうしなかった。彼は登場すると、華麗な技で観客を魅了した。観客はすでに彼のものだ。彼はレシビエンドで牛を仕留めようとしていた。剣を突きたてると、オルドネスと牛は一体となった。牛は自分が死んだということに気づいていないかのようにオルドネスを見つめている。私には彼が何を考えているか、よくわかった。こうしてオルドネスとドミンギンの対決は幕を閉じたのである。

『ライフ』誌版、スクリブナーズ社版のいずれにも削除された箇所

二日後、我々（we）オルドネスと私はフランスのダクスで闘った。フランスの闘牛を観戦するときまって後味が悪い。しかしスペインと比べてフランスの闘牛は、危険は少ない割に稼ぎが多いので闘牛士に人気なのだ。オルドネスはマノレーテが十二年前に命を落としたスペインのリナーレスにある闘牛場で、しかも彼の命日に復活戦を行うことになった。一方、マドリードにいるドミンギンはいまだに傷がひどく痛み、夜も眠れないという。今年のいつ頃に復活戦を行うのか、私は聞かなかった。彼は私を狩りに誘ったが、私は別れを告げてその場を去った。

オルドネスは死を眼前にしているにもかかわらず、今まで以上に生き生きと自信をもって演技をしている。試合直前、移動車の中で集中するオルドネス。死の恐怖は遠ざかっているように感じられる。オルドネスと私はパートナーで、別々に考えたことも、一緒に考えたこともすべて順調に進んでいる。私の長い闘牛観戦史のなかで最悪だったのは、オルドネスの父親が牛に細工を始めたことであった。オルドネスもそのことは知っていたし、それについて我々が話したことも

なかった――私が父の自殺に触れ、それでもなお父を愛していると言った時を除いて。

牛の角の細工を始めたのはマノレーテであった。彼の死後はドミンギンがそれを引き継ぎ、一九五三年に新ルールができるまで続いた。「本物の」牛と対峙できるオルドネスだけが闘牛を救える唯一の闘牛士だった。彼には真のライバルが必要だったが、ドミンギンははなから相手にされていなかった。

九月はオルドネスとともに、スペインとフランスを転戦し続けた。眠気覚ましに、我々は人を道徳的、精神的に堕落させてしまうものは何かを挙げていった。酒、ドラッグ、女、金、虚栄心、臆病。オルドネスは時に臆病で、安定感に欠け、危険な（dangerous）牛を相手にすることがあったが、それでも巧みにかわし、すばやく息の根を止めていた。

闘牛にうんざりしてきた。スペインにあるすべてのものの善悪が曖昧に思えてしまう。私はもう一度振る舞いを正し、病床中のメアリーを幸せにしたい。私は自問する。お前は何になろうとしているんだ。エルネスト（Ernesto）か、それとも心配性な人間か（A worrier）？ 私は徐々に理解し始めた。それまでちっとも好きじゃなかった多くのものを、そして、それ以前も好きじゃないと分かっていたけれど、今やもっと好きじゃなくなったものを。

オルドネスのケープさばきは、いまやゆっくりと彫刻をしているかのようだ。彼がすごいのはそれを毎日やってのけること。その姿を彼が自らの目で見ることができればいいのだが、それは無理なので、私が彼の代わりにその姿を目に焼き付けている。私も不変で色落ちしないものを書きたいものだ。写真や映画では残せない何かを。オルドネスが見せる妙技は一瞬のものだが、それを眼前にした人たちの記憶のなかで生き続ける。そのことは我々ふたりともよく分かっていた。私は闘牛に飽き飽きしていたが、彼のケープさばきを見るたびに闘牛に対する情熱が強くなっていく気がした。

オルドネスは観客を教え導くように演技していて、またたく間に彼らを魅了した。私はただそれを眺めていた——頭で考えず、ただ感じながら。偉大な闘牛士というのはみな、闘牛が性的な面を持っているということを知っている。闘牛を感じなければ、真に演技しているとはいえないのだ。

私は壊れやすくて脆いものを永続化させるべく、今夏をスペインで過ごした。闘牛に関してはいまなおさまざまな問題があるが、いずれもたいしたことではない。我々はみな、日ごとに死に近づいている。情熱と愛を失ってしまったら、すべてが終わりだ。どれだけ偉大な闘牛士であっても、熱意を失くせばファンは離れていく。オルドネスには熱意を失わない自信がある。私にもそんな自信があればいいのだが、実際にはない。闘牛に対する情熱を失くすと、闘牛を愛する気持ちも失せる。そうすると牛と対峙する時に抱く不死の感覚を得ることができなくなって、それを観客に伝えることもできなくなってしまうのだ。

スペインでオルドネスの闘牛を見たのは、彼の生まれ故郷ロンダが最後であった。ここでの彼は観客をとても気にしていた。そんな光景を見たのは初めてであった。その後、オルドネス逮捕の一報が私のもとに届いた。新聞によれば、彼が闘牛対決に際してピカドールを伴わずに登場したのだという。オルドネスの言い分は、大事な牛を殺すのに不正を働くピカドールとは一緒に闘いたくなかったし、正直なピカドールを守りたかったとのこと。周囲の者たちは今後の対策を協議するが、オルドネスと私は「何も語らず」ということで合意する。そして釈放後、オルドネスと私はマラガへ移動する。

この頃になると、メアリーはしきりにアメリカに帰りたがっていた。闘牛にはもううんざりしているし、パリにも行きたいという。私は今回の滞在で『午後の死』の付録に掲載する写真を多く手に入れることができたし、執筆も始めなければならない。メアリーはパリに赴き、私はニームへ。そこでオルドネスの今シーズン最後の闘牛を見届ける。

この年に私の目の前で起こったことを書きとめることにした。一瞬で終わってしまう事柄や、絶命する牛、さらにはそれを目撃した者の記憶の中だけで生き続けるものに永続性を与えるために、本プロジェクトを始めたのであった。うまくいけばそれらをすべて永続させることができるだろう。今シーズンの幕が閉じ、オルドネスとの別れが迫る。オルドネス夫妻はニューヨークへ。その後、私も交えて三人でグランドキャニオンやアリゾナ、ケチャムなどアメリカ国内をドライブした。それを終えるとオルドネスは南米へ出向き、闘牛で大金を得たのである。

“Ernesto”か“A worrier”か?
——『危険な夏』のオリジナル原稿における自己分裂と“Ernest”の消滅

事実から虚構へ——『危険な夏』におけるノンフィクション性

『危険な夏』が、一九五九年の春から夏にかけてヘミングウェイが密着取材したスペインでの闘牛を素材にして書かれたノンフィクションである、というのは今や通説になっている。確かに三二年に闘牛記『午後の死』を刊行した彼にとって、当作品はその続編・改訂版の意味合いが強かったし、[10]『ライフ』誌と交わした契約も「闘牛ルポ」の肩書に相応しく、「五〇〇〇語のニュース記事」[11]というものであった。『ライフ』誌の狙いはあくまで、ヘミングウェイ独自のアングルで切り取られたスペイン闘牛の現状を、数々の写真と併せて掲載することであり、北米新聞連盟の特派員としてスペイン内戦を記事に活写した「ジャーナリスト・ヘミングウェイ」の一時的復活を促すものであった。

しかし一九六〇年五月にアイダホ州のケチャムで『危険な夏』の初校を書き終えた時、その語数は実に十二万語を超えていた。ヘミングウェイの言い分によれば、当時のスペイン闘牛界の二大闘牛士、ドミンギンとオルドネスの関係を、「一方の闘牛士［ドミンギン］が、他方の闘牛士［オルドネス］によって徐々に追い込まれていく話」[12]に仕立てようと躍起になっているうちに、語数が膨れ上がったのだという。[13] これは、ヘミングウェイが一連の闘牛シーンを自らのアングルで切り取るだけでなく、それにまつわる数々の事柄を自らのフィルターに通して脚色し、思い描く作品イメージに当てはめようとしたことを意味する。こうして仕立て上げられた『危険な夏』がすでに「ニュース記事」の枠を超えていることは言うまでもないが、ここで着目すべきは、この作品に描かれている闘牛士や闘牛シーンの真正（authenticity）がそもそも極めて希薄であるという点である。つまり当作品におけるジャーナリスティックな信頼性は、あくまでノンフィクションという『ライフ』誌から依頼を受けた時点での定義づけに裏打ちされているに過ぎないのである。

『危険な夏』に描かれた内容とそのもととなった事実との齟齬を指摘・批判する声の大半は、若き闘牛士オルドネスに対するヘミングウェイの過度の賞賛と肩入れ、そしてオルドネスとライバル関係にあったドミンギンへの批判的な態度に端を発している。ヘミングウェイは二人の直接対決を「重傷のトラウマを乗り越え、牛角の細工やトリックを決して行わないオルドネス」と、「死の恐怖に取り憑かれ、演技にも感動がないドミンギン」という二項対立の図式で捉え、常にオルドネス優位の話へと作り替えていった。しかし、『ヘミングウェイのノンフィクションの技巧』の著者ロナルド・ウェーバーは、オルドネスがそもそもドミンギンと互角に渡りあえるだけの実力はなかったと指摘、[14] エドワード・F・スタントンもオルドネスこそが牛角の細工やギャラの搾取などの不正に手を染めていたと暴露した。[15] ヘミングウェイ自身も実はオルドネスの不正行為に気づいていたと言われており、『ライフ』誌に当作品が掲載された後、二人の闘牛士に対する「アンバランスな扱い(16)」を認め、正式に謝罪している。

一方、ヘミングウェイによる『危険な夏』の執筆過程を『午後の死』のそれと照らし合わせてみると、彼がスペイン滞在中ずっと闘牛（士）に密着していたにもかかわらず、そこでの体験や記憶が作品にほとんど生かされていないことが分かる。『午後の死』の執筆時には闘牛本を参考にしてはいたが、彼がスペインで取った闘牛メモをはじめ、自身の実体験やその記憶を一番の拠り所としていた。しかし『危険な夏』に関しては、ヘミングウェイが観戦ツアーに同行したビル・デイヴィスへ宛てた以下の書簡から容易に推測できる通り、雑誌などの二次資料に大きく依拠している。

『[エル]ルエド（闘牛雑誌）』が見当たらないんだ。以下の号が必要なんだけど。一九五九年七月一日の七八四号、八日の七八五号、十五日の七八六号、二十二日の七八七号……。

（一九六〇年二月二十五日）

サンセバスチャンにいるファニートに電報を打ったところ、四冊の『ルエド』をかき集められるとのこと。でも、ブルゴスの闘牛については何の資料もないんだ。どんな形でもいい、詳細な情報を見つけてくれ。通信社の記事でもいい。正しいかどうかは問わない。あの時の闘牛をすべて思いだすことはできるんだが、『危険な夏』を書くのに」必要なものを選択できればもっといいものになると思うんだ。（中略）大事に保管し、拠り所としていた書類を失くしてしまったのは運が悪かった。（六〇年三月十二日）

ブルゴスの闘牛に関する記事を見つけてくれたのにお礼を言うのを忘れていたよ。ダクスの闘牛の記事も見つけることはできそうかい？　アントニオが牛に足を踏まれた時のものだよ。その闘牛について僕が覚えているのは、牛の角を急所ぎりぎりまで削っていたことを除けばそれだけなんだ。（中略）部分的にしか覚えていないというのは本当に辛いものだな。（六〇年四月一日）[17]

　では事実が脚色され、ヘミングウェイ自身の想起もままならない状況で書かれた『危険な夏』は、はたして彼の作意を十全に反映し得たのだろうか。また、そもそも当作品における彼の作意とはいかなるものだったのか。彼自身、スペイン人ジャーナリストでヘミングウェイの友人でもあったホセ・ルイス・カスティロ＝プッシェに当作品が「ゴミの束（a bunch of crap）」[18]であることを認める一方で、それでもなお「私が書いたものは、累積効果があるという点でプルースト流なのだ。（中略）もし詳細を省いてしまうと、その効果は損なわれてしまう」（傍点は引用者による）[19]と、十二万語に及んだオリジナル原稿を『ライフ』誌掲載のためにカットすることを強く拒んだとされている。

「その効果」、つまりヘミングウェイが当作品で試みようとしたことについての考察はこれまでほとんどなされていないが、それに迫る糸口がオリジナル原稿の後半三分の一にあるというのが私見である。しかしこの後半三分の一は、ヘミングウェイの存命中および死後の二度にわたって行われた大幅な編纂作業のいずれにおいても組み入れられることがなかった。このオリジナル原稿の後半三分の一にはヘミングウェイとオルドネスの一体化実現、ドミンギンの不可視化、「お前は何になろうとしているんだ。エルネスト(Ernesto)か、それとも心配性な人間か(A worrier)?」[20]の一文からうかがえるヘミングウェイの自己のゆらぎと「アーネスト(Ernest)」の消滅など、作品全体の解釈の土台となるエッセンスが凝縮されている。それらのエッセンスを軸に前半三分の二を読み返してみると、ヘミングウェイがオルドネスとドミンギンへ向けた「アンバランスな」視線の裏側にあるものが前景化されてくる。つまり自己喪失と二人の主要登場人物へ向けた自己派生――ドミンギンには「目を反らし遠ざけたい現在のヘミングウェイ」、オルドネスには「今のヘミングウェイの願望の体現者」――である。

そこで本項では、オリジナル原稿の後半三分の一を軸にしてそれ以前の部分を読み返すことにより、オルドネスとドミンギンそれぞれに投影された「ヘミングウェイ」像を明らかにするとともに、ノンフィクションと定義されている当作品のフィクショナルな側面を明らかにしていきたい。

『ライフ』誌版およびスクリブナーズ社版の編纂方法とその特徴

一九八五年に出版されたスクリブナーズ社版『危険な夏』には、ジェイムズ・A・ミッチェナーによる解説が付されている。ここで彼は『ライフ』誌版を引き合いに、「ホッチナーと『ライフ』誌の編集者は立派に仕事をやり遂げて、ヘミングウェイの原稿の山を雑誌として扱える分量にまで縮めてみせた。スクリブナーズ社の編集者はさらに優れた仕事をし、ヘミングウェイのオリジナル原稿からその精髄（the essence）を取り出して本書に収めた」[21]とスクリブナーズ社版の編纂を高く評価した。図表12にあるように『ライフ』誌版がオリジナル原稿の三十三％、スクリブナーズ社版が四十四％を用いたという数字だけを見比べると、双方の分量にさほど大きな違いがないように思えるし、先述の通り、オリジナル原稿の後半三分の一を編纂対象から外した点も共通している。では、スクリブナーズ社版にのみ収められた「精髄」とはいかなるものなのだろうか。また、それはそのままオリジナル原稿全体の精髄と同義なのであろうか。

ここではまず「精髄」が意味するところを『ライフ』誌版とスクリブナーズ社版を比較することによって探っていく。図表12は、『危険な夏』のオリジナル原稿の中から編纂対象になった前半三分の二を、スクリブナーズ社版の章立て（全十三章）に準じて区切り、各章における『ライフ』誌版とスクリブナーズ社版の語数を比率で表したものである。これを見ると、似たような曲線を描く部分がある反面、二、四、六、七、八章にはそれぞれの語数に大きな差が見られること、ま

図表12

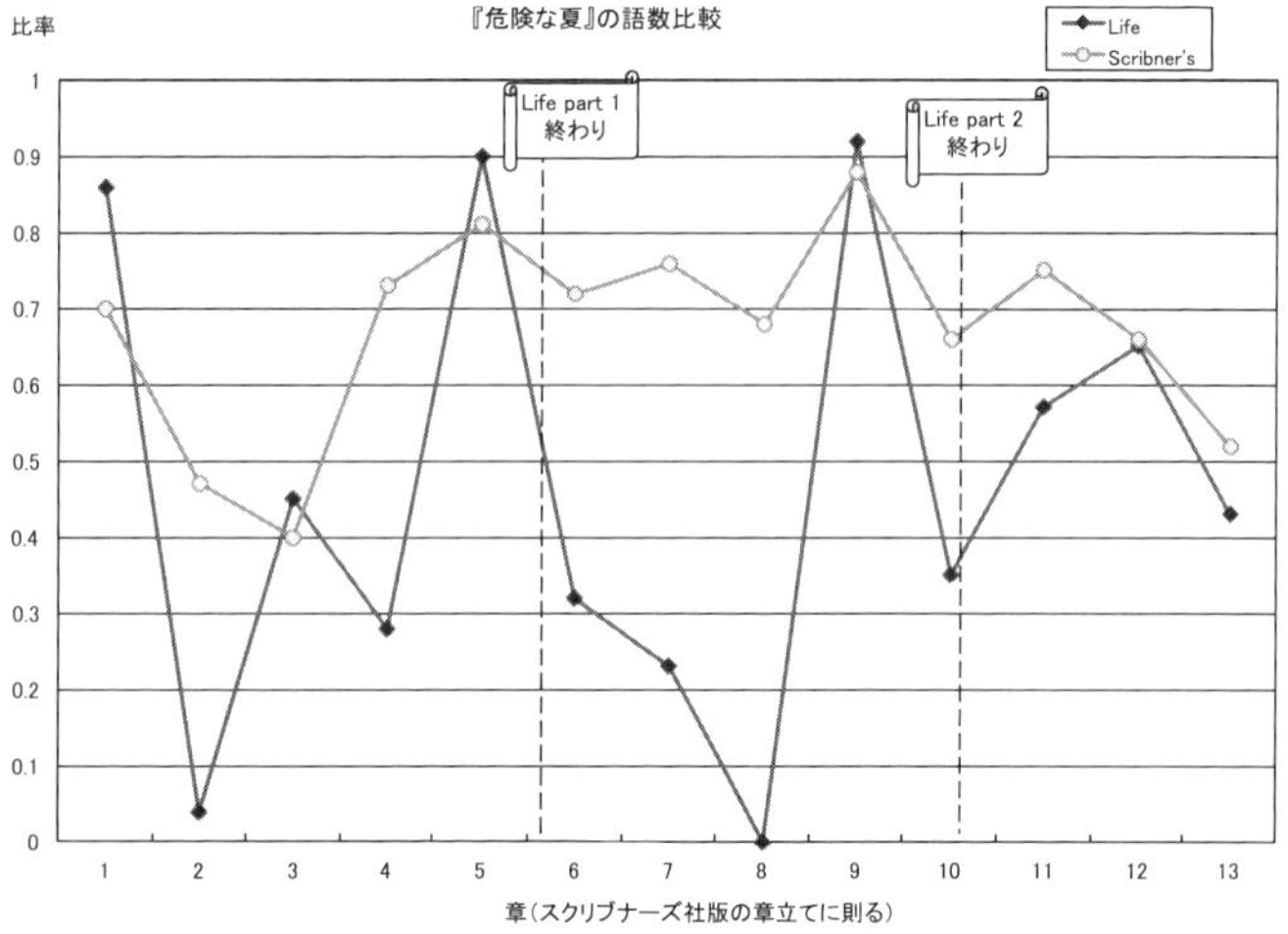

オリジナル	『ライフ』誌版（1960）		スクリブナーズ社版（1985）		
語数	語数	比率	章	語数	比率
6,155	5,273	0.86	1	4,311	0.70
3,180	129	0.04	2	1,491	0.47
12,055	5,441	0.45	3	4,807	0.40
4,603	1,295	0.28	4	3,363	0.73
6,784	6,082	0.90	5	5,503	0.81
3,911	1,267	0.32	6	2,826	0.72
5,442	1,271	0.23	7	4,131	0.76
3,273	0	0.00	8	2,220	0.68
3,118	2,877	0.92	9	2,750	0.88
11,534	3,990	0.35	10	7,580	0.66
4,301	2,432	0.57	11	3,237	0.75
6,153	3,985	0.65	12	4,062	0.66
11,200	4,864	0.43	13	5,860	0.52
37,334	0	0.00	編纂本になし	0	0.00
119,043	38,906	0.33	Total	52,141	0.44

た『ライフ』誌版の方が比率の高低差が激しい（九十％近い章と限りなくゼロに近い章がある）ことが分かる。

スクリブナーズ社が『ライフ』誌版との差異化を図ってオリジナル原稿から復活させた場面に共通して見られる特徴は、主に二つある。一つ目はヘミングウェイ文学を形作ってきたかつてのキーワード——「真実を書く」ということ、重傷のトラウマ、氷山理論——の復活である。二つの版の語数差が著しい二、四、六、七、八章（以降、章番号はすべてスクリブナーズ社版のもの）に目を向けると、たとえば四章においてヘミングウェイは、オルドネスに「闘牛士としての君の仕事と地位にかかわる真実、まったくの真実を書き留めたい[22]」と伝えたことを記しているし、オルドネスが闘牛で重傷を負った後にも彼の心に怪我の後遺症がないことを強調し続けている。また上記の章以外でも同じようなことが見られ、三章でヘミングウェイは「本当に勇気がある者の例で、オルドネスは根が明るい[23]」と、かつて初期の作品群で繰り返した「勇気がある者＝根が明るい」という式を彼に当てはめ、オルドネス賞賛への道筋としている。さらに七章ではスペイン国内を車で移動中、スペイン内戦におけるかつての戦場を通り過ぎる際、運転手のビルに「私は実際の作戦行動や攻囲戦についてビルに話したりはしなかった。ただ変化の多い地勢に触れただけだった。それが分かれば、真実の証言に接したときに、ビルは戦いの実相を心に描くことができるだろう[24]」と語っている。この描写に、ヘミングウェイの氷山理論を思い浮かべる読者・研究者は多いはずだ。

そして二つ目の特徴は、スクリブナーズ社版が闘牛だけに焦点を絞らず、「スペインにおけるヘミングウェイ」の描写にも大きな比重を置いている点である。ヘミングウェイは二章で、スペインに来た理由の一つとしてアフリカでの飛行機事故で負った重傷からの再起を挙げている。当版はヘミングウェイを単なる闘牛（士）の報告者／ジャーナリストという枠に押し込めず、重傷からの再起をかける「パパ・ヘミングウェイ」のイメージをところどころに散りばめている。また『ライフ』誌版が七章を中心に全編にわたって軒並みカットした、ヘミングウェイがスペイン内戦での体験を回想する場面の大半を、スクリブナーズ社版は復活させている。ヘミングウェイが戦争や重傷といった過去とどう向き合い、それをどう作品にしたためるかという問題は死後出版作品群において大きな位置を占める。スクリブナーズ社版は、この点において死後出版作品群の文脈に沿って編纂を進めたといえる。ここに「精髄」の一端があると判断することに大きな異論はないであろう。

一方『ライフ』誌版の特徴は、連載の形態に相応しくドラマ仕立てとなっている。図表12のグラフを見ると、『ライフ』誌版のパート1、2はそれぞれの終わり近くで（五章と九章）、語数比率が高くなっていることが分かる。ホッチナーはパート1、2のいずれにおいても、オルドネスが闘牛で瀕死の重傷を負う場面を幕引き直前にもってくることによって、次号のストーリー展開に期待をもたせるような編纂を施している。そしてそのクライマックス場面の効果を最大限にするべく、死の伏線――パート1ではヘミングウェイが闘牛観戦前に車の事故を目撃、不吉な予感がするという話（五章）、パート2ではヘミングウェイの六十歳の誕生日を祝うパーティで、彼とオルドネスが死について語り合う場面（九章）――を張ったと考えられる。特にパート2に関しては、バレンシアでの闘牛の模様を大きくカットし（十章）、オルドネスが重傷を負った四日目の闘牛（ドミンギンとの五度目の直接対決）場面に飛んでいるが、同様のことが他の場所でも見受けられ、結果的にヘミングウェイの闘牛ツアーの全容を掴みづらくさせている。

『ライフ』誌が連載のスタイルに忠実だったのに対し、スクリブナーズ社版は「ヘミングウェイ文学」に肩を並べるレベルにまで昇華させた。しかし死後出版作品群の枠組みに位置づけようとする時に必要な「ヘミングウェイによる『ヘミングウェイ』の描かれ方」についての考察は、上記のいずれからも掴みにくい。なぜならヘミングウェイが自身について自問するのは後半の三分の一に入ってからであり、この自問から端を発する形で、二人の闘牛士が規定されているからである。

オリジナル原稿の後半三分の一について――ドミンギンの排除とオルドネスとの同一化

前項では、スクリブナーズ社版が『ライフ』誌版よりもヘミングウェイ文学のエッセンスを多く含み、一連の死後出版作品の枠組みにも近いことを指摘した。この項では、いずれの版にもまったく組み入れられなかったオリジナル原稿の後半三分の一に焦点を移し、当作品を執筆するにあたってヘミングウェイの関心がスペインの闘牛（士）にあったというよりも、むしろヘミングウェイ自身にあったことを示す。

オリジナル原稿の後半三分の一では、オルドネスのスペイン・フランス闘牛ツアーを中心に、スペイン闘牛界の腐敗やヘミングウェイの闘牛論などが綴られている。特に着目すべきは、オルドネスのライバル、ドミンギンが突如描かれなくなった点、ヘミングウェイが露骨に自身とオルドネスとの一体化を強調している点、作品の舞台がスペインからアメリカに移り、それと同時にヘミングウェイの意識も完全に闘牛から遠ざかる点である。

まずは、ドミンギンが描かれなくなった点からみていこう。後半三分の一は、「二日後、我々(we)はフランスのダクスで闘った」[25]という一文で始まる。この「我々」にヘミングウェイが込めたのは自身とオルドネスだけであり、その先ドミンギンが「我々」に組み入れられることはない。またヘミングウェイとオルドネスはともにフランスとスペインを転戦するが、一方のドミンギンはビルバオでの闘牛で太腿を突かれて重傷を負い、マドリードで長期入院を余儀なくされている。ヘミングウェイは病院に出向いてドミンギンを見舞うが、次にいつ闘うかは聞こうとせず、退院後に一緒に狩りをしないかと誘われても「さようなら」[26]とだけ言って病院をあとにする。これを機にヘミングウェイの視界からドミンギンは完全に消え、それ以降ドミンギンがオルドネスのライバルと見なされることもない。前述した「一方の闘牛士［ドミンギン］が、他方の闘牛士［オルドネス］によって徐々に追い込まれていく話」というヘミングウェイの当初の狙いはここで果たされたと言ってよく、だからこそ『ライフ』誌版もスクリブナーズ社版もヘミングウェイがドミンギンを見舞う場面を『危険な夏』の終わりと見なしたと考えられる。
ライバル関係にある二人の闘牛士を追ってきたヘミングウェイが、ドミンギンを排除した直後に陥ったのは、自己のゆらぎと喪失であった。当初、この作品をスペイン闘牛記として書き始めたはずだったが、この頃には内実「闘牛にはうんざり」[27]していた。つまり、ジャーナリストとしての視点はここでほぼ失われている。加えてスペインでは善悪の区別がすべて曖昧に感じられると言いだして、自己喪失の様相を見せるようにもなり、以下のような自問に至ってしまう。

お前は何になろうとしているんだ。エルネスト（Ernesto）か？　それとも心配性な人間（A worrier）か？　私は徐々に理解し始めた。それまでちっとも好きじゃなかった多くのものを、そして、それ以前も好きじゃないと分かっていたけれど、今やもっと好きじゃなくなったものを。[28]

ここで留意すべきは、「お前は何になろうとしてるんだ」という問いの中で、本名のアーネストではなくスペインでの呼称「エルネスト」が用いられている点である。つまり闘牛界の若き英雄オルドネスに付き添って精力的に各地を転戦する大衆向けの「ヘミングウェイ」は、エルネストであってもはや本来のアーネストではなく、アーネストはエルネストと並置関係にある「心配性な人間」に取って代わられている。アーネストが心配性な人間という負のイメージと結びつけられているのは、現在の自分に対する拒絶反応に呼応しているからだと考えられる。これは当作品の第一弾が掲載された『ライフ』誌の表紙に使われた自身の顔写真を見て驚愕し、強い拒否感を覚えたという逸話からも分かる。[29]

実像の「アーネスト」が影を潜めたヘミングウェイに残されているのは、もはや虚像である「エルネスト」の固持しかない。そこで彼はエルネスト色を強化すべくオルドネスとの一体化を強固にしようとする。彼はまず、それぞれの父親の恥ずべき行為――オルドネスの父が闘牛士時代に牛に細工していたことと、ヘミングウェイの父が銃で自殺したこと――を共有しようとする。そしてオルドネスが自身の華麗なケープさばきを直接見られないことに触れ、「でも、私が彼［オルドネス］のためにそれ［オルドネスのケープさばき］を見た。それが我々の人間関係全体の基盤になっていたのだった[30]」と、ヘミングウェイがオルドネスの目となり証言者となることを宣言する。また二人は次第に感じることや信じることまでもが同一化していき、ヘミングウェイはオルドネス一家を「我々の家族」と表現、オルドネスまでもが「切っても切り離せない私たちの関係[31]」と二人の間柄を形容するようになる。

一方、ヘミングウェイはオルドネスと観客との関係を芸術家（artist）と一般人（public）と表現、死を眼前にしつつも常に堂々と演技をするオルドネスの姿に、作家としての一縷の望みを見いだそうとする。彼はオルドネスのように名声やファンを保持し続ける自信がないと吐露した後、以下のように述べる。

情熱を失うと、闘牛を愛する能力もなくしてしまう。それは音楽家が聴力やリズムの感覚を失うのと同様、致命的である。牛と対峙している時に得る不死の感覚（the sense of immortality）を味わうことができなくなり、それを観客に伝えることもできなくなるのだ。（傍点は引用者による）[32]

「不死の感覚」という言葉を織り交ぜて展開するこの闘牛論は、そのまま『午後の死』から続くヘミングウェイの文学論にも通じている。こうして『危険な夏』における彼の視線は徐々に二人の闘牛士から自身へ、闘牛から文学へと移っているのが分かるだろう。

　オルドネスとの一体化によって執筆の対象が自身に移り始めたことに伴い、ヘミングウェイは半年におよぶスペインでの滞在中に起こった「一時的なこと」を「永続的なこと」に、「腐りやすいもの」を「永続化する」[33]ために執筆することを決意する。

『ライフ』誌の1960年9月5号に掲載された表紙

この「一時的なこと」「腐りやすいもの」の対象にはもちろん、スペインの闘牛（士）だけでなくヘミングウェイ自身も含まれている。実際、後半三分の一の最後の場面では、闘牛からだけでなく舞台までもがスペインから離れ、オルドネス夫妻とアメリカ旅行に興じる様子が描かれている。この場面はオルドネスと行動を共にすることでどうにか保たれている「エルネスト」をアメリカに持ち帰ることにより、アーネストをエルネストに取って代えようとしたと解釈することもできるだろう。さらにオリジナル原稿は、オルドネスがスペインを離れ、南米の闘牛界で新たな活躍の場を見つけて大金を得る場面で幕が閉じられる。ここにも後年、スペインやキューバ、アフリカなど母国を離れたところで脚光を浴びたヘミングウェイの影を読み取ることができるのではないだろうか。

「後半三分の二」の射程から編纂本を読み返す

ここまで、ヘミングウェイが後半三分の一で主眼においたのが、二人の闘牛士やそのライバル関係ではなくむしろヘミングウェイ自身であったこと、そしてオルドネスとの一体化によって作家としての立て直しを図ろうとしたことを指摘した。ヘミングウェイが主要登場人物に自身を投影させる手法は『海流の中の島々』や『エデンの園』などの死後出版作品にしばしば見られることから、これをノンフィクションである『危険な夏』にも適用させたと考えられる。また、当作品は『エデンの園』と同時期に平行して書かれている。これら二作品の関連性に着目すれば、

『エデンの園』においてヘミングウェイが自身を二人の登場人物デイヴィッドとアンドルーに振り分けて物語を展開させたのと同じことを、『危険な夏』においてはオルドネスとドミンギンを対象にして行ったと推測できる。確かにヘミングウェイは、オルドネスの心情を代弁する際に「僕には分かっていた（I knew）」を多用することで一心同体の立場を打ち出す一方、ドミンギンについては「〜だったのだろうか（I wondered）」を用いることによってあえて距離を置こうとしている。しかし、（『ライフ』誌、スクリブナーズ社版ともにカットしているが）「彼ら［ドミンギンとオルドネス］はふたたび敵であると同時に親友になった[34]」という文が示すとおり、ヘミングウェイは二人を表裏一体の関係性の中で捉えてもいる。そこで、この項では前半三分の二に焦点を移し、しばしば捉えられてきたオルドネスとドミンギンとの間にある二項対立の構図から、ヘミングウェイの自己派生——ドミンギンには「目を反らし遠ざけたい現在のヘミングウェイ」、オルドネスには「今のヘミングウェイの願望の体現者」——への読み替えの可能性を示す。

ヘミングウェイがドミンギンに対して嫌悪感を露わにするのは、ドミンギンが観客席の空席を気にし、いざ闘牛が始まれば「死に取り憑かれている[35]」ような演技をするからである。また死を恐れず、常に進化を求めて前向きに闘うオルドネスとは対照的に、すでにスペインを代表する闘牛士として確立された地位を守りに入る姿勢も気に入らない。

しかしこうしたヘミングウェイによるドミンギン描写は、当時のヘミングウェイ自身を婉曲的に規定している。なぜなら上記のドミンギン像はそのまま批評家や読者の反応を過度に意識し、忍び寄る死の影に怯えるノーベル賞作家ヘミングウェイの姿そのものだからだ。彼にとってはオルドネスよりもむしろ年齢の近いドミンギンの方に自己を投影しやすかったに違いない。

さらにヘミングウェイは、自身のスペイン内戦に関する過去の想起やトラウマによる苦しみをドミンギンに負わせようとしている。ヘミングウェイはスクリブナーズ社版の七章で、一九三七年に体験したスペイン内戦に触れ、「戦場の跡を見て当時を思い出した訳ではない。そもそも忘れたことがないのだ[36]」と過去にならない過去への苦悩を吐露する。「神経は痛められ、知覚が歪められた[37]」当時の戦争の記憶は、二十年以上経過してもなおヘミングウェイの心底に潜み続け、砲火を浴びて右往左往した自身の姿を鮮明に映し出すという。戦場跡に足を踏み入れなくても、ホテルの玄関口を塞いでいる群衆を目にしただけで「内戦前の日々が蘇って[38]」しまうのである。同様に十章で、ドミンギンが牛に最後の一撃を加えることができずに場内が静まりかえってしまった時、ヘミングウェイはその原因を、かつて観客に瓶を投げつけられた記憶が無意識のうちにドミンギンの心に禍いしたからだと解釈した。また「バレンシアで受けた傷はミゲル［＝ドミンギン］をずっと苦しめてきた。その痛みは鋭くしつこくぶり返して、傷のこと、負傷した時のことを否が応でも思い出させた[39]」と、想起の苦しみをドミンギンの証言を代弁する形ではなく、ヘミングウェイが勝手に推測して書いている。さらに十三章でも、ドミンギンが怪我の具合が良くなったにもかかわらず物思いに沈んでいるのは一年前に父が癌で亡くなったからだと決めつけ、その日彼が相手にした黒牛を喪のイメージと結びつけて次のように表現している。「彼［ドミンギン」のケープさばきによって見事かつゆっくりと巻きつけられた黒牛は、彼の父が死んだ年に一年中身につけていた黒い腕章と同じくらい暗く、悲しいものだった」(『ライフ』誌にのみ掲載[40])。

以上のことから明らかなように、ヘミングウェイはドミンギンにまつわる負の要因を、すべてドミンギンの過去や過去の想起、トラウマに結びつけようとしている。そして興味深いことに、これ以降、ヘミングウェイはスペイン内戦にまつわる自身の痛々しい過去の話を一切持ち出さなくなる。彼がドミンギン描写に「目を反らし遠ざけたい現在のヘミングウェイ」を巧みに投影・転嫁させていたことのあらわれであろう。

一方、オルドネスには「今のヘミングウェイの願望の体現者」としての役割が付与されている。ヘミングウェイによるオルドネス描写はドミンギンのそれと好対照をなしており、オルドネスは自分の才能と不死身に絶対の自信を持っているだけでなく、過去の負傷に起因する「精神的な苦痛も打撃もあとを引くことはない[41]」。さらに死の恐怖を拭い去れないドミンギン(ひいてはヘミングウェイ)とは異なり、オルドネスの闘牛は「死が自分の目の前を通り過ぎるのをみるとき、その姿勢はどこまでも自然で、しきたり通りで偽りがない。まるで死を監督し、補佐して自分のパートナーにし、次第に盛り上がるリズムに乗せているかのよう[42]」である。

また生涯を通じて、明るい性格は真の勇気がある証拠だと繰り返し言い続けてきたヘミングウェイが、当作品においては「真に勇気のある人間がそうであるように、オルドネスも根が明るい」[43]と位置づけていることからも、オルドネスがヘミングウェイにとって一過性のヒーローではないことが分かる。ヘミングウェイはスペイン滞在中、オルドネスの闘牛ツアーに随行、執筆においては自身をオルドネスと同一化させようとしたが、体調悪化が著しく、精神的にもかなり不安定な状況にあった。そんなヘミングウェイにとって、若いオルドネスはどうあがいても同一線上に並べられる存在ではなかった。オルドネスはむしろヘミングウェイの追憶、あるいは願望の体現者であり、当作品の読者に「オルドネスとヘミングウェイの一体化」を印象づけることによって、「スペインにおけるヘミングウェイ」（＝エルネスト）を前景化しようとしたのではないだろうか。

結語として——“dangerous”が意味するもの

以上、『危険な夏』のオリジナル原稿をもとに、『ライフ』誌およびスクリブナーズ社の編纂方法を検証し、当作品のフィクション／ノンフィクション性を主要登場人物の描き方に焦点をあてて考察した。いずれの版も二大闘牛士のライバル関係に焦点を絞った編纂を施したが、オリジナル原稿の検証から浮かび上がってきたのは、むしろオルドネスとドミンギンの描写に着々と注がれていた「ヘミングウェイ」の影であった。後半三分の一に集中して描かれるその影をカットした両社の編纂は、スクリブナーズ社版の解説を手掛けたミッチェナーが言うような「どんなに熱心なヘミングウェイの読者がいたとしても、本書の編集によって失うものはほとんどないと私は確信する(44)」とは裏腹に、大きな問題を含んでいると言わざるを得ないだろう。
ヘミングウェイは元々、当作品のタイトルにある「危険（dangerous）」という語を、以下の文が示すように、「役立たず」や「臆病な」などの否定的な語と並列させている。

> 牛はドミンゴ・オルテガから来たものだった。（中略）一頭は役立たず。二頭は役立たずかつ非常に危険。（中略）彼［オルドネス］が二番目に対峙した牛は臆病で安定感にかけ、そして危険だった。（傍点は引用者による）(45)

ここで使われている「危険」はいずれもが牛の状態を表す形容詞である。ヘミングウェイは『危険な夏』においてしばしば闘牛と芸術、闘牛士と作家を同列に並べているが、こうした二重写しは牛とヘミングウェイの間にもみられる。一例を挙げれば、背中に負った傷口を何度も突かれる牛の描写に、彼が飛行機事故で痛めた自身の背中の傷を思う場面がある。(46)これは『夜明けの真実』／『キリマンジャロの麓で』の中で、立派な象牙をもつがゆえに命を狙われる巨象の姿に、大作家としての自らのイメージを重ね合わせた場面を彷彿とさせる。つまり上記のような牛の描写が、同時にヘミングウェイの自己描写であるといっても決して言い過ぎではないのである。

　心身ともに衰弱していた晩年のヘミングウェイが、周りの反対を押し切ってまでスペインに赴いたのはなぜだろうか。そして想起もままならない状況の中で、事実とはおよそかけ離れた

『危険な夏』をわざわざ書き上げたのは何のためだったのか。それは「危険」とされる闘牛の世界で果敢に闘い続ける闘牛士のひと夏の姿を書き留めるだけではなかったはずだ。「危険」に付随する「役立たず」などの語に着目すれば、「危険な夏（The Dangerous Summer）」というタイトルには、これまでパブリックイメージを意識的に纏ってきたヘミングウェイが、それとは対極にある（役立たずで、臆病な）面を強く意識せざるを得なかった夏――という意味が込められていると解釈することもできるだろう。そしてそこから脱却すべく負の要素をドミンギンに負わせ、事実を歪めてまでもオルドネスを「危険」とは無縁の闘牛士と設定して、彼の傍を片時と離れずにいる――そんなヘミングウェイの晩年の姿を思うとき、この作品がたとえ一般的にノンフィクションと位置づけられていようとも、他の死後出版作品の例にもれず、作家自身を中心に据えたフィクションであるという説がいっそう現実味を帯びてくるのである。

終章 ヘミングウェイ自伝の諸相

——キュビズム、パリへの追憶、そして死の予兆

「私（I）というのは、実在しない誰かを指す便宜上の言葉にすぎない」

ヴァージニア・ウルフ『自分だけの部屋』

はじめに

第二次大戦以降に執筆され、生前に出版の日の目を見ることなく遺された長編および短編には、ノンフィクションと呼ばれる作品はもちろんのこと、フィクションに分類されている作品にもさまざまな形で「ヘミングウェイ」が見え隠れしている——そのことをこれまでの章で明らかにしてきた。後年から晩年にかけてのヘミングウェイはエクリチュールを通じて、自らの姿や思いをどのように作品に刻んでいくのかを模索しながら執筆を行っていた。そもそも「自らの姿」とはどんなものか、ヘミングウェイ自身にとってあるいは世間にとってどうあるべきかが定まらないことがあったとしても、常にそれを作品の軸に据え続けたのである。その軌跡の結晶ともいえる死後出版作品群は、総称的に自伝と呼ぶにふさわしいだろう。

フィクションに自伝的要素を盛り込む手法は、なにも後期に書かれた死後出版作品に限ったことではない。ヘミングウェイ文学の最初期に書かれたニック・アダムズ物語はその代表格だし、『海流の中の島々』を執筆する五年前に出版された『誰がために鐘は鳴る』も同様である。『誰がために鐘は鳴る』は、ヘミングウェイが北米新聞連盟の特派員として体験・見聞したスペイン内戦を素材にして書かれた長編小説である。内戦中ヘミングウェイは、計二十八におよぶ記事の中で「空間─視覚」的に「現在」の状況を切り取ってきたが、『誰がために鐘は鳴る』では内戦がほぼ終結した一九三九年三月に、今度は「時間─記憶」を主軸に、「過去」の記憶と記録を絡ませながらスペイン内戦を多角的に再構築していった。ゆえにこの作品には、ヘミングウェイ自身が強く投影された主人公ロバート・ジョーダンだけでなく、スペイン人の登場人物や史実をもとにした場面の描写にまで、「ヘミングウェイ」が見え隠れする。またヘミングウェイは、ロバート・ジョーダンの内面の声を "himself" と表現、ジョーダン自身を表す "he" と区別するなど、死後出版作品で見られる多層的な自己表現の萌芽を認めることができる。

記憶が単なる過去の客観的な記録ではなく、現在の状況を説明し正当化するために解釈され、場合によっては捏造されうる創作物であるという認識は、ピーター・L・バーガーやマーク・P・フリーマンをはじめ多くの社会学者や社会心理学者によって繰り返し指摘されてきた。たとえば過去や記憶のもつ不確実性についてバーガーは、「われわれの常識は、現在を絶えず変化する流れと考え、これに対し過去を固定的かつ不変、不動のものと考えるが、これはまったく誤った考え方である。少なくともわれわれの意識の内部においては、過去は順応性に富み柔軟性に満ちている。すでに起こった出来事を回想し、再解釈し、説明し直すたびに、過去は絶えず変化していく(1)」と述べている。バーガーのこの指摘を、人の過去の出来事を書き記した個人誌(autobiography / biography)に当てはめてみると、「個人誌は、客観的な事実の集積ではなく、あくまで現在におけるある特定の観点からの構築物[2]」であって、現在の状況に合わせて過去の体験が取捨選択、想起、配置されるがゆえに「個人誌は（中略）常に変動する」[3]。『誰がために鐘は鳴る』に関して言えば、スペイン内戦を描いた歴史小説としての要素だけでなく、ヘミングウェイがスペインで出会った人々の過去を綴った伝記（biography）の要素や、内戦を目の当たりにした彼自身の自伝（autobiography）的要素をも内包していると考えると、ジョーダンはもちろんのこと、内戦における史実やヘミングウェイが出会ったスペイン人たちも、作家ヘミングウェイの「現在における特定の観点」から選び取られ、再構築されたと考えることができる[4]。

　では、ヘミングウェイが『誰がために鐘は鳴る』や一連の死後出版作品の執筆をするにあたって、つまり過去を再構築するにあたって機軸とした「現在におけるある特定の観点」とは何を指すのだろうか。一つは意識的にこうありたいと願う自己イメージ、そしてもう一つは「無意識の衝動」というのが私見である。後者の「無意識の衝動」は、一九二〇年代の「失われた世代」に属する作家たちの文化的・思想的経験を描いたマルカム・カウリーの『亡命者帰る』（一九五一）で言及されている「思い」に通じるものである。

> 私が書きたかったのは、出来事の記録というよりも、人々の思想が紡ぎだすような物語である。思想といってもふつうの意味とは少し違う。（中略）書物や書評の中で意識的に表現する思いではなく、むしろはっきりとは意識されぬまま行動を裏付けているような思い――彼ら

がまさにそれによって生き、筆をとる力としていたような内なる思いのことだ。（傍点は引用者による）[5]

「陸・海・空の三部作」の構想とともに書き始められた死後出版作品群は、はたしてどんな特定の観点から書かれた自伝なのだろうか。また、その技法はいかなるものであったのか。最後にこれらの問題をアメリカにおける自伝文学の系譜を辿りつつ明らかにしていきたい。

アメリカにおける自伝文学の系譜

アメリカ文学において自伝文学の占める位置は決して小さくない。植民地時代のピューリタンによって書かれた告白や日記に始まる自伝文学は、ベンジャミン・フランクリンの『フランクリン自伝』（一七九一）やヘンリー・デイヴィッド・ソローの『ウォールデン――森の生活』（一八五四）、ヘンリー・アダムズの『ヘンリー・アダムズの教育』（一九一八）へと連なっていく。これらの古典を通じて、アメリカの独立と建国を支えた啓蒙思想が形作られていったといえる。

一方、白人男性を中心としたこれらの自伝文学と平行して、人種・性的マイノリティに分類される人たちの手による自伝文学も奴隷体験記やインディアン捕囚体験記などの形で、同じく植民地時代から存在していた。代表的な作品をごく一部挙げるだけでも、アフリカ系アメリカ人のフレデリック・ダグラスが書いた『フレデリック・ダグラス自叙伝――アメリカの奴隷』(一八四五)やマルコム・Xによる『マルコムX自伝』(一九六五)、女性劇作家リリアン・ヘルマンの『未完の女――リリアン・ヘルマン自伝』(一九六九)、中国系アメリカ人のマキシーン・ホン・キングストンの『チャイナタウンの女武者』(一九七八)と枚挙にいとまがない。アメリカにおいて周縁に属するとされる者による自伝文学は、アメリカの社会と文化の多様性を映し出すと同時にその根幹に潜む病巣を赤裸々に暴露する。トニ・モリスンがアフリカ系アメリカ人によって書かれた自伝に関して指摘するように、彼(女)らの自伝は極めて私的なものでありながら、同時に集団の、つまりアフリカ系の人たちの声を代弁する機能も持っている。そして白人に向かって「自分たちも「白人と同じ」人間なのだ」と声高に叫ぶ使命をもっているのである。(6)

ヘミングウェイと所縁《ゆかり》のあるアメリカ人作家が書いた自伝に絞ってみると、マーク・トウェインとガートルード・スタインが挙げられるだろう。トウェインに関しては、ヘミングウェイが『アフリカの緑の丘』の中で「あらゆる現代アメリカ文学は、マーク・トウェインの『ハックルベリー・フィン』と呼ばれる一冊に由来する」(7)と述べたことはよく知られている。ノーベル文学賞を受賞した際にも、ノーベル賞制定以前の作家に賞をあげるとするなら誰かとインタビューで訊かれたヘミングウェイが、アメリカ人作家の中からトウェインの名前を挙げたほどだ。

そんなトウェインの没後一〇〇年にあたる二〇一〇年に、『マーク・トウェイン自伝』の第一巻(全三巻の予定)が刊行された。彼が一〇〇年もの長い間出版を拒んだ理由は、「一世紀の間出版されない本というものは、他のどんな方法でも獲得できない自由を作家に与える。こうした条件でなら、ある人物を偏見なく、知っていた通りの正確さで描けるし、しかもその人の気分を害する懸念もその息子や孫の気分を害する懸念もない[8]」と考えていたからであった。しかし実際には、「人は自分の書いたものが決して他人に見られないと確信していても、自らについての完全な真実を語ることはできない[9]」とインタビューで認めることになる。ヘミングウェイ同様、作品の多くが自伝的だと自認するトウェインがこれほど膨大な自伝を必要としたのは、「あらゆる書物の中で自伝がもっとも真実を語る[10]」と考えていたからであった。

一方、ヘミングウェイのパリ時代の師匠的存在であったスタインも二つの自伝を世に送り出している。一つ目は本書でも紹介したように、スタインと同性愛の関係にあったアリス・B・トクラスの視点を借りてスタイン自身の生涯を描いた『アリス・B・トクラスの自伝』。この「他者の自伝」と銘打って自身の人生を綴る手法は、ヘミングウェイも『海流の中の島々』の Early Manuscript（EM）で展開している。反復技法を筆頭に、特異で難解な文章を書くことで知られるスタインだが、当作品はめずらしく平易な文章で書かれた。パリのフルリュス街二十七番地にあった二人のアパルトマンを訪れたヘミングウェイやパブロ・ピカソらのエピソードが盛り込まれているというゴシップ的要素も合わさって、当作品はスタインに初めてのベストセラーをもたらした。

そんなスタインが、『アリス・B・トクラスの自伝』からわずか四年後に、第二の自伝『みんなの自伝』（一九三七）を上梓する。この作品は前作の出版後から一九三三〜三四年にかけて行ったアメリカ講演旅行、そしてフランスに帰国してから『みんなの自伝』を執筆するまでの期間を主に扱っている。『アリス・B・トクラスの自伝』との相違点の一つを挙げるとするならば、『みんなの自伝』ではスタインの自己に対する迷いが表面化している点がある。その背景には長畑明利も指摘するように『アリス・B・トクラスの自伝』を通じてスタインが有名になったことで、「自分の書くものが読者・大衆にどう聞こえるかを気にするようになった[11]」ことが大きいとされている。これが引き金となって書けなくなったと告白したスタインは、『みんなの自伝』の中で自己の迷いや自伝が抱える根本的な問題点を以下のように綴っている。

アイデンティティというのはおかしなものです、自分自身であるということがおかしい、自分が自分のことを覚えている時以外で自分が自分であることなど決してないからです、そうするともちろん自分なんか信じられないわけです。これが自伝の問題です、本当は自分は自分を信じていない、信じなければならないことはないわけです、自分が自分でないということはとてももとてもよく知っているわけです、ちゃんと正しく覚えていられないのだから自分であるはずがないのです。[12]

ここで見られるスタインの自己喪失の様子は、「真実の一文」を書くことに生涯精力を費やしながらも大衆を意識することで自身を見失い、筆が止まることもあったヘミングウェイにも見てとれる。その状況をヘミングウェイはどのように打破しようとしたのか、次項では彼の死後出版作品の特徴を技巧とテーマの両面から探っていく。

キュビズム——死後出版作品にみられる技巧的特徴

ヘミングウェイが「近代絵画の父」と称されるポール・セザンヌに強い関心を抱き、「セザンヌのように風景を書こうと試みています[13]」とスタイン宛ての手紙に書いたのは一九二四年のことであった。『移動祝祭日』にも当時、毎日のように美術館に通ってセザンヌの絵を眺め、「単純で真実の文章[14]」を書くために必要なことを学んでいたと記されている。ヘミングウェイがセザンヌから学んだことは何か。ヘミングウェイはそれに対する明確な答えをどこにも提供していないが、その一つとして指摘できるのはキュビズムの表現法である。そこでまず、ヘミングウェイの死後出版作品におけるキュビズム的特徴を考察する。

キュビズムとは、セザンヌの影響を強く受けたピカソとジョルジュ・ブラックが二十世紀初頭に始めた視覚上の革命的な美術表現である。特徴は主に二つ、多視点の導入と断片化された対象の再構成である。前者の多視点の導入とは、ルネサンス期以降の具象絵画が一つの視点にもとづいて描かれていた（一点透視図法）のに対し、まったく異なる角度（複数の視点）から見た物の形を一つの画面に描き出す技法である。この多視点の導入を取り入れたセザンヌの代表的な作品「果物かごのある静物」（一八九〇～九五）には、図1が示す通り、複数の異なる視点から捉えられたリンゴやカゴが同じ画面に収まっている。

また後者の断片化された対象の再構成とは、立体を断片的な面に解体し、それを幾何学的な形に還元して画面上に表現する技法である。ピカソのキュビズム時代の始まりを告げた作品と言われる「アヴィニョンの娘達」（一九〇七）を例にとると、一人の人物に多視点を導入することによって複数の部位が断片化された形で切り取られ、それらがふたたび一人の人物として組み立てられていることが分かる。たとえば右下に位置する女性の顔は目や鼻が前や横などそれぞれ異なる視点から捉えられ、さらに顔が後ろを向いた体の上に乗っかっている。

キュビズムのもつこれらの特徴が、ヘミングウェイの死後出版作品にどう反映されているか。まず多視点の導入に関しては、ヘミングウェイが自身の姿や思いを通時的・共時的に複数の視点から捉え、それらを一つの作品に織り込もうとした姿勢に見てとれる。たとえば『夜明けの真実』では、アフリカ・サファリという直近の過去を題材にし、ケニアに身を置く一九五〇年代の「ヘミングウェイ」を主に描きつつも、一〇年代というより古い過去における「ヘミングウェイ」も共存させている。その半面、『移動祝祭日』では、二〇年代のパリ時代を舞台に若き日の「ヘミングウェイ」を描きながらも、晩年になってなおハドリーへの想いを抱き続ける五〇～六〇年代の「ヘミングウェイ」の声も巧みに共鳴させている。

セザンヌ「果物かごのある静物」

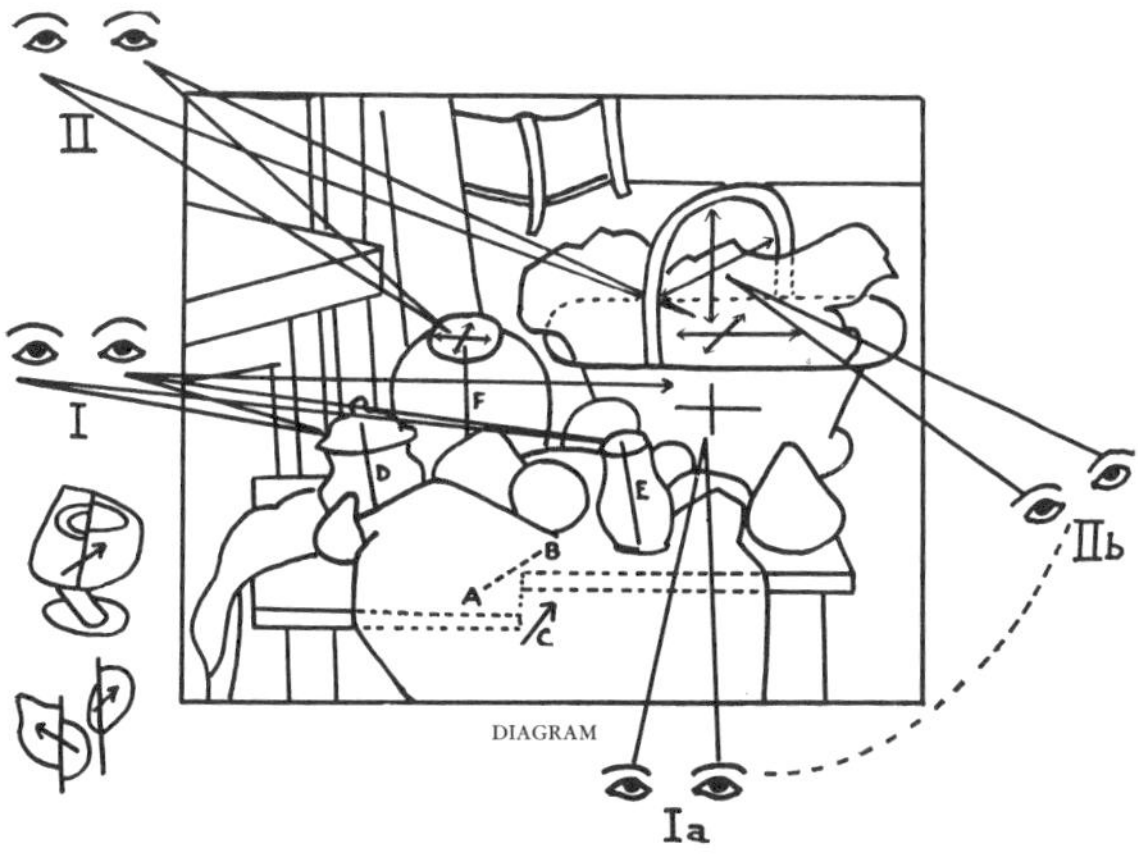

図1(15)

ピカソ「アヴィニョンの娘達」

こうして一つの作品に通時的な複数の自己を共存させる一方で、共時的な自己を同居させる手法も多くの死後出版作品で発揮している。『移動祝祭日』ではIとyouを使い分けることによって外的自己（パブリックイメージを意識した自分）と内的自己（本心を吐露する自分）を共存させ、『危険な夏』では二人の闘牛士に自己を派生し、ドミンギンには「目を反らし遠ざけたい現在のヘミングウェイ」、オルドネスには「今のヘミングウェイの願望の体現者」を投影した。この傾向はフィクション色の強い作品にもみられ、『海流の中の島々』ではハドソンとロジャー、『エデンの園』ではデイヴィッドとアンドルーを通じて、ヘミングウェイの実情を前者のハドソンとデイヴィッド（後述するように、二人とも作品の最後で「死」を迎える）に、そして問題を抱えながらも作家として再起を果たす後者のロジャーとアンドルーにヘミングウェイの理想を託したと考えられる。

また断片化された対象の再構成に関しては、ヘミングウェイの死後出版作品がそれぞれジャンルも舞台設定も、登場する「ヘミングウェイ」の年齢も異なり、彼の人生の断片となっているものの、すべてを合わせると時空的には一〇年代から六〇年代、舞台もミシガン、カリブ海、パリ、アフリカ、スペインとヘミングウェイの人生をほぼ網羅しているという形で具現化されている。各作品をヘミングウェイの人生が断片化されたメモアール（回想録）だとすると、それらを集めた死後出版作品群はひとつの自伝といえるだろう。かつては氷山理論[16]を基本創作理念とし、可能な限りの省略を試みていたヘミングウェイが、死後出版作品では自身の姿をほぼ余すことなく提示している。そうしながらも、その意図を探ることを逆に難しくしている点もキュビズム絵画に共通しているのかもしれない。

追憶のパリ――死後出版作品における「特定の視点」

先に、ヘミングウェイが過去を再構築するにあたって機軸とした「現在におけるある特定の観点」は、意識的にこうありたいと願う自己イメージと「無意識の衝動」だと述べた。ヘミングウェイはいかなる特定の視点から過去を取捨選択、操作、配置したのか。ここでは、特定の観点を構成する意識的にこうありたいと願う自己イメージと「無意識の衝動」についてもう少し詳しく説明したい。

意識的にこうありたいと願う自己イメージとは、四十歳代後半あるいは五十歳代でありながら若き日の自身を彷彿とさせるような公的イメージを発信したいという思いと、（ノーベル賞作家としての）後年の自己をありのまま書き留めておきたいという二つの思いから描かれる自身の姿である。『夜明けの真実』では、初めてサファリをした三十歳代と変わらぬ卓越した狩りの腕前を披露するだけでなく、サファリの指導的立場にいることがことさら強調された形で五十歳代の「ヘミングウェイ」が描かれた。第二次大戦ものの短編や『危険な夏』に関しても同様で、戦闘や闘牛に直接触れる場面こそ減ったものの、指導者としての威厳をそなえ、大戦時には「非正規軍の大将」と呼ばれたり、スペインを代表する闘牛士からも尊敬される「ヘミングウェイ」が登場したのである。一方、『エデンの園』で描かれる男女の役割を交換した性行為も、ヘミングウェイの伝記を紐解けば、実際に彼がメアリーと同じ行為をしていたことの記録であったことが判明する。[17]フィクション、ノンフィクション問わず、上記二つの思いをさまざまな形で残そうとしたことの証左である。そして、エクリチュールを通じてそのような自己を実現させるため、事実を意図的に脚色・湾曲するだけでなく、『夜明けの真実』では白人狩猟家のポップ、『危険な夏』では有名闘牛士のアントニオといった大物と登場人物としての「ヘミングウェイ」の一体化を強調したのである。またその一方で、ヘミングウェイは自身のマイナス要素を他の登場人物に押しつけた。『危険な夏』の章でも論じたように、ヘミングウェイは目をそらし遠ざけたい自身の姿をオルドネスに、そして『夜明けの真実』では妻のメアリーにサファリに興じる白人のネガティブな側面を押しつけたのである。

またヘミングウェイには、フィクション／ノンフィクションの境界を脱構築するような作品を書きたいという願いがあったと思われる。死後出版作品に関しては特に、フィクションであるがノンフィクションとしても十分に読める作品（『海流の中の島々』）や、ノンフィクションであるが「ヘミングウェイ」の描き方は完全にフィクションである作品（『夜明けの真実』）を生み出している。死後出版作品の多くが「自伝的小説」や「虚構的回想録」と形容される所以である。

一方、「現在におけるある特定の観点」を構成する「無意識の衝動」には、やはりパリ時代への郷愁が挙げられるだろう。具体的には、最初の妻ハドリーとの結婚生活や、彼女の原稿紛失事件などといったパリ時代の一コマが、パリを舞台にした『エデンの園』や『移動祝祭日』だけでなく、カリブ海を舞台にした『海流の中の島々』やアフリカ・サファリを題材にした『夜明けの真実』においてもストーリー展開と無関係に披露されている。そしてその視線の先には、『移動祝祭日』の章で指摘した通り、ハドリーへの贖罪と愛のメッセージを届けたいというヘミングウェイの想いがあったのではないだろうか。パリ時代といえば、彼が作家修行に明け暮れていた時代である。スタイン同様、作家としての名声を手に入れ、大衆を意識することで自己のゆらぎを見せるようになったヘミングウェイがこうして有名になる前のパリ時代への懐古を作品に織り込んでいたことは自然な流れだったともいえる。

死の予兆

先に言及したように、死後出版作品群をヘミングウェイの自伝と捉えた場合、他の自伝と大きく一線を画している特徴がある。それは、ヘミングウェイが自らの死に言及しているということである。特にフィクション色が強い『海流の中の島々』と『エデンの園』では、象徴的に二つのレベルで「ヘミングウェイの死」が描かれている。

まず一つ目は『海流の中の島々』の最終部、「洋上」セクションにおける主人公トマス・ハドソンの戦死である。ヘミングウェイ同様、「パパ」の愛称を持つハドソンは画家という設定にはなっているものの、本書の第二章で述べたように、限りなくヘミングウェイに近い人物である。また「洋上」も一九四二〜四三年にヘミングウェイがピラール号でドイツ潜水艦への哨戒パトロールを実施した体験にもとづいている。しかし、実際の哨戒パトロールは標的とすべき戦艦がほとんど現れなかったこともあって、勇ましく追跡を続ける「洋上」とは対照的なものであった。もちろん、ヘミングウェイ自身も命を落としてはいない。にもかかわらず、『海流の中の島々』はハドソンが敵の銃撃を受けて死を迎えるという形で終幕する。

そして二つ目は『エデンの園』におけるデイヴィッド・ボーンの末路である。第三章で述べたように、「仮の最終章」では、妻キャサリンに原稿を燃やされながらも、デイヴィッドは愛人マリータの支えを得て執筆活動を再開する。出版本ではこのデイヴィッドが作家として復活するという印象づけがなされて幕が閉じられるが、実際には、執筆活動を再開したデイヴィッドは執筆を終えた後も現実に戻ることができない。そして、ふたたび作家として機能することなく、精神が破綻したキャサリンとともに消沈した世界に落ちていく。この「作家の死」こそが、ヘミングウェイが生前に用意したデイヴィッドの末路である。

上記の二作品には、『海流の中の島々』のハドソンの死を通じて「パパ」という象徴性の死を宣言し、『エデンの園』のデイヴィッドを通じて作家としての自身を放棄しようとしたのではないだろうか。これらの「ヘミングウェイの死」は、前項で述べたパリ時代への懐古、つまり「パパ」や「作家」の装いをするようになる以前の自分に戻りたいということの、もう一つの表れとも解釈できる。

完成本と未完原稿の分水嶺
──『河を渡って木立の中へ』はなぜ出版されたのか？

ヘミングウェイの死後出版作品は未完に終わってしまったものが大半で、それはしばしばヘミングウェイの老いや執筆能力の衰えに起因するものと片付けられてきた。たしかにヘミングウェイは度重なる事故や病気に見舞われ、心身ともに万全だった時期は短かったかもしれない。しかし後年に未完の作品が増えたことを、すべてヘミングウェイの「衰え」に帰結させていいのだろうか。もしそうだとするならば、なぜ死後出版作品群と同時期に書かれた『河を渡って木立の中へ』と『老人と海』を完成させることができたのだろうか。特に『老人と海』はヘミングウェイの代表作と位置づけられることも多いではないか。完成本と未完原稿の分かれ道はどこに――最後に、今村楯夫のエッセイ「国際学会と現地取材――ヘミングウェイの『河を渡って木立の中へ』を巡って」からその答えを探ってみたい。

今村によれば、『河を渡って木立の中へ』にはヒロイン、レナータのモデルとなったアドリアーナ・イヴァンチッチとその一族が第二次世界大戦で被った悲惨な歴史的事実が書かれているという。しかも、きわめてさりげない形で。主人公のキャントウェル大佐がトリエステからヴェネツィアに向かう道中、タリアメント川を通過したときの描写をみてみよう。

彼らはカーブし、タリアメントに架かる仮橋を渡った。(中略) 爆破された橋はリベットを打ち込むハンマーが唸り声を立てながら修理の真っ最中であった。八〇〇ヤードほど向こうに打ち壊された建物と外壁が見えたのだが、それはかつてロンゲーナが建てた別荘の残骸であり、中型爆撃機がお荷物を落としていった痕跡だ。

(中略)

「つまり、いかなる橋といえども、橋から八〇〇ヤードの範囲内には別荘や教会を建てたりしてはいかんのだ[18]」

まずは、ヴェネツィア生まれの著名な建築家バルダッサーレ・ロンゲーナ（一五九八～一六八二）が建てた「八〇〇ヤードほど向こうに［見える］打ち壊された建物と外壁」に着目しよう。名も無きこの建物は、作中ではキャントウェル大佐の目にたまたま飛び込んだ一つの風景に過ぎず、読者も特に気に留めることはない。しかし今村は現地取材の結果、実はこの建物が十七世紀初頭に建てられたイヴァンチッチ家が代々所有する別荘であったことを突きとめている。そして、その別荘が「村が徹底的に破壊され尽くされたがために（中略）唯一、この一帯で外壁を残して立っていた[19]」ことを強調するため、換言すれば、それほどまでにアメリカ空軍による空爆が凄まじかったことを暗に示すために、八〇〇ヤードも離れた場所からでも別荘が見えたと語り手に言わせたという。

また、ヘミングウェイはなぜこのシーンを書く必要があったのか。その問いに対して今村は、ヘミングウェイが「アメリカ側に立って自己正当化を計っ[20]」たためだと説明している。「キャントウェルを通じて『橋から八〇〇ヤードの範囲内には別荘や教会を建てたりしてはいかんのだ』という教訓めいた言葉を述べることによって、橋への空爆が照準から外れた結果、別荘や教会が不本意ながら破壊されたという論[21]」（傍点は引用者による）を展開するためである。しかし、ヘミングウェイによるこの自己正当化の背後には同時に深い自責の念もある——それが『河を渡って木立の中へ』の中核となっているモチーフ、つまり「戦争の痕跡」と「心に刻まれた戦争の傷」を形成していると、今村は指摘している。(22)

『河を渡って木立の中へ』を巡る今村の議論から断言できることは、ヘミングウェイが一九五〇年代に入ってなお、氷山理論を駆使して作品を書いていたということである。彼は実に巧みに、さりげなく、第二次大戦時におけるイヴァンチッチ家の悲惨な状況やアメリカ軍擁護の姿勢、そして戦争がもたらす傷の諸相を作品に盛り込んでいた。今村は現地取材を通じて、氷山理論の「八分の一」に当たる先の引用箇所から「八〇〇ヤード」と「ロンゲーナ」が鍵であることを見抜き、その鍵を使って水面下に隠された八分の七への接続に成功したのである。ヘミングウェイのこうした見事な省略技法を前にしてなお、一九五〇年代のヘミングウェイが作家として衰えきっていたと言えるだろうか。

キューバのフィデル・カストロ国家評議会議長は一九八四年に行われたインタビューの中で、『老人と海』の舞台であるメキシコ湾流はまさにヘミングウェイが描いた通りに流れていると賞賛した。ヘミングウェイの筆力の高さを再確認できるエピソードだ。後年から晩年にかけて書かれた完成本と未完原稿の分岐点は、衰えの度合いというよりも、むしろヘミングウェイ文学の中核を担ってきた氷山理論を維持するか、それとも新たな自伝の在り方を模索するかにあったのではないだろうか。未完原稿は文字通り「未完成」だったのかもしれない。しかし、ヘミングウェイが遺したままの姿で原稿に対峙する限り、読み手はヘミングウェイの自伝創造という確かな意志を感じ、読み取ることができる。そしてそれこそが、ヘミングウェイがノーベル賞で言及した「新たな始まり」だったのだと確信することができる。ヘミングウェイ文学史は、『老人と海』で終わるのではない。その後およそ十年間、死の間際までもうひと花咲かせようとしたヘミングウェイの姿が死後出版作品群にはしっかりと息づいている。

註

序章

1 ヘミングウェイが送った祝電の一部は以下の通り。「大統領の就任式典をロチェスターからテレビで拝見しました。幸福と希望、誇りに満ちた式でした。ケネディ夫人の何と美しかったことか。画面を見ながら、大統領はこの日の寒空に耐えられたように、この先の酷暑にも立派に耐えられるだろうと確信しました。（中略）今日のような困難な時代にあなたのような勇敢な人を大統領にお迎えすることは、アメリカにとっても、また世界にとっても喜ばしいことです」（Baker, Carlos. *Ernest Hemingway: A Life Story*. New York: Scribner's, 1969. p.706）。

2 ケネディ大統領の追悼文は以下の通り。「アーネスト・ヘミングウェイほどアメリカ人の感性と態度に大きな影響を与えた人はいないだろう。（中略）彼はほぼ独力で文学の世界観を深め、世界中の人々の考え方に強い影響を及ぼした」（<http://www.jfklibrary.org/Historical+Resources/Hemingway+Archive>二〇〇九年五月五日）。

3 Reynolds, Michael S. *Hemingway: the Final Years*. New York: Norton, 1999. p.46.

4 Misch, Georg. *A History of Autobiography in Antiquity*. 1907. Trans. E.W. Dickes. London: Routledge & Paul, 1950. p.5.

5 Gusdorf, Georges. "Conditions and Limits of Autobiography." 1956. *Autobiography*. Ed. and trans. James Olney. Princeton: Princeton UP, 1980. 28-48. p.37.

6 Hart, Francis R. "Notes for an Anatomy of Modern Autobiography." *New Literary History* 1（Spring 1970）: 486-511. p.492.

7 *SL*. p.469.
8 Scholes, Robert. *Semiotics and Interpretation*. New Haven: Yale UP, 1982. p.119.
9 Scholes. p.116.

第一章

1 Baker, *Life*. pp.xviii-xix.
2 前田一平「伝記研究」『ヘミングウェイ大事典』（勉誠出版、二〇一二年）七七四―七五頁。七七四頁。
3 前田 七七五頁。
4 「パパ」の由来については諸説ある。高見浩によれば、一九三〇年十一月にドス・パソスと車でモンタナへ大鹿狩りに出かける途中、ヘミングウェイは対向車のヘッドライトに目が眩み、路肩の溝に車を突っ込ませる自動車事故を起こして右腕を骨折する重傷を負った。その際、ヘミングウェイがチャールズ・トンプソンへ送った手紙の中で自らを「かわいそうなパパ」と呼んだことがきっかけだという（高見浩「キー・ウエストのヘミングウェイ――His life and works in the Key West years――」『勝者に報酬はない・キリマンジャロの雪――ヘミングウェイ全短編2――』新潮社、一九九六年、三七一―四〇四頁。三七九頁）。
5 Baker, *Life*. p.574.
6 ロバート・メリマンの妻マリオンは内戦当時のロバートとヘミングウェイとの交流を著書『スペインにおけるアメリカの司令官』（一九八六年）に記している。
7 *FWBT*. p.337.
8 Baker, *Life*. pp.446-47.

9 Baker, *Life*. p.449.

10 Baker, *Life*. p.449.

11 Baker, *Life*. p.482.

12 Baker, *Life*. p.511.

13 Baker, *Life*. p.486.

14 Baker, *Life*. p.478.

15 Baker, *Life*. p.574.

16 島村法夫『ヘミングウェイ――人と文学』(勉誠出版、二〇〇五年)一五六頁。

17 Baker, *Life*. p.484.

18 Reynolds, *Final*. p.112.

19 Wilson, Edmund. *The Wound and the Bow*. 1929. Athens: Ohio UP, 1997. p.188.

20 Wilson. p.190.

21 Baker, *Life*. p.527.

22 Baker, *Life*. p.498.

23 一九四〇年代におけるヘミングウェイの主な事故および怪我の履歴は以下の通りである。四四年五月に自動車事故で頭部を負傷し、入院加療。この一件がマーサとの離婚の一因となった。またその後もヘミングウェイは同じような事故を二度起こしている。一度目は同年八月、ノルマンディーでサイドカーに乗っている最中、ドイツ軍の対戦車砲を避けようとして側溝に突っ込み、石に頭を叩きつけた。この負傷を契機に、視界の二重化、頭痛、耳鳴り、言語喪失、言語障害、インポテンツ、軽い記憶喪失などの症状が現れるようになった。二度目は翌四五年の六月、飲酒運転中にぬかるみでスリップして土手に衝突した。ヘミングウェイは肋骨を四本骨折、額に裂傷、膝を割った。また四九年には丹毒に感染、脳に感染して失明する恐れがあったためパドヴァの病院に入院している。

24 ヘミングウェイは十九歳の誕生日を約二週間後に控えた一九一八年七月八日の深夜、ピアーヴェ川の前線で酒保要員として活動していた際、オーストリア軍の迫撃砲弾と機関銃弾を受けて右足に重傷を負った。すぐさまミラノの病院に入院、二〇〇個を超える弾の摘出手術を十数回にわたって受けたという。この衝撃的な経験は、ヘミングウェイのその後の人生や創作活動に計り知れないほど大きな影響を及ぼし、『われらの時代に』のインターチャプターをはじめ「異国にて」「身を横たえて」などの短編、さらには『武器よさらば』といった長編小説に至るまで、さまざまな作品でその時の模様を綴った。

25 Hemingway, Ernest and William Kozlenko. *Men at War: the Best War Stories of All Time.* New York: Crown Publishers, 1942. p.xiv.

26 *Men at War.* p.xii.

27 *Men at War.* p.xii.

28 *CSS.* p.23.

29 『ヘンリー四世』第二部、三幕二場。

30 『河を渡って木立の中へ』の主人公キャントウェルは、イタリアの戦功銀勲章の年金二十年分にあたる一万リラ紙幣を土の中に埋め、砲弾によって剥がれた脚の肉片や血、鉄とが埋まったその土地に必要な肥料だとして排便することにより、自身の苦悩の終結を表す「まるで一つの国のよう」な「すばらしい記念碑」（*ARIT* p.27）を完成させている。

31 Baker, *Life.* p.462.

32 Hemingway, Gregory H. *Papa: A Personal Memoir.* Boston: Houghton Mifflin, 1976. p.100.

33 Baker, *Life*. p.666.

34 Baker, *Life*. p.676.

35 ノーベル賞委員会から発表された公式の表彰状には、ヘミングウェイが「現代の小説芸術において抜群の力量を発揮し、文体を革新した」との文言の他に、彼の文学が「作者の人生認識の基本的要素」を成す「英雄的パトス」を説き、「危険と冒険に対する男性的な愛好」や「暴力と死の暗影に覆われた現実世界で勇敢に戦うすべての人々に対する素直な賞賛」を示していると記されてある（Baker, *Life*. p.669）。

36 Baker, *Life*. p.677.

37 Ross, Lillian. *Portrait of Hemingway: The Celebrated Profile*. New York: Avon Books, 1964. p.51.

38 *ARIT*. p.307.

39 *ARIT*. p.240.

40 Kert, Bernice. *The Hemingway Women*. New York: Norton, 1983. p.443.

41 Baker, *Life*. p.603.

42 Baker, *Life*. p.603.

43 Baker, *Life*. p.616.

44 Baker, *Life*. p.616.

45 メアリーにとってアーネストとの結婚生活は、決して甘く平穏なものではなかった。アーネストは結婚当初から第二次大戦の従軍記者であったメアリーを「無能な従軍記者」「ふしだら女」と罵り、彼女のタイプライターを壊したり、友人の面前でワインを投げつけたりした。アーネストが十九歳のアドリアーナやヴァレリー・ダンビー＝スミスに心を奪われると、前にもまして公然とメアリーを非難するようになり、彼女は記者としてだけでなく、妻／女性としても屈辱感や疎外感を強めていった。

46 Reynolds, *Final*. p.233.

47 Hemingway, Ernest. *By-Line: Ernest Hemingway*. Ed. William H. White. 1967. New York: Touchstone, 1998. pp.239-40.

48 Baker, *Life*. p.490.

49 ヘミングウェイはまた、スクリブナーズ社が用意した『老人と海』のダストジャケットのデザインが気に入らなかったため、アドリアーナに電報を送って協力を求めた。ほどなくして彼女が左の図案を送ると、ヘミングウェイは狂喜し、「あなたのことをこんなに誇らしく思ったことはありません」と彼女に宛てた手紙に書いている（Baker, *Life*. p.636）。

50 Baker, *Life*. p.640.

51 『シェナンドア』誌 Vol.3（一九五二年秋号）に掲載されたフォークナーの書評は以下の通り。
「我々、つまり彼［ヘミングウェイ］や私と同時代の人にとってこの作品が最高のものであるということは、時が証明してくれるだろう。今度こそ彼は神を、創造主を発見したのだ。これまで彼の作品に登場してきた男女たちは、みずから自分を作り、自身の粘土から自分を形成してきた。彼（女）らの勝利や敗北も各々の手にかかっており、彼らは自分がどれほどタフでいられるかを、自身や相手に向かって誇示することに明け暮れていた。しかし今回、彼は哀れみについて書いたのだ。どこかに存在する何ものかについて、魚を捕えた後でそれを失ってしまわなければならない老人、捕えられた後で奪われてしまわなければならない魚、老人から魚を奪わなければならない鮫。このすべてを創り、愛し、そして哀れんだのである。これでいいのだ。

ヘミングウェイや私を創り、愛し、哀れんでくれるものが何であるにせよ、これ以上それに触れさせないようにした神をたたえよ」（Baker, *Life.* p.639）。

52 Baker, *Life.* p.639.

53 "Safari," *Look.* 26 Jan. 1954: pp.19-34.

54 Reynolds, *Final.* p.267.

55 Reynolds, *Final.* p.268.

56 Meyers, Jeffrey. *Hemingway: A Biography.* New York: Harper & Row, 1985. p.502.

57 Meyers, *A Biography.* p.730.

58 Hemingway, Mary Welsh. *How It Was.* New York: Knopf. 1976. p.373.

59 Baker, *Life.* p.657.

60 Baker, *Life.* p.661.

61 *By-Line.* p.455.

62 *Look.* 12 Jan. 1954: p.72.

63 Baker, *Life.* p.668.

64 長谷川裕一「すり替えられた『アフリカ』——*Life, Look,* そして *True at First Light*——」『ヘミングウェイ研究』第二号（日本ヘミングウェイ協会、二〇〇一年）七十三―八十四頁。七十八頁。

65 Baker, *Life.* p.679.

66 ヘミングウェイの伝記をいくつか紐解いてみると、リッツホテルで発見された原稿と『移動祝祭日』の関連性、つまり原稿発見が本当に当作品を書く契機になったかどうかや、原稿の内容をどれほど作品に援用したかについて、統一された見解はないようである。ベイカーは『アーネスト・ヘミングウェイ』において、原稿発見が『移動祝祭日』を書く契機になったと述べているが、ジャクリーヌ・タヴェルニエ＝クルバンは「リッツ原稿」の存在自体を疑問視している（Tavernier-Courbin, Jacqueline. *Ernest Hemingway's* A Moveable Feast: *The Making of Myth*. Boston: Northeastern UP, 1991. pp.3-19）。ちなみに、同じくヘミングウェイの伝記研究者であるマイケル・レノルズは著書『ヘミングウェイ――晩年』（一九九九）において、『移動祝祭日』の執筆経緯などには言及しているが、リッツ原稿については触れていない。

67 *SL*. pp.386-89.

68 Baker, *Life*. p.691.

69 Baker, *Life*. p.692.

70 Baker, *Life*. pp.695-96.

71 Baker, *Life*. p.700.

72 Baker, *Life*. p.700.

73 Baker, *Life*. p.701.

74 Baker, *Life*. p.701.

75 ヘミングウェイとＦＢＩとの関連は高野泰志「ヘミングウェイとＦＢＩファイル――ファイルの空白に見る隠された素顔」『アーネスト・ヘミングウェイの文学』（ミネルヴァ書房、二〇〇六年）二〇五―四〇頁を参照のこと。

76 Betsky, Seymour. "A Last Visit." *Saturday Review* Vol.44 (July 29, 1961): p.22.

77 Baker, *Life*. p.708.

78 Hemingway, Mary Welsh. p.496.

第二章

1 Trogdon, Robert W., ed. *Ernest Hemingway: A Literary Reference*. New York: Carroll & Graf, 2002. p.343.

2 Donaldson, Scott, ed. *The Cambridge Companion to Ernest Hemingway*. New York: Cambridge UP, 1996. p.285.

3 Baker, *Life*. p.576.

4 ラナムとヘミングウェイの交友関係は、第二次大戦後も続いた。ヘミングウェイにとってラナムは、戦時下におけるヘミングウェイがいかに勇敢であったかを証言する数少ない人物であった。実際、一九四七年五月に、フォークナーがミシシッピー大学の学生との懇談会で、ヘミングウェイのことを「他の作家たちがそれぞれの度合いで試みてきた実験を、捨て身で行うだけの勇気が欠けている」（Baker, *Life*. p.585）と発言、それがＵＰ通信社を通じて記事になったことがあった。ひどい侮辱を受けたと感じたヘミングウェイはラナムに、ヘミングウェイの戦場での功績をフォークナーに知らしめて欲しいと依頼。それを受けてラナムは「戦時中であっても、平和時であっても、私の知る限り［ヘミングウェイは］掛け値なしにもっとも勇敢な人です。肉体的な勇気はもちろんのこと、精神的勇気という得がたい宝の持ち主でもあるのです」（Baker, *Life*. p.585）と書いた手紙をフォークナーに送ったという。

5 Burwell, Rose Marie. *Hemingway: The Postwar Years and the Posthumous Novels*. Cambridge: Cambridge UP, 1996. p.55.

6 Burwell. p.57.

7 Baker, Carlos. *Hemingway: The Writer as Artist*. Princeton: Princeton UP, 1952. Rev. 4th ed. 1972. p.383.

8 Baker. *Writer*. p.383.

9 バーウェルによれば、「空の部」の原稿の断片はプリンストン大学に所蔵されているという（Burwell. p.52）。

10 Burwell. pp.51-52.

11 Burwell. p.96.

12 一九二二年十二月の出来事。ヘミングウェイは平和会議に出席するため、ローザンヌに滞在していた。現地で彼と合流しようとした最初の妻ハドリーは、パリのリヨン駅で、これまで彼が書きためていた原稿の大半が入ったスーツケースを盗まれてしまった。ヘミングウェイは新聞の仕事を放りだしてパリに舞い戻り、もとの原稿だけでなく、写しの原稿もすべて紛失してしまったことを知る。

13 「異郷」の編纂にあたって「マイアミ」から削除された場面は、ジョニーという名のクマが登場する場面（約六五〇語）である。このジョニーは息子たちのいい遊び仲間で、一緒にダンスをしたり、飲酒して酔っぱらうといった昔のエピソードが、主人公ロジャーの回想場面として紹介されている。またロジャーは、ジョニーとの楽しい思い出話をヘレーナに語り聞かせ、今でもジョニーの夢をしばしば見ると話す。するとヘレーナはジョニーに嫉妬心を覚え、ジョニーが羨ましいと繰り返す。

14 「マイアミ」／「異郷」においては、長男がアンドルー、次男がデイヴィッド、三男がトムになっている。また、物語の最後でロジャーの口から語られる原稿紛失事件でも、長男アンドルーの母親と、次男および三男の母親が異なっている。したがって、ここでいう「デイヴィッドの母」とは、二番目の妻を指す。

15 Burwell. p.62.

16 Josephs, Allen. "Hemingway's Spanish Civil War Stories, or the Spanish Civil War as Reality." *Hemingway's Neglected Short Fiction: New Perspectives*. Ed. Susan F. Beegel. Ann Arbor: UMI, 1989. 313-27. p.315.

17 K98 / chapter 7. ヘミングウェイ・コレクションに所蔵されているヘミングウェイの原稿からの引用については、アイテム番号および章番号を記す。

18 K98 / chapter 1.

19 *MF*. p.ix.

20 K103 / chapter17.

21 Bruccoli, Matthew J., ed. *Conversations with Ernest Hemingway*. Jackson: UP of Mississippi, 1986. p.23.

22 Reynolds, *Final*. pp.135-36.

23 *IS*. p.vi.

第三章

1 Baker, *Life*. p.577.

2 Baker, *Life*. p.577.

3 Baker, *Life*. p.577.

4 Baker, *Life*. pp.577-78.

5 *GE*. p.i.

6 Peters, K. J. "The Thematic Integrity of *The Garden of Eden*." *The Hemingway Review* 10.2 (Spring 1991): 17-29. p.17.

7 Bruccoli, Matthew J. "An Interview with Tom Jenks." *Dictionary of Literary Biography: Yearbook 1986*. Ed. Jean W. Ross. Detroit: Gale, 1987. 82-87. p.82.

8 Jenks, Tom. "Editing Hemingway: *The Garden of Eden*." *The Hemingway Review* 7.1 (1987): 30-33. p.30.

9 Jenks. p.30.

10 ハワイおよび南洋諸島の先住民のこと。

11 アメリカの画家（一八三六～一九一〇）。水彩画に秀で、現実味あふれるアフリカの風俗や風景を描いたことで知られている。またヘミングウェイは、ニックの画家の腕前を、ヨハン・ヨンキント（一八一九～九一、オランダの画家で印象派の先駆者として有名）に匹敵するほどだとも述べている。

12 フランスの画家（一八八二〜一九六三）で、ピカソとキュビズムを創始したことで知られる。

13 ヘミングウェイの原稿には、ここで "Barbara" とすべきところを誤って "Catherine(?)" と書かれている。この表記のゆらぎについては後で触れるため、原文に即してまとめることとする。

14 Moddelmog, Debra A. *Reading Desire: In Pursuit of Ernest Hemingway*. Ithaca: Cornell UP, 1999. p.59.『欲望を読む——作者性、セクシュアリティ、そしてヘミングウェイ』島村法夫、小笠原亜衣訳（松柏社、二〇〇三年）。

15 Comley, Nancy R. and Robert Scholes. *Hemingway's Genders: Rereading the Hemingway Text*. New Haven: Yale UP, 1994. p.102.

16 『エデンの園』のオリジナル原稿はBook1,2,3の計三部から成っており、各部がそれぞれ一章から始まっている。本書では便宜上、章番号を通し番号（一〜五十一章）で表記する。

17 Burwell. p.105.

18 オリジナル原稿には、二十五章の他に、以下の章で日付を示すメモが残されている。二十八章（編纂本では十五章）「11/58」、二十九〜三十二章（同十六〜十九章）「19/11/58」、三十三章（編纂本では全カット）「20/11/58」、三十四〜三十六章（同二十、二十一章）「22/11/58」、三十七章（同二十二章）「28/11/58」。

19 Bruccoli, "Interview." p.83.

20 Burwell. p.105.

21 Spilka, Mark. *Hemingway's Quarrel with Androgyny*. Lincoln: U of Nebraska P, 1990. pp.285-86.

22 *GE*. p.5.

23 〈http://www.superstock.com/stock-photos-images/1100-429〉（二〇〇九年五月十五日）

24 いずれの引用も、K422.1 / chapter 2.

25 *GE*. p.93.
26 K422.1 / chapter 9.
27 K422.1 / chapter 14.
28 *GE*. p.222.
29 *GE*. p.107, p.128, p.174.
30 *GE*. p.147.
31 *GE*. p.190.
32 *GE*. p.247.
33 K422.1 / chapter 46.
34 K422.1 / chapter 46.
35 『エデンの園』のオリジナル原稿には、デイヴィッド・ボーンのフルネームが初めて言及される箇所（編纂本七頁にあたる）に、"John David Bourne" と書かれた跡が残されている。
36 K422.2.
37 K422.2.
38 K422.2.
39 K422.2.
40 K422.2.
41 Jenks. p.30.
42 Bruccoli, "Interview." p.84.
43 *NAS*. p.239.

44　ロバート・O・スティーヴンズ編の『アーネスト・ヘミングウェイ――クリティカル・レセプション』（一九七七）には「最後の良き故郷」に対する批評家の厳しい評価として、「感傷的なナラティヴ」、「吐き気を催すような小品」、「近親相姦寸前」、「（『ピーターパン』の作者）ジェームス・［マシュー・］バリーの作品から抜け出したよう」といった文言が紹介されている（Stephens, Robert O., ed. *Ernest Hemingway: The Critical Reception*. New York: Burt Franklin, 1977. pp. 483-93）。

45　マーク・スピルカによれば、「最後の良き故郷」のオリジナル原稿に残された最後の日付は、一九五八年七月二十日だったという（p.277）。

46　Justice, Hilary K. *The Bones of the Others: The Hemingway Text from the Lost Manuscrips to the Posthumous Novels*. Ohio: The Kent State UP, 2006. p.140.

47　Dollimore, Jonathan. *Sexual Dissidence: Augustine to Wilde, Freud to Foucault*. Oxford: Clarendon P, 1991. p.229.

48　Bruccoli, "Interview." p.84.

49　Comley. p.103. Morrison, Toni. *Playing in the Dark: Whiteness and the Literary Imagination*. Cambridge: Harvard UP, 1992. p.87.

50　K422.1 / chapter 5.

51　K422.2.

52　K542a, K543, K544 の原稿（いずれも「最後の良き故郷」の断片）が、一人称で書き始められている。

53　Baker, *Life*. p.634.

54　*CSS*. p.498.

55　*CSS*. p.515.

56　*CSS*. p.516.

57 *CSS*. p.615.

58 Spilka. p.142; Comley. p.72.

59 Spilka. p.347.

60 K543; K545; Spilka. p.269.

61 *SL*. p.839.

62 メアリーの自伝『実際のところは』によると、ヘミングウェイはメアリーの脚をみて「君の脚はプルーディ・ブールトンの脚みたいだな。実に強い」（p.102）と言ったという。メアリーはプルーディのことを「アーネストに歓びを与えた最初の女性で、褐色のチッペワ族の少女」（p.102）と説明し、二人の間に肉体関係があったと断定しているが、確かなことは分かっていない。

63 K542; *CSS*. p.563. ちなみに、一九七二年に出版された*NAS*では、この場面はカットされている。

64 *CSS*. p.530; *NAS*. p.111.

65 *CSS*. p.504.

66 *CSS*. p.531.

67 *CSS*. p.536.

68 *CSS*. p.531.

69 K542.

70 K542.

71 K542; Comley. p.72.

72 Burwell. p.144.

73 K422.1 / chapter 44.

74　モデルモグによれば、マリータはデイヴィッドと関係を持つまで、男性、女性のどちらにも性的に満たされたことがなかったことから、少なくとも『プレイボーイ』的な夢想の文脈では、父権性を脅かすあらゆる女性（処女、離婚した女、レズビアン）の結合体になっているという（pp.64-65）。また異性愛の文脈においては、彼女は処女性を有した人物として規定されており、デイヴィッドによって初めて男性との性行為に歓びを見出す。

75　K422.1 / chapter 43.

76　K422.1 / chapter 44.

77　*CSS*. p.533.

78　K422.1 / chapter 1.

79　K422.1 / chapter 21.

80　*CSS*. pp.375-76.

81　*CSS*. pp.580-81. *NAS*ではこの場面はカットされている。

82　Baker, *Life*. p.634.

第四章

1　Bloom, Harold, ed. *Ernest Hemingway: Modern Critical Views*. New York: Chelsea House P, 1985. p.133.

2　オリジナル原稿の最終頁は八五〇頁だが、以下のような欠頁・重頁がみられるため、実際の総頁数は八二九頁である。

欠頁　二七一～二七九、六二三、六五六、七一七、七九〇～七九九

重頁　六二七

3 Baker, *Life*. p.526.

4 *TAFL*. p.9.

5 K223a / chapter 10.

6 K223a / chapter 23.

7 *TAFL*. p.101.

8 K223a / chapter 23.

9 K223a / chapter 21.

10 K223a / chapter 23.

11 *TAFL*. p.243.

12 K223a / chapter 31.

13 *TAFL*. p.48.

14 *TAFL*. p.41.

15 K223a / chapter 18.

16 *TAFL*. p.283.

17 *TAFL*. p.189.

18 *TAFL*. p.45.

19 *TAFL*. p.277.

20 *TAFL*. p.281.

21 *TAFL*. p.143.

22 パトリックは『夜明けの真実』末尾の人物紹介において、ヘミングウェイが女性を写実的に描く能力に欠けていたと論評されていることに言及しているが、彼自身デッバの身体的特徴が記された文をカットしている。

23 K223a / chapter 25.

24 *TAFL*. p.279.

25 *TAFL*. p.36.

26 K223a / chapter 31.

27 K223a / chapter 1.

28 Burwell. p.145.

29 Hemingway, Mary Welsh. p.389.

30 Hemingway, Mary Welsh. p.372.

31 Burwell. p.135.

32 Burwell. p.138.

33 『エデンの園』における作中の短編「アフリカ物語」については、西尾巌『ヘミングウェイと同時代作家――作品論を中心に』（鳳書房、一九九九年）、二〇一―二〇八頁を参照のこと。

34 Kert. p.453.

35 *TAFL*. p.9.

36 *TAFL*. p.11.

37 *TAFL*. p.9.

38 Baker, *Life*. pp.530-31.

39 Plath, James and Frank Simons. *Remembering Ernest Hemingway*. Key West: The Ketch & Yawl P, 1999. pp.50-51. この

インタビューは一九八六年五月二十九日に行われ、ヘミングウェイ・デーズ・フェスティバルに関連して *Clockwatch Review* III:2 に初掲載された。

40 Moddelmog. p.3.

41 *Audubon*, September-October 1999. Volume 101, Number 5. には、“The Last Safari” という題目でヘミングウェイのサファリ特集が組まれており、タイゼンの日記が写真とともに掲載されている。その中で彼は一貫してヘミングウェイのことを「ポップ」と記している。

42 Raeburn, John. *Fame Became of Him: Hemingway as Public Writer*. Bloomington: Indiana UP, 1984. p.7.

43 Baker, *Writer*. p.352.

44 Burwell. p.39.

第五章

＊本章の執筆にあたって、未出版の「庭に面した部屋」、「インディアン地帯と白人の軍隊」、「記念碑」のオリジナル原稿のデータを田村恵理さんからいただいた。記して感謝の意を表したい。

1 *SL*. p.866.

2 *SL*. p.868.

3 マルローは一九三九年に第二次世界大戦が勃発するとフランス軍に入り、戦車部隊の一兵士となったが、四〇年に捕虜となり、脱走後、レジスタンス運動に身を投じた。四四年にはゲシュタポに逮捕され、危うく処刑されるところだったが、レジスタンスのメンバーに救出された。同年九月に自由フランス軍のアルザス・ロレーヌ旅団司令官となり、ストラスブール防衛戦やシュトゥットガルト攻略戦に参加。この功績でレジスタンス勲章や戦争十字勲章を授与された。

4 『悪の華』の巻頭でゴーティエは「十全無瑕の詩人にして完璧なるフランス文学の魔術師テオフィル・ゴーティエ氏に」という献辞をボードレールより受けた。ゴーティエもボードレールの死後に追悼文と作家論を書き、新版『悪の華』の序文としている。

5 K674.

6 K674.

7 K674.『ヘミングウェイのパリガイド』の著者ジョン・リーランドによると、「大きな丘のどこか」とは芸術家が集うモンパルナスを指すという (Leland, John. *A Guide to Hemingway's Paris.* Chapel Hill, NC: Algonquin, 1989. p.187)。

8 ローレスはロンドンの『デイリー・メール』紙に勤めていた (Baker, *Life.* p.535)。

9 作中では名前を与えられていないが、ベイカーによると、この男はブラジルの特派員仲間で、名前はネモ・カナベロ・ルーカス。ヘミングウェイはルーカスに自分のウイスキーを取られたことがあり、それ以降彼をひどく嫌っていたという (Baker, *Life.* p.509)。

10 ベルギー南東部とルクセンブルク、そしてフランスにまたがる地域の名。第二次世界大戦の初期に、機甲師団を中心としたドイツ軍がこの地域を通ってフランス領内に侵攻し (ナチス・ドイツのフランス侵攻)、一ヵ月足らずで英仏連合軍を無力化してフランスを降伏させた。また大戦末期には、ふたたびドイツ軍がここから連合軍を攻撃し、バルジの戦いが起こった。

11 田舎町での診療と同僚の俗物根性に嫌気がさした外科医がニューヨークの研究所にやってくるがそこでも挫折し、最後にニューイングランドの農場に研究室を構える。米国の物質主義を風刺した作品。一九二五年にピューリッツァー賞を与えられたが、シンクレア・ルイスは受賞を拒否した。

12 紀元前五世紀に起きた第二回ペルシャ戦争の戦いの一つ。ペルシャの大軍に対し、スパルタのレオニダス王が指揮するギリシャ軍が立ち向かった。

13 一九四二年に出版された『攻撃——電撃戦の戦術研究』のこと。

14 プロイセン王国の軍人で軍事学者だったカール・フォン・クラウゼヴィッツ（一七八〇～一八三一）のこと。プロイセン軍の将校としてナポレオン戦争に参加し、シャルンホルスト将軍およびグナイゼナウ将軍に師事した。戦後は研究と著述に専念、彼の死後に発表された『戦争論』（一八三二）で、戦略、戦闘、戦術の研究領域における重要な業績を示した。

15 *SL*. p.868.

16 島村法夫「戦う男たち——戦記物語傑作選『序論』」『ヘミングウェイ大事典』（勉誠出版、二〇一二年）四三一—三二頁。四三一頁。

17 *SL*. p.868.

18 Baker, *Life*. p.677.

19 K496b.

20 K496b; 580a.

21 Lewis, Robert W. "Long Time Ago Good, Now No Good." *New Critical Approaches to the Short Stories of Ernest Hemingway*. Ed. Jackson J. Benson. Durham and London: Duke UP, 1990. 200-12. p.201.

22 *SL*. p.565.

23 Lewis. p.201.

24 今村楯夫「ニックと森とインディアン」『ヘミングウェイを横断する——テクストの変貌』（ほんの友社、一九九九年）八十八—一〇三頁。九十一頁。

25　ボードレール、シャルル『ボードレール全詩集Ⅰ　悪の華他』阿部良雄訳（筑摩書房、一九九八年）。二二九頁。

26　ベンヤミン、ヴァルター『パサージュ論　第2巻』今村仁司、三島憲一ほか訳（岩波書店、二〇〇三年）。三九七頁。

27　ベンヤミン、三九七頁。

28　K580a.

29　K580a.

30　K580a.

31　Bruccoli, Matthew J.,ed. *Conversations with Ernest Hemingway*. Jackson: UP of Mississippi, 1986. p.105.

32　K580a.

33　*ARIT*. p.27.

第六章

1　*SL*. p.396.

2　Burwell. p.149.

3　Tavernier-Courbin. p.4.『ニューヨークタイムズ・ブックレヴュー』の一九六四年五月十日号に掲載された。

4　メアリーの著書で再現されている「リッツ原稿」発見の模様は、以下の通りである。
私たちの旧友でもある荷物係の男たちは、居間にトランクを置いた時、アーネストに向かってスピーチを始めた。その声のトーンは極めて堅苦しく、事前に練習を繰り返したのは明らかだった。主人がこれら二つのトランクを［ホテルに］預けてから三十年以上が経っていた。大きなトランクが一つと、少し小さめのトランクが一つ。中には重要な書類が入っているから大事に保管してくれと言づけたのだった。彼らとしては、今こそ主人に自分たちを［トランク保管の］責任から解放して欲しいということだった。（p.440）

5　編纂本の章立てに準じて行った計二十章の語数比較の内、1.00を大きく超えた章（つまり編纂本の語数がオリジナル原稿の語数を大きく上回った章）は、十二章の「エズラ・パウンドとベル・エスプリ」（1.79、オリジナル原稿では十一章）と、二十章の「パリに終わりなし」（1.36、オリジナル原稿では十六章）の二つである。特に前者については、編纂本の「エズラは私が今まで知り合った中で、もっとも気前のいい作家であった」という文章以降、いずれの文章もオリジナル原稿には見当たらない。当原稿の断片が書かれたK189aには、『移動祝祭日』用にパウンドの話をもっと書くべきだとのヘミングウェイのメモが残されているが、筆者が行った原稿調査では、その後彼が実際にパウンドの話を書いた形跡は見当たらず、いまだ出典は特定できていない。メアリーは当作品の編纂において加筆をほとんど行っていないため、彼女が独自に十二章の後半部分を書いたとも考えにくい。

6　Burwell. p.151. バーウェルによれば、この手紙は一九九二年九月にプリンストン大学で発見されたという。

7　*MF*. p.29; *MFRE*. p.61.

8　Burwell. p.154.

9　Tavernier-Courbin. p.174.

10　Burwell. pp.164-68.

11　*MFRE*. p.3.

12　*MFRE*. p.4.

13　一度目は一九四二年七月二十三日付（*SL*. pp.535-37）、二度目は四五年四月二十四日付（*SL*. pp.591-92）。

14 *MFRE*. p.225; K124a.
15 *MFRE*. p.229; K122.
16 *MFRE*. p.233; K122.
17 *MF*. p.205; *MFRE*. pp.120-21; K188.
18 *MF*. p.205; *MFRE*. p.121; K188.
19 Baker, *Writer*. pp.82-83.
20 *UK*. p.382. ちなみにパトリック編纂による『夜明けの真実』では、この描写は削除されている。
21 Reynolds, Michael S. *Hemingway: The Paris Years*. Cambridge, MA: Blackwell, 1989. p.52.
22 *SL*. p.537, p.556.
23 Brennen, Carlene Fredericka. *Hemingway's Cats: An Illustrated Biography*. Sarasota: Pineapple P, 2005. p.23.
24 Burwell. p.155.
25 K187.
26 Baker, *Life*. p.702.
27 *MFRE*. pp.181-82; K179.
28 *MFRE*. p.181; K179.
29 オリジナル原稿の第五・一章および第五・二章の「偽りの春」では、ヘミングウェイが月明かりの下、隣で眠るハドリーの寝息を聞く場面で、また第六・一章、第六・二章の「副業との訣別」では競馬場で誰も目をつけていない馬に賭けて勝ったエピソードで、それぞれyouが一貫して用いられている。
30 Tavernier-Courbin. pp.36-38. タヴェルニエ＝クルバンによると、「偽りの春」および「副業との訣別」のオリジナル原稿には、以下のように、それぞれ改稿された日付のメモが残されている。「偽りの春」の改稿版（オリジナル原稿では第五・二章)↓「一月二十七日に書き直し」「二十八日、二十九日、三十日に改訂」。「副業との訣別」の改稿版(オリジナル原稿では第六・二章)↓「一九六一年一月二十七日、二十八日、二十九日、三十日に改訂」。また、メアリーが最終章を作るために組み合わせた各原稿の執筆時期は、次の通りである。「シュルンス」(K121, 126, 127)および「シュルンスとエンディング」(K123)↓一九六〇年十二月十六日~六一年四月一日。「エンディング」(K124)↓一九六一年二月七日~三月二十日。「エンディング」(K124a)↓四月一日~三日。

31 Weber, Ronald. *Hemingway's Art of Non-Fiction*. New York: St. Martin's P, 1990. p.140.

32 *MFRE*. p.221; K124a.

33 *MFRE*. p.234; K124, K126.

34 Tavernier-Courbin. p.169; K126.

35 *CSS*. p.648.

36 *GE*. p.247.

37 *MF*. p.74; *MFRE*. p.70.

38 ヘミングウェイ・コレクションには、ハドリーからヘミングウェイに宛てられた書簡が大量に保管されているが、その最後の一枚(一九六一年五月二十日消印の葉書)には、彼女が彼に宛てた次のメッセージが記されている。「昔のことに関するプロジェクト(Early Days project)のお手伝いができなくて、本当にごめんなさい!」(K104)。ヘミングウェイが自ら命を絶ったのは、このわずか二ヵ月後である。

39 「イントロダクション」の原稿K122, 187には書きかけのイントロダクションが数多く記されているが、そのほとんどが「この本はフィクションである」という一文から始まっている。

40 ヘミングウェイの基本的創作理念と言われているもの。一九三二年に出版された闘牛記『午後の死』には、

「もしも作家が自分の書いていることを熟知しているならば、そのすべてを書く必要はない。その文章が十分な真実味をもって書かれているなら、読者は省略された部分からも強い印象を受けるはずだ。氷山の動きがもつ威厳は、水面下に隠された八分の七の部分に存在するのだ」（*DA*. p.192）と述べられている。「氷山理論」と呼ばれている。

第七章

1 *DA*. pp.43, 87-88.

2 Meyers, Jeffrey. *Hemingway: Life into Art*. New York: Cooper Square P, 2000. p.101.

3 アントニオはマタドールになった二年後の一九五三年に、ドミンギンの妹カルメンと結婚した。したがって、アントニオとドミンギンは義理の兄弟にあたる。

4 Meyers, *Life into Art*. p.101.

5 Meyers, *Life into Art*. p.105.

6 Meyers, *Life into Art*. p.106.

7 Meyers, *Life into Art*. p.103.

8 Meyers, *Life into Art*. p.107.

9 スペイン史上屈指の名闘牛士、マヌエル・ロドリゲス・サンチェスのこと。一九一七年生まれ。四七年にスペインのアンダルシア地方にあるハエンの闘牛場で、闘技中に右大腿部を突き抜かれ、出血多量で死亡した。

10 スクリブナーズ社は当初『午後の死』の再版を計画、ヘミングウェイもそれに伴い、現代の闘牛事情を付録として付け加えてアップデートする心積もりでいた。しかしその計画が暗礁に乗り上げ、加えて四六年に

『午後の死』の絶版が決まると、彼は怒りを込めてマックスウェル・パーキンズに続編出版の願いを訴えた（Weber. p.111）。

11 Hemingway, Ernest. “The Dangerous Summer, Part I.” *Life*. September 5, 1960.

12 Weber. p.113.

13 エドワード・F・スタントンによれば、ヘミングウェイはさらに『ライフ』誌のエドワード・K・トンプソンに、ドミンギンかオルドネスのいずれかが闘牛の最中に命を落とせば、この作品はずっと書きやすくなるのに……と告白したという（Stanton, Edward F. *Hemingway and Spain: a pursuit*. Seattle: U of Washington P, 1990. p.201）。

14 Weber. p.130.

15 Stanton. p.198.

16 Oliver, Charles M. *Critical Companion to Ernest Hemingway*. New York: Facts On File, 1999. p.96.

17 Stanton. pp.196-97.

18 Castillo-Puche, Jose Luis. *Hemingway in Spain*. Garden City, New York: Doubleday, 1974. p.63.

19 Hotchner, A. E. *Papa Hemingway*. New York: Random House, 1966. p.242.

20 K354a.

21 *DS*. p.14.

22 *DS*. p.82.

23 *DS*. p.74.

24 *DS*. p.119.

25 K354a.

26 K354a.
27 K354a.
28 K354a.
29 Baker, *Life*. p.702.
30 K354a.
31 いずれもK354a.
32 K354a.
33 すべてK354a.
34 K354a.
35 *DS*. p.183.
36 *DS*. p.119.
37 *DS*. p.120.
38 *DS*. p.120.
39 *DS*. p.193.
40 K354a.
41 *DS*. p.116.
42 *DS*. pp.171-72.
43 *DS*. p.74.
44 *DS*. p.14.
45 K354a.

46 K354a.

終　章

1 Berger, P.L. et al. *Invitation to Sociology*, Penguin Books. 1963. p.71. 水野節夫・村山研一訳『社会学への招待』（思索社、一九八九年）八十五頁。

2 片桐雅隆『過去と記憶の社会学――自己論からの展開』（世界思想社、二〇〇三年）二十五頁。

3 片桐、二十六頁。

4 『誰がために鐘は鳴る』の伝記的考察に関しては、拙稿杉本香織「Auto/Biographyとしての *For whom the Bell Tolls*」『学術研究』（英語・英文学編）第五十五号（早稲田大学教育学部、二〇〇七年）六十七―七十八頁を参照のこと。

5 Cowley, Malcolm. *Exile's Return: A Literary Odyssey of the 1920s.* New York: Viking P, 1951. p.10.

6 Morrison, Toni. "The Site of Memory." *Inventing the Truth: The Art and Craft of Memoir.* Ed. William Zinsser. Boston, New York: Houghton Mifflin Company, 1998. pp.183-200. p.186.

7 *GHA,* p.23.

8 カリフォルニア大学マーク・トウェインプロジェクト編『マーク・トウェイン　完全なる自伝　Volume 1』和栗了、市川博彬、永原誠、山本祐子、浜本隆三訳（柏書房、二〇一三年）十八頁。

9 カリフォルニア大学マーク・トウェインプロジェクト編、十八頁。このインタビューは、ロンドン『タイムズ』紙の一八八九年五月二十三日号に「マーク・トウェインの遺産」という題目で掲載された。

10 Anderson, Frederick, William M. Gibson, and Henry Nash Smith, eds. *Selected Mark Twain-Howells Letters, 1872-1910.*

Cambridge: Belknap P of Harvard UP, 1967. p.374.

11 長畑明利「自己を書くこと、みんなを（と）書くこと——ガートルード・スタインの『みんなの自伝』」『マーク・トウェイン——研究と批評』第十一号（日本マーク・トウェイン協会、二〇一二年）五十三頁。

12 Stein, Gertrude. *Everybody's Autobiography*. New York: Random House, 1937. p.68.

13 *SL*. p.122.

14 *MF*. p.12.

15 Loran, Erle. *Cézanne's Composition: Analysis of His Form with Diagrams and Photographs of His Motifs*. Berkeley: U of California P, 1985. p.77.

16 第六章の註40を参照のこと。

17 島村法夫『ヘミングウェイ——人と文学』一九二—九四頁。

18 *ARIT*, pp.21-22.

19 今村楯夫「国際学会と現地取材——ヘミングウェイの『河を渡って木立の中へ』を巡って」『関東英文学研究』第七号（日本英文学会関東支部、二〇一五年）五十三—六十頁。六十頁。

20 今村、五十九頁。

21 今村、五十九頁。

22 今村、五十九—六十頁。

年譜　ヘミングウェイの人生と作品（一九三九年以降）

＊当年譜は、カーロス・ベイカーの『ヘミングウェイ』、ローズ・マリー・バーウェルの『ヘミングウェイ――戦後と遺作』、ならびに新関芳生編「ヘミングウェイ年譜――病気・怪我とテクスト」（『ユリイカ』一九九九年八月号、青土社、二一四―二三頁）を主要参考資料として作成した。

一九三九年　二月　『誰がために鐘は鳴る』執筆開始
　　　　　　三月　スペイン内戦終結
　　　　　　九月　第二次世界大戦勃発

一九四〇年　十月　『誰がために鐘は鳴る』出版
　　　　　　十一月　ポーリーンと正式に離婚、十七日後にマーサとワイオミング州シャイアンで挙式

一九四一年　二月　マーサと中国情勢を視察（～五月）

一九四二年　六月　ピラール号で対独潜水艦の諜報活動（～十月）

一九四四年　五月　『コリアーズ』誌と特派員契約を結び、ロンドンへ赴く
　　　　　　　　　ロンドンで、四番目の妻となるメアリーと出会う
　　　　　　七月　ラナムが指揮する第二十二歩兵連隊と活動を共にする（同年九月、十一月も）

一九四五年　十一月　『自由世界に捧げる珠玉の散文選集』の序文を執筆

		『海流の中の島々』の「ビミニ」セクションの執筆［＝Early Pencil Manuscript（ＥＭ）］（～四六年）
	十二月	マーサとの離婚成立
一九四六年	一月	『エデンの園』執筆開始、七月中旬までに一〇〇〇ページ書く
	三月	メアリーとハバナで挙式
	十二月	『エデンの園』が一二〇〇ページに達する。完成まであと九ヵ月かかると語る
一九四八年	十二月	ヴェニスで、十八歳のアドリアーナ・イヴァンチッチと出会う
一九四九年	四月	『河を渡って木立の中へ』執筆開始
一九五〇年	五月	『エデンの園』の「仮の最終章」を執筆したとされる
	九月	『河を渡って木立の中へ』出版
一九五一年	一、二月	『老人と海』の執筆をしていた旨のメモあり
	六月	母グレース、メンフィスの病院で死去。七十九歳。ヘミングウェイは葬儀に出席せず
	七月	『海流の中の島々』のEarly Pencil Manuscriptの大幅修正［＝オリジナル原稿（ＯＭ）］
	十月	二番目の妻ポーリーン、副腎髄質の腫瘍のためロサンゼルスの病院で急死
一九五二年	三月	「リトレス」の執筆開始（後の『最後の良き故郷』となる）
	九月	『老人と海』出版
一九五三年	八月	ケニアでのサファリ狩猟開始
一九五四年	一月	二度の飛行機事故、ヘミングウェイ死去の報が世界中で伝えられる
		『ルック』誌にサファリの記事が掲載される。ヘミングウェイが表紙
	四、五月	『ルック』誌にヘミングウェイが書いた「クリスマスの贈り物」が掲載される

	十月	ノーベル文学賞受賞
一九五五年	五月	『夜明けの真実』執筆開始
一九五六年	四月	『夜明けの真実』執筆中断、『老人と海』の映画撮影隊とペルーへ赴く
	夏	以下の短編を書いて過ごす 「庭に面した部屋」、「十字路で憂鬱な気持が」、「記念碑」、「インディアン地帯と白人の軍隊」、「盲導犬を飼え」、「あぶくの功名」
	十一月	三十年前にリッツホテルの金庫室に預けたトランクを受けとる
一九五七年	七月	『移動祝祭日』執筆開始
	十一月	「盲導犬を飼え」が『アトランティック・マンスリー』に掲載
一九五八年	七月	『移動祝祭日』の初稿（「パリに終わりなし」を除く）が完成する
		「リトレス」（後の『最後の良き故郷』）の執筆中断
	十一月	『エデンの園』執筆再開
一九五九年	四月	スペインに赴く
	五月	『移動祝祭日』の「イントロダクション」を改稿する（〜六月）
	夏	常軌を逸した行動が目立つようになる
	十月	『ライフ』のための闘牛の文章（後の『危険な夏』）を書き始める
一九六〇年	一月	ケチャムで新年を迎えるが、高血圧と不眠に悩まされる
	二月	『危険な夏』の執筆再開。前年スペインで出会った十九歳のヴァレリー・ダンビー＝スミスを秘書として雇うことにメアリー同意

四月　『危険な夏』、六万三〇〇〇語に達する（スクリブナーズ社版の十一章くらいまで）（一日）
五月　『危険な夏』が十二万語で完成したと語る（二十八日）
六月　ホッチナーの力を借りて『危険な夏』を編集する→もはや単独編集は不可
七月　鬱状態で過ごす
八月　スペインへ旅立つ。神経衰弱が顕著になり異常な行動が目立つようになる（四日）
九月　『ライフ』に三回にわたって「危険な夏」が掲載。神経衰弱がひどくなる
十月　被害妄想となり感情の抑制ができなくなる
十一月　言語障害がひどくなり、メイヨークリニックに入院

一九六一年　一月　メイヨークリニック退院、『移動祝祭日』の執筆を再開するも記憶障害等に苦しむ
—各スケッチの並び替えをする
—「エンディング」の書き方に悩む
—「シュルンス」（K126）の「第一タイプ原稿」を執筆
三月　『移動祝祭日』十六章「パリに終わりなし」（原題「シュルンス」）を執筆
四月　『移動祝祭日』の「エンディング」K124aを執筆
二度の自殺未遂
五月　ハドリーから書簡が届く（二十日付）
七月　自殺

一九六四年　『移動祝祭日』出版

一九六六年　メアリー、インタビューで夫の自殺を初めて認める

一九六七年	『バイラインーーアーネスト・ヘミングウェイ署名記事集』出版
一九六九年	『第五列と四つのスペイン内戦の物語』出版（以下は個別に雑誌に発表されていたが、初めて書物の形で出版された短編） 「密告」、「蝶々と戦車」、「戦いの前夜」、「分水嶺の下で」
一九六九〜七〇年	チャールズ・スクリブナー・ジュニアが『海流の中の島々』の原稿を発見、メアリーと編纂作業を行う
一九七〇年	『海流の中の島々』出版
一九七一年	『ヘミングウェイの習作時代ーーオークパーク、一九一六ー一九一七』出版（ハイスクール時代の作品を集めたもの。代表作は以下の三編）「マニトゥーの裁き」、「色の問題」、「セピ・ジンガン」 「アフリカ日記」が『スポーツ・イラストレイテッド』に三回にわたって掲載
一九七二年	『ニック・アダムズ物語』出版（以下は新たに発表された作品） 「三発の銃声」、「インディアンは去った」、「最後の良き故郷」、「ミシシッピー川を渡って」、「上陸前夜」、「夏の仲間」、「婚礼の日」、「書くことについて」
一九七四年	『神のしぐさ』出版
一九七九年	『ヘミングウェイ全詩集』出版
一九八五年	スクリブナーズ社版の『危険な夏』出版 トム・ジェンクスがスクリブナー社の依頼により『エデンの園』を編纂 『「トロント・スター」特派員記事集』出版
一九八六年	『エデンの園』出版

一九八七年	『ヘミングウェイ短編全集（フィンカ・ビヒア版）』出版（以下は新たに発表された短編） 「汽車の旅」、「ポーター」、「十字路で憂鬱な気持が」、「人のいる風景」、「パパは何かの拍子で思い出すんだね」、「本土からの吉報」、「異郷」 ◎本短編集に含まれた、これまで雑誌等でしか見ることができなかった短編 「誰も死なない」、「一途な雄牛」、「盲導犬を飼え」、「世慣れた男」、「アフリカ物語」
一九九四年	『ヘミングウェイ・トロント時代』出版
一九九九年	『夜明けの真実』出版
二〇〇五年	『キリマンジャロの麓で』出版
二〇〇九年	『移動祝祭日――修復版』出版

あとがき

ヘミングウェイとの出逢いは大学三年生の時、岐阜市立女子短期大学から編入学した早稲田大学第二文学部で『誰がために鐘は鳴る』の講義を受けた時であった。十七歳で父を亡くし、何をどう考えれば次の一歩を踏み出せるのかと悶々としていた私は、ある日、この作品の解説を聞きながらふと一条の光を見た気がした。スペイン内戦を舞台にさまざまな死が描かれる『誰がために鐘は鳴る』のどこに光を見い出したのかは分からない。ただヘミングウェイ（作品）に寄り添えばこの苦しみと折り合いをつけられるかもしれない――そんな確信を得たのである。

早稲田大学大学院教育学研究科の修士課程ではヘミングウェイ作品における死生観を研究テーマとし、一九九九年に博士後期課程に進学。その年にヘミングウェイの死後出版作品『夜明けの真実』が刊行された。ケネディ・ライブラリー内にあるヘミングウェイ・コレクションに行けばオリジナル原稿を見ることができると聞いた私は、夏休みを利用して初めての原稿調査を実施した。編纂本と比較しながら相違点をパソコンに打ち込んでいく作業はきわめて単純であったが、ヘミングウェイの解読不能な直筆の文字や、何ページにもわたって書きなぐられた大きなバツ印、原稿の端に書かれた覚書などに出くわす瞬間はいつも大きな喜びであった。編纂本では決して見られない生のヘミングウェイを垣間見た気がしたからだ。

二〇〇二年に大学院を休学してニューヨーク州立大学大学院に留学、修了後すぐにケネディ・ライブラリーのあるボストンに移って、約八ヵ月間、原稿調査に集中した。帰国後はその時の調査結果をもとに研究を進め、二〇〇九年七月に博士学位論文「ヘミングウェイの死後出版作品研究――編纂方法とその問題点」を提出した。本書の刊行にあたっては、この学位論文をもとに、第二次世界大戦を題材にした短編および学位論文の提出と同じ月に出版された『移動祝祭日――修復版』の考察、そして終章「ヘミングウェイ自伝の諸相」を加えた。また、研究者に限らずヘミングウェイを好む多くの方々に読んでいただけるよう、第一章では後年のヘミングウェイの人生と作品を細かく辿り、それ以降の章でも死後出版作品の内容をできる限り丁寧に紹介するよう努めた。

本研究は主に日本ヘミングウェイ協会と日本アメリカ文学会で発表する機会を得て、その都度多くの方々から貴重なご意見をいただいた。特にヘミングウェイ協会の前会長で東京女子大学名誉教授の今村楯夫先生には、論文の構成や書き方といった初歩的なことから論旨にいたる専門的なことまで丁寧にご指導いただいた。院生時代に東京女子大学で先生の講義を受講したことはヘミングウェイ研究の深さと醍醐味を知る絶好の機会となり、ヘミングウェイ研究の面白さに目覚めた契機にもなった。また、本書を勉誠出版から出版するきっかけを与えてくださったのも今村先生で、刊行直前まで細やかに相談に乗っていただいた。終章を執筆していた頃、先生が長い時間を割いて『河を渡って木立の中へ』における氷山理論の技法について話してくださったこともあった。その時のお話は終章の骨子となるだけでなく、本書全体の結論にも通じている。今村先生には心から深く感謝申し上げたい。

博士学位論文の執筆および審査に際しては指導教授の小林富久子先生に大変お世話になった。先生に初めてお目にかかったのはアメリカから帰国した直後で、私はすでに博士後期課程の五年生になっていたが、先生から受けた影響は公私ともに大きかった。アジア系アメリカ文学やフェミニズム文学をご専門とされている小林先生からは、常に多角的に物事を捉えることを学び、ヘミングウェイに関する拙稿でもハッと気づかされるようなご指摘をいただくことも多かった。早稲田大学の助手として勤務していた三年間に研究者として、とりわけ女性研究者として活躍される先生の姿を間近に見ることができたことは、今の私の大きな財産である。心よりお礼を申し上げたい。

先に述べた日本ヘミングウェイ協会は、私の死後出版作品研究を一から鍛え上げてくれたかけがえのない場所である。大学院生で発表経験の浅い私に初めて研究発表をする機会を与えてくださった現会長の島村法夫先生には、その後も自伝的アプローチの側面から多くのことをご教示いただいた。またその研究発表デビューで司会を引き受け、マニュスクリプト研究の方法論についてご指導くださった前田一平先生、発表時に現在と過去の「ヘミングウェイ」の緊張関係についての貴重な示唆をくださった上西哲雄先生には、今でも多岐にわたって大変お世話になっている。心から感謝の意を表したい。

本研究に必要なオリジナル原稿や資料の調査にあたっては、ヘミングウェイ・コレクションのスタッフの方々、特にキュレーターの Stephen Plotkin 氏と Susan Wrynn 氏にお世話になった。ヘミングウェイの次男で『夜明けの真実』の編纂者でもあったパトリックがケネディ・ライブラリーを訪れた際には私にも声をかけ、話す機会を設けてくださった。思い出深い経験を数多く与えてくれたみなさんに感謝の気持ちを捧げたい。

また、学位論文の審査をしてくださった麻生享志先生にはマニュスクリプト研究に関連する理論についてご教示いただくだけでなく、日本アメリカ文学会全国大会で『移動祝祭日』、同東京支部例会で『エデンの園』の研究発表をする貴重な機会をいただいた。厚くお礼を申し上げたい。同じく学位論文の審査を引き受け、丁寧に拙稿に目を通してくださった今村楯夫先生、寺沢みづほ先生、石原剛先生にもこの場を借りてあらためて謝意を表したい。

出版にいたる過程では、勉誠出版の岡田林太郎氏に大変お世話になった。限られた時間の中、常に丹念かつ迅速に仕事を進めてくださり、些細な相談にも親身に乗ってくださった。深々と感謝申し上げたい。また本書の装丁に掲載するヘミングウェイの写真を選定するにあたり、版権に関するご助言をいただき、貴重な写真データも分けてくださった株式会社ビービーの朝倉和子氏にも感謝の意を表したい。

なお本書の大部分は、二〇〇六年度から〇八年度および二〇〇九年度から一一年度に受けた科学研究費補助金（若手研究B）で行った研究の成果をふまえたものである。研究費助成事業を行っている日本学術振興会に感謝申し上げる。また本書の刊行に際して、勤務校の文京学院大学から出版助成を受けた。この場を借りてお礼を申し上げる次第である。

最後に、家族へ。研究者を目指す私に何も言わず、ただ笑顔で、時にかなり無理をして支え続けてくれた母杉本尚子、そんな母に代わって私を叱咤しつつも陰ながら穏やかに応援してくれている弟慎太郎には精一杯の「ありがとう」を送りたい。父も「まだまだだな」と言いながら細い目をいっそう細めて喜んでくれているだろうか。そして、原稿執筆以外のことに手が回らない私の横で家事などをこなしながら、いつになるか分からない本書の出版を楽しみにしていた夫Jason Fairbanks。彼の理解と忍耐、楽観的思考があったからこそどうにか完遂することができた。心いっぱいの感謝を伝えたい。

本書は幸運にも二〇一二年に出版された『ヘミングウェイ大事典』と同じ勉誠出版から出される。執筆者ならびに編集委員として大事典に携わった七年間は、研究・執筆・編集の方法を一から学ぶ／学び直す千載一遇の機会であった。その成果がほんのひとかけらでも本書に滲み出て、ヘミングウェイの晩年に、オリジナル原稿に、そして自伝への希求に光が当たれば何よりの幸せである。

二〇一五年二月

フェアバンクス（杉本）香織

人名索引

【ア】

アダムズ、ヘンリー（Henry Adams） 291
アップダイク、ジョン（John Updike） 58
アンダソン、シャーウッド（Sherwood Anderson） 35
イヴァンチッチ、アドリアーナ（Adriana Ivancich） 26, 38, 39, 41, 42, 125, 138, 177, 304, 312, 313, 339
今村楯夫 204, 304, 329, 337
ウルフ、ヴァージニア（Virginia Woolf） 35, 288
オナシス、ジャクリーン・ケネディ（Jacqueline Kennedy Onassis） 13, 315
オルドネス、アントニオ（Antonio Ordóñez） 51, 52, 248-252, 254, 269, 300, 333
オルドネス、カイェターノ（Cayetano Ordóñez） 249, 254

【カ】

カウリー、マルカム（Malcolm Cowley） 336
カムリー、ナンシー・R（Nancy R. Comley） 89, 290
キングストン、マキシーン・ホン（Maxine Hong Kingston） 16
クロースキー、アグネス・フォン（Agnes Von Kurowsky） 19
ケネディ、ジョン・F（John F. Kennedy） 13
ゲルホーン、マーサ（Martha Gellhorn） 28, 310, 338, 339

【サ】

ジェイムズ、ヘンリー（Henry James） 48
ジェンクス、トム（Tom Jenks） 89, 90, 103-107, 109, 111-114, 117, 119, 124, 176, 318, 321, 342
島村法夫 310, 319, 328, 337
ジャスティス、ヒラリー・K（Hilary K. Justice） 16, 123, 321
ジョイス、ジェイムズ（James Joyce） 63, 77
蔣介石 28
スクリブナー・ジュニア、チャールズ（Charles Scribner, Jr.） 58, 71, 119, 201, 202, 342
スコールズ、ロバート（Robert Scholes） 16
スタイン、ガートルード（Gertrude Stein） 17, 78, 213, 230, 292, 337
スピルカ、マーク（Mark Spilka） 107, 319, 321, 322
セザンヌ、ポール（Paul Cézanne） 94, 295
ソロー、ヘンリー・デイヴィッド（Henry

David Thoreau） 291

【タ】

タヴェルニエ＝クルバン、ジャクリーヌ（Jacqueline Tavernier-Courbin） 214, 315
ダグラス、フレデリック（Frederick Douglass） 292
ダンビー＝スミス、ヴァレリー（Valerie Danby-Smith） 52, 54, 312, 340
トウェイン、マーク（Mark Twain） 48, 292, 336, 337
トクラス、アリス・B（Alice B. Toklas） 17, 78, 213, 293, 294
ドス・パソス、ジョン（John Dos Passos） 309
ドミンギン、ルイス・ミゲル（Luis Miguel Dominguin） 51, 52, 248, 250-252, 254-263, 266, 267, 270, 275-277, 281-284, 286, 298, 333, 334

【ハ】

バーウェル、ローズ・マリー（Rose Marie Burwell） 16, 72, 74, 78, 82, 104, 107, 113, 177, 231, 316, 317, 319, 323, 325, 326, 329, 330, 338
パーキンズ、マックスウェル（Maxwell Perkins） 19, 26, 35, 334
パーシヴァル、フィリップ（Philip Hope Percival） 43, 142, 171
パウンド、エズラ（Ezra Pound） 215, 219, 330
ピカソ、パブロ（Pablo Picasso） 94, 293, 295, 296, 298, 319
フィッツジェラルド、F・スコット（F. Scott Fitzgerald） 26
フォークナー、ウィリアム（William Faulkner） 43
フォード、フォード・マドックス（Ford Madox Ford） 215, 218
フランクリン、ベンジャミン（Benjamin Franklin） 291
ベイカー、カーロス（Carlos Baker） 14, 24, 308-310, 312-318, 321, 323, 324, 326-328, 331, 335, 338
ヘミングウェイ、グレゴリー（Gregory Hemingway） 36, 84
ヘミングウェイ、ショーン（Seán Hemingway） 230, 232-234, 241
ヘミングウェイ、ジョン（John Hemingway） 53, 84, 115, 191, 201, 221, 223
ヘミングウェイ、ハドリー（Hadley Richardson Hemingway） 50, 62, 80, 191, 212, 223-226, 230, 232-238, 241-246, 301, 317, 331, 332, 341
ヘミングウェイ、パトリック（Patrick Hemingway） 84, 140, 141, 161, 162, 164-171, 175, 176, 178-181, 232, 325, 331
ヘミングウェイ、ポーリーン・ファイファー（Pauline Pfeiffer Hemingway） 28, 155, 173, 179, 219, 229, 232, 233, 244, 338, 339
ヘルマン、リリアン（Lillian Hellman） 292

ボードレール、シャルル（Charles Baudelaire） 190, 191, 203, 205, 206, 209, 327, 329
ホッチナー、エアロン・エドワード（A・E）（Aaron Edward Hotchner） 53, 240, 248, 260, 261, 271, 274, 334, 341

【マ】

マルコム・X（Malcolm X） 292, 336
モデルモグ、デブラ・A（Debra A. Moddelmog） 16, 103, 119, 182, 319, 323
モリスン、トニ（Toni Morrison） 125, 292, 321, 336

【ヤ】

ヤング、フィリップ（Philip Young） 41, 88, 120

【ラ】

ラッセル、ジョー（Joe Russell） 35
ラナム、チャールズ・トルーマン（バック）（Charles T. Lanham） 29, 31, 37, 39, 40, 52, 58, 59, 89, 128, 195-198, 200, 207, 208, 258, 316, 338
リチャードソン、ハドリー →ヘミングウェイ、ハドリー
リッツ、チャールズ（Charles Ritz） 49, 189, 190, 329
レノルズ、マイケル（Michael Reynolds） 45, 85, 308, 310, 313-315, 318, 331
ロス、リリアン（Lillian Ross） 38, 312

作品名索引

【あ】

「青い海で —— メキシコ湾流通信」（"On the Blue Water: A Gulf Stream Letter"） 41
「あぶくの功名」（"The Bubble Reputation"） 188, 189, 210, 340
『アフリカの緑の丘』（*Green Hills of Africa*） 10, 25, 44, 47, 183, 292
「アフリカ物語」（"An African Story"） 133, 178, 325, 343
『アリス・B・トクラスの自伝』（*The Autobiography of Alice B. Toklas*） 17, 78, 213, 294
「異郷」（"The Strange Country"） 61, 68-70, 122, 126, 131, 245, 317, 343
「異国にて」（"In Another Country"） 311
「一途な雄牛」（"The Faithful Bull"） 343
『移動祝祭日』（*A Moveable Feast*） 11, 12, 50, 55, 58, 78, 184, 185, 210, 212-

【か】

【さ】

216, 218, 230-235, 237, 239, 240, 243, 245, 246, 295, 296, 298, 301, 314, 315, 330, 340, 341

『移動祝祭日──修復版』(*A Moveable Feast: The Restored Edition*) 230, 232, 233, 343

「色の問題」("A Matter of Colour") 342

「インディアン・キャンプ」("Indian Camp") 120

「インディアン地帯と白人の軍隊」("Indian Country and the White Army") 50, 188, 194, 197, 202, 203, 326

「インディアンは去った」("The Indians Moved Away") 342

『エデンの園』(*The Garden of Eden*) 11, 12, 16, 25, 30, 49, 50, 59, 61, 62, 88-90, 103-105, 107, 113-115, 118-124, 128, 130, 132-134, 136, 137, 161, 176-178, 209, 212, 245, 246, 280, 298, 300-303, 319, 320, 325, 339, 340, 342

「大きな二つの心臓のある川」("Big Two-Hearted River") 120

『海流の中の島々』(*Islands in the Stream*) 11, 24, 25, 28, 30, 58, 60-63, 68, 69, 71, 74, 88, 89, 114, 118, 122, 131, 161, 200, 201, 203, 208, 209, 221, 245, 246, 280, 288, 293, 298, 301-303, 339, 342

「書くことについて」("On Writing") 120, 342

『神のしぐさ』(*A Divine Gesture*) 342

『河を渡って木立の中へ』(*Across the River into the Trees*) 25, 35, 38, 40, 42, 59, 61, 150, 200, 201, 208, 303-306, 311, 337, 339

『危険な夏』(*The Dangerous Summer*) 11, 50, 51, 53, 54, 212, 248, 250, 253, 266-269, 271, 277, 279-281, 284, 285, 298, 300, 334, 340-342

「危険な夏」("The Dangerous Summer") 53, 238, 251-253, 341

「汽車の旅」("A Train Trip") 343

「記念碑」("The Monument") 50, 188, 197, 202, 203, 205-208, 326, 340

『キリマンジャロの麓で』(*Under Kilimanjaro*) 11, 44, 45, 48-50, 132, 140, 141, 236, 245, 331, 343

「キリマンジャロの雪」("The Snows of Kilimanjaro") 34, 47

『午後の死』(*Death in the Afternoon*) 10, 25, 51, 84, 249, 250, 252, 265, 266, 268, 279, 333, 334

「婚礼の日」("Wedding Day") 342

「最後の良き故郷」("The Last Good Country") 39, 120-128, 131-137, 138, 204, 209, 321, 342

「三発の銃声」("Three Shots") 120, 342

「ジークフリート線における戦い」("War in the Siegfried Line") 31

「十字路で憂鬱な気持が」("Black Ass

at the Crossroads”） 50, 188, 192, 202, 203, 206, 209, 343
『自由世界に捧げる珠玉の散文選集』（*The Sling and the Pebble*） 30, 338
『勝者には何もやるな』（*Winner Take Nothing*） 134, 309
「上陸前夜」（“Night Before Landing”） 342
「勝利への航海」（“Voyage to Victory”） 29, 201
「セピ・ジンガン」（“Sepi Jingan”） 342

【た】

『誰がために鐘は鳴る』（*For Whom the Bell Tolls*） 10, 25-28, 288-290, 336, 338
「戦いの前夜」（“Night Before Battle”） 342
『戦う男たち —— 戦記物語傑作選』（*Men at War: The Best War Stories of All Time*） 30, 33, 201
「誰も死なない」（“Nobody Ever Dies”） 343
「短編小説の技法」（“Art of Fiction XXI: Ernest Hemingway”） 51
「父と息子」（“Fathers and Sons”） 120, 134, 138, 342
「蝶々と戦車」（“The Butterfly and the Tank”） 342
「とても短い話」（“A Very Short Story”） 19
「賭博師と尼僧とラジオ」（“The Gambler, the Nun, and the Radio”） 309

【な】

「夏の仲間」（“Summer People”） 126, 342
『ニック・アダムズ物語』（*The Nick Adams Stories*） 120, 121
「庭に面した部屋」（“A Room on the Garden Side”） 50, 188, 189, 194, 202, 203, 205, 340

【は】

『ハックルベリー・フィン』（*Adventures of Huckleberry Finn*） 292
「パパは何かの拍子で思い出すんだね」（“I Guess Everything Reminds You of Something”） 343
「人のいる風景」（“Landscape with Figures”） 75, 343
『日はまた昇る』（*The Sun Also Rises*） 24, 224, 231, 249, 254
『武器よさらば』（*A Farewell to Arms*） 10, 24, 38, 311
「フランシス・マカンバーの短い幸福な生涯」（“The Short Happy Life of Francis Macomber”） 34
「分水嶺の下で」（“Under the Ridge”） 342
『ヘミングウェイ原稿目録』（*The Hemingway Manuscripts: An Inventory*） 88
『ヘミングウェイ短編全集（フィンカ・ビヒア版）』（*The Complete Short*

Stories of Ernest Hemingway: The Finca Vigia Edition） 61, 343
『ヘンリー四世』（*Henry IV*） 34, 311
「ポーター」（"The Porter"） 343
「本土からの吉報」（"Great News from the Mainland"） 343

【ま】

「マニトゥーの裁き」（"Judgment of Manitou"） 342
「ミシシッピー川を渡って」（"Crossing the Mississippi"） 342
「密告」（"The Denunciation"） 342
「身を横たえて」（"Now I Lay Me"） 311
『みんなの自伝』（*Everybody's Autobiography*） 294, 337
「盲導犬を飼え」（"Get a Seeing-Eyed Dog"） 50, 188, 340, 343
『持つと持たぬと』（*To Have and Have Not*） 32

【や】

『夜明けの真実』（*True at First Light*） 11, 44, 45, 48-50, 128, 132, 140-147, 149-153, 155-157, 161-164, 166-169, 175, 177-180, 182, 184, 185, 188, 236, 245, 285, 296, 300, 301, 325, 331, 340
「世慣れた男」（"A Man of the World"） 343

【ら】

『老人と海』（*The Old Man and the Sea*） 21, 28, 41-43, 49, 50, 61, 121, 140, 175, 184, 188, 304, 306, 307, 313, 339, 340

【わ】

『ワレラノ時代ニ』（*in our time*） 19
『われらの時代に』（*In Our Time*） 19, 25, 200, 204, 205, 210, 311

その他の索引

FBI（連邦捜査局） 54, 315
『PM』 28, 200, 210

【あ】

「アヴィニョンの娘達」 296, 298
『アトランティック・マンスリー』 50, 340
異人種混交 123, 127-138
インディアン 50, 90, 93, 96, 120, 121, 125, 129, 133, 137, 188, 194-197, 202-204, 291, 326, 329, 340, 342
失われた世代 215, 231, 290
『エスクァイア』 25, 31, 36, 89, 119
「オウィディウスの変身物語」 107, 108

【著者プロフィール】

フェアバンクス香織

文京学院大学准教授。早稲田大学大学院教育学研究科博士後期課程修了。学術博士（早稲田大学、2010年）。専門はアメリカ文学、ヘミングウェイ研究。著書に『ヘミングウェイ大事典』（共著、勉誠出版、2012年）、「最期のラブレター——ショーン版『移動祝祭日』が開示したハドリーへのメッセージ」『アーネスト・ヘミングウェイ——二十一世紀から読む作家の地平』（共著、臨川書店、2011年）、「ヘミングウェイの鞄——キューバ・ハバナ」『PAPAS』第36号（共著、株式会社ビーピー、2008年）。

ヘミングウェイの遺作《いさく》
——自伝《じでん》への希求《ききゅう》と〈編纂《へんさん》された〉テクスト

2015年3月31日　初版第一刷発行

著　者　フェアバンクス香織
発行者　池嶋洋次
発行所　勉誠出版 株式会社
〒101-0051　東京都千代田区神田神保町3-10-2
TEL：(03)5215-9021（代）　FAX：(03)5215-9025
〈出版詳細情報〉http://bensei.jp/

印刷・製本　平河工業社
装丁　黒田陽子（志岐デザイン事務所）
組版　トム・プライズ

ISBN 978-4-585-29091-9 C3098